# 시인의 수명은
# 길지 않죠

생명을 품으면 무게가 되고 무게를 품으면 생명이 되는 여자!

# 시인의 수명은 길지 않죠

이병천 장편소설

도서출판 바람꽃

# 차 례

# 시인의 수명은
# 길지 않죠

시인의 수명은 길지 않죠

…

장례식을 찾아오는 사람도 얼마 없어요

그저 친구와 친척 몇 사람뿐

…

운이 없는 내연녀만 자리를 지킬 때가 많죠

— Alain Barriere의 샹송

Un Poete(시인) 일부 발췌

# 01

이제 입을 열 때가 된 것 같다.

나는 막다른 골목까지 왔다. 골목 안집 대문마다 모두 어금니를 꽉 깨물고 있는 것처럼 굳게 닫혀있는 느낌이 든다. 날도 이미 저물었다. 영화에서처럼 나는 담을 뛰어넘어 도망칠 수도 없다. 물론 남자든 여자든 달아난다고 해결될 일도 아니다.

경찰은 나를 만나러 오겠다고 한다. 참고인으로 진술을 좀 들어야겠다는 것이다. 경찰서 수사과로 부를 수도 있지만 내 처지를 특별히 배려한 방문이라고 한다. 한동안 주변인들로부터 그 배려라는 걸 분에 넘칠 정도로 받았다. 이제부터는 내게 베풀어지던 배려의 농도가 갈수록 묽어지다가 완전히 사라질 게 틀림없다. 배려는커녕 어쩌면 냉대를, 나아가 멸시까지도 각오해야 할지 모른다.

당신은 내 말에 귀를 기울여야만 한다. 내 존재, 아니 진실을 드러낼 수 있는 거의 유일한 증거는 오직 이 얘기뿐이기 때문이다. 그러니 마땅히 들어야만 할뿐더러 또한 믿어야 한다.

당신, 내 말이라면 믿을 수 있어요?

겨울비가 침울하게 톡톡 떨어지는 게 보인다. 유리창을 통해 바라보는 세상은 언제나 따뜻했다. 심지어 빗물에 어깨가 젖어서 몸을 오소소 떠는 사람들까지 내 눈에는 따뜻하게만 보였다. 하지만 오늘 겨울비는 다르게 여겨진다. 내가 실내 혹은 실외에서 지켜보는 풍경이 서로 다를 수는 있다.

나는 언제나 안에만 머물렀다는 생각이 든다. 그러던 중 세상 밖으로 나갔다가 이 모든 일을 만났다. 겨울비라고 차갑게 여겨지는 건 내 마음이 아직도 밖에 있기 때문인지도 모르겠다.

그래, 나는 이제 끈 떨어진 오프라인 상태로 바깥세상에 대해, 나에게 날아왔던 한 마리 고약한 어떤 새에 대해서도, 그리고 어느 한 시인이 어릴 때 썼다던 시의 은유를 내가 풀어낸 일도 다 얘기하려고 한다. 한없이 추락해 버린 듯 내몰린 나 자신과 원래 한 몸이었다가 둘로 분리된 당신 이야기도, 하다못해 겨울비든 여름비든 비에 관한 얘기까지 다 털어놓을 생각이다. 심지어는 내 머릿속을 점령해 버린 난데없는 어떤 영화 장면들까지.

아, 당신에게 다 고백하기로 작정한 순간 비로소 마음이 놓인다. 환하게 붉은 꽃등이라도 켜놓은 듯. 아마 내가 솔직하면 솔직할수록 이 꽃등의 밝기를 정하는 전력량도 높아지리라고 믿는다. 나야 물론 이왕이면 천지간에 밝게 빛나는 꽃잔치를 원한다. 내 기억이 그 음습했던 날들의 어느 부분까지 비출지는 모르겠지만.

나는 이제 준비가 끝났다. 어쩌면 긴 여정이 필요한 얘기일 수도 있다. 너무 많은 사연이 층층이 쌓여 오늘을 완성했기 때문이다. 그래도 당신, 인내할 수 있을까?

— 새야, 희고도 검은 새야. 너도 좀 귀를 기울여보렴.

# 02

세상에는 별난 인연도 많다. 나는 우선 인연을 얘기하려고 한다. 하찮은 것처럼 보이던 어떤 작은 인연 하나로부터 모든 일이 시작됐기 때문이다.

인연이라는 측면에서만 보자면 우리가 사는 세계는 인연을 모아 쌓아놓은 무질서한 탑이다. 그런 생각이 든다. 탑을 이루는 벽돌이 천태만상이라서 세상도 어지럽고 혼란스럽다. 이를테면 깨진 거울 조각 여러 개가 만화경萬華鏡을 만든다. 아마도 만화경을 처음 발명한 사람은 이런 인연의 속성을 알고 난 뒤 그걸 작은 상자 안에 재현하고 싶었는지도 모르겠다. 늘 짐작하기가 만만찮은 세상을.

나는 지금 한 여자에 대해 언급할 참인데, 물론 그녀와 내 인연이 그렇다는 뜻은 아니다. 그 여자는 음식으로 치자면 인연의 애피타이저에 지나지 않는다. 내 크나큰 인연은 따로 있다. 당신은 벌써 짐작하고도 남았으리라. 내 얘기 또한 그것이다. 하지만 으레 그렇듯 값비싼 고급 주메뉴는 좀 더 기다려야 한다. 입맛을 돋게 하기 위한 하찮은 전채요리로 배를 불릴 수는 없지 않은가. 특식은 인내심을 발휘하지 않으면 맛볼 수 없는 음식이다.

— 쌤 손길은 뭐랄까, 감미로운 음악 같아요.

그 여자는 분에 넘치는 상찬을 앞세워 나에게 다가왔다. 내가 막 여자의 머리를 감겨주고 난 직후였다. 여자는 내가 일하는 미용실에 서너 차례 찾아온 적이 있고, 무엇 때문인지는 몰라도 내게는 왠지 첫인상이 나쁘지 않았었다. 깍듯한 말투와 예의 때문이었던가?

나처럼 서비스업에 종사하는 여자들도 시대와 더불어 호칭에서만큼은 신분이 껑충 뛰어올랐다. 아가씨에서 언니로 나이를 먹더니 어느새 이모가 되고 급기야 오늘날에는 선생이나 사모를 거쳐 심지어 여사님으로까지 격상해서 불러주기도 한다. 미장원이 미용실로 간판을 바꾸더니 지금은 헤어숍이라고 모두 고쳐 달고 있는 것처럼 말이다. 여자들이 가만히 앉아서 승진한 셈이다. 허울뿐인 그까짓 싸구려 호칭에 내가 혹한 적은 없다. 다만 머리를 손질하는 솜씨를 두고 음악 같다고 표현한 건 분명 대단한 찬사가 아닐 수 없다. 더구나 이제 일을 배우기 시작한 신출내기를 두고.

— 제가 잘 아는 커피숍이 있어요. 쌤 손길만큼이나 감미로운 음악이 흐르는 곳이죠. 조금만 걸으면 되는데, 제가 커피 한 잔 살 기회를 주시겠어요?

그 여자가 여자인 나를 유혹했다. 굳이 마다할 이유가 없어서 내가 덜컥 따라나선 것이다. 때마침 손님이 끊기는 저녁나절이어서 헤어숍 주인 여자도 어서 가보라고 내게 눈짓을 보냈다. 단골손님 하나를 확보하라는 무언의 압력이었다.

2층 카페 창가에 앉자 레고로 지어진 듯 동화적인 모습의 건물 한 채가 내려다보인다. 보나 마나 유치원이다. 아이들은 눈에 띄지 않지만 좁은 꽃밭과 마당에서 낮 동안 울려 퍼졌을 왁자한 소리가 내 귀를 파고드는 느낌이다. 여자가 나를 이 카페로 이끌며 감미로운 음악 운운한 게 사실은 내게 이런 환청을 유도한 건 아니었을까? 따라나서기는 했어도 경계심을 다 풀지 못한 채 나는 제멋대로 넘겨짚기를 해본다. 영화 스텝 입장으로 평가하자면 로케이션 헌팅을 썩 잘한 셈이라고.

— 어때요, 괜찮은 카페죠?

커피를 받아오면서 여자가 묻는다.

— 95점 드리고 싶네요.

─ 하하, 5점을 굳이 깎아서 채점하신 이유가 있을까요?

─ 저 유치원에 아이들이 없는 시간이라서요.

─ 아, 정확하시네요. 제가 여길 선택한 이유를 정확히 찾아내셨어요.

여자가 또 공허한 찬사를 늘어놓는다. 그녀가 신은 검정 부츠가 내 눈에 들어온다. 머리와 머플러, 그리고 부츠까지 모두 까만색이라 그런지 여자의 늘씬한 키가 셋으로 황금분할이 돼있다. 분할된 두 칸은 그녀의 흰 얼굴과 짙은 겨자색 모직 코트가 채웠다. 그저 솜털 누빈 흰 파카를 걸친 내 모습과는 확연히 다르다. 선생이나 여사는 내가 아니라 그 여자인 것 같다.

─ 한국은 완전히 망했다고 어느 외국 교수가 말하는 뉴스를 보셨어요?

버릇처럼 카페 규모를 눈대중으로 재보고 있는데 그녀가 입을 연다. 입이 좀 큰 편이라는 생각이 든다. 그녀 입 모양을 보면서 나는 입 한쪽에 카페를 들어 앉히고 다른 쪽에는 미용실을 배치하는 그림을 그려본다. 그녀의 가지런한 송곳니 선이 양쪽을 나누는 기준선이 된다.

그래, 망한 건 바로 나 자신이라고, 그렇게 되뇌며 나도 티브이에서 뉴스를 본 적이 있다. 한국의 출산율이 0.7로 떨어졌다는 얘기를 듣고 자기 머리를 양손으로 감싸면서 보인 미국인 교수의 반응이 그랬다.

— 그래요, 봤어요. 요즘 우리나라 출산율은 흑사병이 유럽을 휩쓸던 시대보다 더 낮다는 소식도 들리더라고요.

설사 그렇더라도 저주하듯 망했다고 퍼부을 게 뭐람…. 맞장구를 쳐주긴 했지만 그게 내 생각이었다. 나라가 어찌 되든, 나 역시 이 나라 백성이긴 해도 그게 내 책임일 수는 없다. 그래도 부담을 떠안지 않을 수 없는 말이기는 했다. 나 역시 삼십 대 중반이어서 아직은 가임 연령대에 들어있으니까. 백세시대에 이삼십 대에서 멈출 게 아니라 삼사십 대까지 출산 계획을 늘려 잡아야 한다면서 은근히 압박하는 과잉 애국자들도 많으니까. 무엇보다 우리 부부에게는 아이가 없으니까.

— 큰일이에요.

여자가 정말이지 큰 걱정거리라도 생긴 듯 한숨을 쉰다. 그녀의 걱정과 내 걱정이 서로 달라진다. 나는 그녀의 한숨에 땅이 꺼질까 걱정이다. 걱정도 팔자다.

— 사모님은 아이를 두셨어요?

— 그럼요. 둘이나 키우고 있죠.

내가 묻고 여자가 자랑하듯 대답한다. 둘이면 많다고 해야 할까? 덮어놓고 낳다가는 떼거지 못 면한다, 아들딸 구별 말고 둘만 낳아 잘 기르자, 하나만 낳아도 한반도는 초만원….

그렇게 강도 높여 국민을 협박하는 표어들이 넘쳐나던 때가 있었다고 언론은 보도했다. 그러고는 이제 하나라도 더 낳자고 야단법석이니 누가 더 분별없이 날뛰는 건지 참 모르겠다.

— 전 하나도 없는데 어쩌죠?

나는 마치 죄라도 지은 듯 목소리를 낮춘다. 얼마 전 미용실 주인 여자와 똑같은 내용의 대화를 할 때도 끼어들었던 똑같은 죄책감이다. 그날은 죄책감에 더해서 반발심이 없지 않았다. 여자가 뭐, 아이 낳는 일 빼면 아무것도 아닌 존재들인가 하는.

— 아뇨. 아직은 젊으시니까 기회가 있겠죠. 안 그래요?

— 글쎄요.

여자가 은근한 눈빛으로 내 눈을 들여다보며 동의를 구한다. 나는 미적지근한 반응을 보여줄 수밖에 없다. 내게 그런 날들이 찾아올 수 있을까? 행운이든 불운이든, 혹은 다른 뭐가 됐든.

아이를 낳지 않는 시대가 됐다고들 말한다. 아이에게 투자해야 하는 날들이 최소한 이십 년인데 차라리 자녀가 없는 편이 부부끼리 행복을 누릴 수 있는 지름길이라고 젊은이들이 믿기 시작했다고 한다. 말하자면 더하고 빼고 곱하기 나누기해서 회계를 마쳤단다. 정말 그런 건지는 모르겠고, 나

하고는 좀 먼 얘기이기도 하다. 그런데 어쨌든 그게 틀림없이 여자들 책임이라고만 할 순 없지만 그래도 손가락질은 늘 여자 쪽으로 향한다. 배운 여자일수록 아이 기피 경향은 두드러진다고 학자들은 분석한다. 사회적으로 신분 상승을 위해서나 독립하려는 욕구가 강한 여성 계층에서 기피 현상이 보인다는 것이다. 반면에 한때 우리 사회 다산의 주축이었던 중산층에서는 아이를 낳아 기르고 가르치는 부담에서 벗어나지 못해 출산을 미루거나 포기한단다. 물론 핑계 없는 무덤이 없듯 출산을 포기하는 이유도 다 제각각이리라. 아, 내게는, 우리 부부는 대체 어쩌다가….

카페 밖 가로등에 노란불이 켜진다. 그 아래로 희끗희끗한 싸락눈이 흩날리는 게 내다보인다. 어쩌다 내가 낭만을, 분에 넘치는 여유를 누리고 있다는 생각이 든다. 비록 아이는 없어도.

— 참, 내 정신 좀 봐. 여태껏 쌤 이름도 여쭤보지 못했네요. 저는 유지, 한유지라고 해요.

— 에고, 이제 쌤이라고 그만 불러요. 저는 채연서예요.

— 그래요. 알았어요, 연서 씨. 이름도 곱네.

— 유지라는 이름이 더 곱고 매끈한데요, 뭐

여자들의 흔한 수다 자리가 그렇듯 우리는 서로 맞장구를 치고 화답한다. 공감한다는 뜻을 상대에게 확실하게 보여줄

수록 우리 여자들은 한 날, 심지어는 불과 한 시에도 급속도로 가까워지곤 한다. 그리고 서로 공감할 수 있는 대상들은 세상에 부지기수로 널려있다. 여자는 그걸 찾아낼 줄 아는 동물이다. 수다가 길어지는 이유는 그 때문이다. 남자들은 그걸 본능적으로 알지 못할 뿐만 아니라 관심도 두려고 하지 않는 것 같다. 그런 DNA가 아마 없지 않을까 싶다. 당연히 수다라는 문화도 없다.

가로등 불빛 때문인지 아니면 싸락눈 때문인지는 몰라도 카페 밖 풍경이 활기차게 느껴진다. 나는 집으로 돌아갈 일을 걱정한다. 혹은 집 말고 다른 어디, 이를테면 병원을 들러야만 하는 걸까 하고.

그때 여자가, 한유지가 큰 입을 작게 연다. 내 눈을 빤히 응시하기도 한다. 쓸데없는 수다의 유희를 즐겼으니 이제 본론으로 돌아갈 차례라는 듯.

— 여건이 되면, 이를테면 경제적으로 도움을 좀 받을 수 있다면 우리 연서 씨도 아이를 낳고 싶은 바람은 있어요?

— 무슨 도움이요?

— 뭐, 굳이 말하자면 출산 장려금 같은 거죠.

출산 장려금이라는 말을 신호로 한유지의 입이 크게 열리기 시작한다. 그녀는 민관 연합체의 어떤 연구소에서 일한다고 고백한다. 나이가 나보다는 다섯 살이 많은 마흔이라는 애기까지…. 할 수 없이 나는, 그럼 언니네요, 하고 인정한다. 사모님이라는 호칭보다는 그게 편하겠다는 생각도 든다.

— 우리 연구소는 특별하고도 유능한 인재들의 정자를 수집하고 있어요. 정자은행이라는 데, 들어봤죠? 그렇다고 은행은 아니죠. 아, 은행과 닮았다면 대출 분야일 텐데, 대출이라고 표현할 수도 없겠네요. 갚지 않아도 되는 대출은 세상에 없을 테니까.

한유지가 잠시 마른침을 삼킨다. 머플러를 벗어놓은 터라 모직 코트 사이로 작고 뾰족한 목울대가 꿈틀거린다. 저 목울대나 큰 입을 사랑한 남자들도 분명 있었으리라. 나는 그런 상상을 해본다.

— 그래서 원하는 분들에게 정자와 함께 장려금을 지급해드리는 거예요. 요즘은 이게 정부 정책이기도 하고, 기업과 전문가 그룹이 서로 손을 잡고 벌이는 일이기도 해요. 나라가 망한다는데 수수방관할 수는 없잖아요? 그렇죠?

— 정말이지 애국이 따로 없네요.

세상에, 그런 연구소도 있다니! 내 처지는 잠시 잊고 남 일처럼 내가 말한다. 그게 무엇인지는 몰라도 부러운 마음도 없지 않다. 나라를 구하는 일이 애국이고 구국이라면 그녀 역시 애국자라고 불릴 만하다. 안중근이나 유관순 같은 의사 열사들처럼.

— 맞아요. 애국지사가 별건가요? 이제 애국의 길도 훨씬 다양해진 셈이죠. 쉽고.

애국이라는 단어가 오가긴 하지만 왠지 낯설고 생소하게 느껴진다. 교과서에서만 배웠을 뿐 전에는 입에 올릴 필요가 없던 말이기 때문이다. 일본 제품 불매운동에 동참하기는 해도 누구든 그걸 애국이라고 여기지는 않는다. 그냥 싫은 게 싫을 뿐.

— 마냥 쉽다고만 볼 수 있는 건 아니잖아요. 유지 언니가 낳아봐서 알겠지만.

— 호호, 목숨을 걸어야 할 정도는 아니었어요. 그런데 연서 씨는 어떻게 생각해요?

— 저도 충분히 인정해요.

— 아뇨. 우리 연구소의 프로젝트에 대해서 말이에요.

글쎄, 그런 일까지 내가 나서서 가타부타할 성질은 아닌 듯하다. 나는 여전히 남 일 대하듯 한다. 세상에는 별 연구소도 많고, 한가롭게 먹고사는 사람도 많다는 사실이 새로울 뿐이다.

— 계약서에 사인하기만 해도 우리는 먼저 5천을 입금해 드려요. 수정란 착상이 확인되면 또 5천, 15주 후에 다시 5천, 그리고 출산과 더불어 나머지 5천을 지급하죠. 지금까지 그 수혜자가 천칠백이 넘었어요. 일차 목표는 만 명인데….

— 아, 대단하네요.

— 그거 다 합치면 2억인데, 지자체에서도 1억을 지급하는 곳이 많잖아요? 거기다가 정부에서는 2억 5천까지 저리로 대출을 해주고요. 그러니 다 합치면 최소 5억이 되죠. 그런데도 연서 씨는 관심 없는 일인가요?

한유지는 내가 숨 쉴 틈도 없이 파고든다. 일어날 시간을 나는 이미 놓친 듯하다. 그녀가 나 아닌 다른 누군가와 열띤 대화를 주고받는데 내가 그 틈에 끼어서 발이 묶인 느낌이다. 그러다가 퍼뜩 정신을 차린다.

— 내가요…?

— 기회잖아요. 코로나 초기에는 환자 한 사람이 나올 때마다 국가가 먹여주고 재워주면서 가족 모두에게 백만 원씩 위로금을 주기도 했어요. 나중에는 어떻게 됐죠? 모든 혜택이 다 없어졌잖아요. 그러니까 코로나에 걸려도 일찍 걸렸어야 한다는 말이 나온 거고요. 이건 나라가 장려하고 기업과 병원이 후원해요. 우리 여자들 개인으로서는 여자의 삶을 완성하는 길이기도 하구요.

— 나에게 옛날 그, 씨받이를 권하는 건가요?

급기야 나는 항의한다. 어이가 없다. 말문이 막혔다가 불쑥 튀어나온 게 나에게도 낯설고 생소한 표현이었다. 〈씨받이〉는 잘 알려진 영화 제목이기는 했어도 옛날 한 시절에서

나마 그런 풍속이 정말 존재했을까 싶은.

하지만 이상하다. 그 엉뚱한 제안을 받는 순간, 어두운 질곡의 역사 한 그늘막이 나를 덥석 보쌈하는 기분이 든다. 두꺼운, 옴짝달싹할 수 없는 무명 자루가 내 몸을 점점 조이기 시작한다. 누군가의 사냥감이 되었다가 끝내 포획당하고 만 듯 아주 불쾌한 느낌이다. 아무리 몸부림을 쳐도 벗어날 수 없을 것 같은 두려움이 나를 엄습한다. 이윽고 내 몸이 정체를 알 수 없는 어느 집 대문 안으로 옮겨진 뒤, 후원을 지나 굴속 같은 캄캄한 방에 처박히고 말 것이라는 절망이.

그제야 나는 한유지가 선택한 로케이션 헌팅, 곧 촬영 장소가 아주 의도적이었다는데 생각이 미친다. 여자는 나보다 더 치밀하고 충실하게 어떤 한 편의 시나리오를 계획하고 있었던 셈이다.

하여튼 여기까지가 내가 앞서 언급한 인연이라는 이름의 음식, 그 전채요리에 대한 소개다. 이제 본 요리의 맛을 직접 맛깔해야 할 차례다. 과연 당신 입에는 이 생뚱맞은 인연 요리의 맛이 어떻게 가 닿을지 궁금해진다.

# 03

당신, 내 하루를 짐작하고 있기나 해요?

나는 식탁에 앉아서 밑도 끝도 없이 혼자 중얼거린다. 한유지는 그때 이미 나에 대한 사정을 속속들이 파악해 두었던 것 같다. 그렇지 않고서야 지나가는 여자를 붙들고 아이 하나 낳아보지 않겠느냐고 다짜고짜 유혹할 수는 없지 않은가.

눈에 보이지 않는 인연을 만약 그림 한 장으로 표현한다면 그건 어떤 형상일까? 나는 그게 아무리 작은 인연일망정 개미지옥 같은 건 아닐까 상상해 본다. 명주잠자리 애벌레가 파놓은 깔때기 모양의 함정…. 한번 그곳에 빠진 개미는 좀처럼 빠져나오지 못한다. 인연도 그렇다. 호기심으로든 실수로든 인연 근처를 어슬렁거리다가 까딱 미끄러져 들어섰다가는 누구라도 쉽게 되돌아 나올 수 없다. 인연이라는 말은 출구가 따로 없는 공간을 달리 표현한 언어인지도 모른다.

당신, 이 샌드스케이프Sandscape를 좀 봐요.

나는 요즘 하루에도 몇 시간씩 이 신기한 장난감에 빠져 지낸다. 위에서부터 물감이 흘러내리도록 고안된 장방형의 사진틀 같은 모래 그림판이다. 파랗거나 흰 모래 혹은 물감 가루들이 기름방울 띠를 통과하면서 밑으로 흘러내리면 그 아래에 그림이 그려진다. 그냥 맡겨두고 지켜보기만 해도 높은 산과 계곡, 낮은 구릉 지대, 굽이치는 산자락과 연봉들 그리고 길이 만들어지는 도구다. 금가루처럼 보이는 물질은 곳곳에 흩뿌려져 영락없이 마을의 불빛처럼 보이기도 한다. 그렇게 천천히 다 흘러내리면 그럴듯한 수묵화 하나가 완성된다. 판을 뒤집어놓으면 질리지도 않는지 또 다른 수묵화 한 점을 능숙하게 그려 보인다. 장난감치고는 꽤 전문적인 솜씨를 자랑한다. 우리가 현실에서 보는 산과 산맥들도 어쩌면 하늘에서 누군가가 한 줌씩 흙더미를 뿌려서 이루어진 건 아닐까 하는 생각이 들기도 한다. 사람마다 제각각 받아든 운명이 그런 것처럼.

그림 하나에 이십여 분쯤 걸릴까? 매번 선보이는 그림이 달라서 지금처럼 하염없이 시간 보내기에 아주 제격이다. 그림 열 개만 감상하고 나면 서너 시간이 훌쩍 사라지고 없다.

그래서 내가 따로 붙인 이름이 있다. 시간 죽이는 기계!

병원 크린하우스에 들렀다가 나는 우연히 이 희한한 물건을 주웠다. 누군가가 퇴원하면서 곁에 두고 보던 걸 버리고 갔는지도 모른다. 눈을 뜬 심청이네 아버지가 지팡이를 내던지듯 퇴원의 기쁨으로 이 물건을 미련 두지 않고 휙 버렸는지도.

물감 가루가 흐르는 유리 벽 틈 일부가 오염됐는지 얼룩이 보인다. 그 때문에 더러는 일그러진 그림이 나타나기도 하고 때로 흐름이 끊겨 작업을 멈추기도 한다. 그럴 때마다 툭 하고 액자를 치면 마치 그림을 그리다 말고 꾸벅꾸벅 졸던 화가가 일어나 새로 붓칠을 하듯 물감이 내려와서 쌓이곤 한다. 하여튼 이걸 습득한 게 나로서는 어지간한 행운이 아닐 수 없다. 병실에서 무료한 시간을 견뎌야 하는 사람들에게 추천할 만한 물건이기도 하다. 아니다. 너무 오래 빠져서 쳐다볼 일은 아닐 것 같다. 거기 축조된 산 마을로 숨어들거나 아니면 십중팔구 거기 어느 산자락에서 짧은 죽음을 맞이하고 싶은 마음이 들지도 모른다. 나처럼.

당신은 그때, 당신 왼쪽이 아니라 내 쪽으로 핸들을 꺾었어야 해요.

나는 또 부질없는 상념에 사로잡힌다. 용진龍進이라는, 내 고향 소읍을 향하는 길 위에서 사고는 발생했다. 고향 지명을 굳이 밝힌 이유는 바로 그 이름 때문이다. 용이 나아간다는 뜻일 텐데, 무슨 지랄 같은 용이 하늘이든 지상이든 날아가다가 장애물에 덜컥 걸려 넘어진다는 건지, 이해도 되지 않을뿐더러 그 일을 떠올릴 때마다 부아가 치밀곤 한다. 하필이면 내 고향에서 벌어진 영화 같은 사고여서 더욱 그랬다. 용은 무슨, 쥐뿔!

고향 읍을 관통하는 17번 국도를 빠져나와 지방 소로로 막 접어들었을 때, 남편은 나를 돌아보며 물었었다. 당신 모교도 학생 수가 많이 줄었겠지? 그래요. 그렇다고 들었어요. 한 반을 다 채우지 못할 정도라고 해요. 대답하면서 나는 정면을 응시했다. 그 아이는 초등학교 2학년이라고 했다. 내 모교에 재학하는…. 그 애가 저 앞에서 우리 쪽 방향으로 자전거 페달을 힘차게 밟으며 다가오고 있었다. 길가에 심어진 색색의 코스모스가 한들거렸다.

저기 귀하신 어린이가 한 분 오시네그려!

그게 남편의 마지막 말이었다. 지금 돌이켜보면 무슨 운명을 예감한 듯하다. 아이를 갖지 못한 우리 부부의 운명 같은…. 그런 운명이나 인연도 있을 수 있을까? 하여튼 남편은 분명히 속도를 줄였고, 아이는 어쩐 일인지 우리 앞에 이르러 몸의 중심을 잃더니 차 바로 앞에서 잠시 기우뚱거렸다. 아이들이 흔히 그렇듯 지레 겁을 먹었는지도 모른다. 그 순간 핸들을 자기 쪽으로 돌린 남편이 무심코 액셀을 밟았는지 차가 무시무시한 속력으로 붕 떠서 날아가더니 새로 난 고속 도로 아래 굴다리 시멘트 교각을 들이받고 말았다.

남편이 만약 오른쪽으로 핸들을 꺾었다면 어땠을까. 사고를 조사했다는 경찰은 무의식중에도 남편이 나를 보호하기 위해 왼쪽을 선택한 것이라며 나를 위로했다. 하지만 그 순간 무게 중심을 바로잡은 자전거는 이미 제 갈 길로 멀어져 간 뒤였다. 그 애가 오갔던 방향의 길가 논에서 누렇게 익은 벼들이 일제히 고개를 숙인 채 우리를 불안하게 흘깃거렸던 기억만 나에게 지금껏 남아있다.

자동차는 옛적 호랑이가 틀림없어. 호랑이가 자동차로 변신해서 우리 시대에 다시 나타난 거라고…. 누군가가 응급실에서 탄식했다. 봐봐, 눈을 마주칠 수 없을 만큼 강렬한 헤드라이트는 부리부리한 호랑이 두 눈을 닮았지? 아무리 달려도 끄떡없는 네 바퀴는 또 어때, 그건 하루에 천 리를 오간다는 호랑이 발이 변한 거라고. 이건 호환이야, 옛적에 흔했던 그 호환이 우리에게 닥친 거라고!

호랑이에게 물려간 사람이 그렇게 많았을까? 하여튼 친정 엄마는 사위 치료비를 대기 위해 명성이 자자하던 국도변 상추밭을 팔았다. 문전옥답이라는 표현도 모자라 생전에 아버지는 그 밭을 노다지 밭이라고 불렀었다. 시아버지는 군대를 명퇴하면서까지 남편 치료비를 보탰다. 시골로 낙향했다던 아이 부모도 멀리까지 찾아와 봉투를 내밀고 갔다. 그들은 내 모교 선배였다. 그래도 남편의 의식은 깨어나지 않았다. 나는 죄스러울 만큼 혼자 멀쩡했다. 내 배 속에 들어앉아 자라던 아이가 충격으로 탯줄이 끊어지면서 멀리, 돌아오지 못할 곳으로 떨어져 나갔을 뿐.

남편이 누워있는 병원에서 나는 일단 간병인으로 취업했다. 남편을 옆에서 지키겠다는 갸륵한, 꽤 그럴싸한 선택이었지만 처음부터 왈칵 내킨 일은 아니었다고 고백해야겠다. 하지만 남편 치료비로 나가는 돈은 콩나물시루에서 물이 빠져나가듯 했다. 자존감만 앞세워서는 달리 버틸 재간이 없었다.

간병인 생활을 오래 견디지는 못했다. 남편을 지키는 일은 효과적이기는 했지만 뭐랄까, 날이 갈수록 병원 분위기를 이겨내기가 힘들었던 게 사실이다. 병원 약 냄새가 편두통을 일으키기 일쑤였고, 이따금 죽어 나가는 환자들을 대해야 하는 일도 고역이었다. 나도 남편을 병문안하는 가족의 일원으로 병원을 찾고 싶었다. 진의야 어떻든 시누이도 나를 옹호했다. 우리 여자들은 오래 인내할 수 있는 존재들이 아니라는 사실에 동의해 준 셈이다. 나는 그렇게 믿는다. 다른 일이라면 혹시 몰라도.

병원을 빠져나와 두 번째로 찾아간 곳이 지금의 헤어숍이

다. 그게 가능할지는 몰라도 나름대로 꿈을 부풀리는 아이디
어가 있었기 때문이다. 그래서 나는 영화판이라는 현실 저편
에 자리한 듯한 온라인 일터에서 스스로 코드를 잡아뽑고 오
프라인 상태로 험한 병원 일을 거쳐 미용실에 이른 과정을
후회하지 않는다. 머잖아 내 꿈은 실현될 수 있으리라고 믿
는다. 그렇게만 된다면 제법 그럴듯한 내 공간도 갖게 될 것
이고 여유롭게 남편을 케어할 수도 있다. 그러니 우선은 힘
들더라도 속성으로 미용 기술을 익히고 곁눈질로 장사 수완
을 체득해야만 한다.

이곳 헤어숍에서는 나를 일러 인턴이라고 부른다. 이모나
여사라고 손님들이 부르는 호칭만큼이나 허울뿐인 작위이긴
해도 썩 그럴듯하게 들린다. 그도 그럴 것이 직전 일터였던
병원에서 인턴이라는 자리는 아무나 들어설 수 있는 곳이 아
니었기 때문이다. 다른 건 몰라도 우리 주인 여자가 돈 말고
는 너그럽다.

남편은 지금도 병원 침대에 누워서 눈을 동그랗게 치뜨고
있을 것이다. 눈동자 위치가 점차 위로 향하고, 흰자위 범위
가 차츰 넓어지고 있다. 처음에는 살아있다는 안도감으로 치
뜬 눈을 대할 수 있었지만 지금도 마찬가지냐고 누군가가 묻
는다면 조금 곤혹스러워질 것 같다. 여자들이라고 해서 한없
이 품이 넓고 너그러운 존재들은 아니다. 적어도 내 경우에

는 그렇다. 다른 여자들이라면 또 몰라도.

나는 다시 샌드스케이프 쪽으로 시선을 돌린다. 기름방울들이 촘촘하게 진을 치고 있어서 물감 가루들이 뚫고 내려오지 못한다. 시아버지의 용어를 잠시 빌리자면, 전선이 고착된 셈이다. 성난 장수가 부하의 뺨을 후려치듯 내가 액자 옆면을 때린다. 그제야 기름방울 진영 한 귀퉁이가 와르르 뚫리면서 물감이 밀고 내려온다.

술이라도 한잔 마실 수 있었으면 좋겠다. 나는 이른바 키친드렁커는 아니다. 그런 여자가 부러운 적도 일찍이 없다. 부럽기는커녕 굳이 밝히자면 오히려 혐오하는 편이었다. 그런데 드물기는 해도 언젠가부터 주방에 앉아 한 모금씩 홀짝거리기 시작했다. 주방과 거실이 물론 따로 마련된 집은 아니다. 그래도 주방이라고 표현을 한 이유는 내 최소한의 윤리나 양심 때문이다. 남자들처럼 거실 복판이나 대문 밖에 나앉아서 마셔댈 수는 없지 않은가?

언젠가 때가 된다면 정말이지 남자와 함께 문밖 흔들의자에 앉아 술을 마실 수도 있을 것이다. 나는 일부러 남편이 아니라 그냥 남자라고 내뱉는다. 남편을 자극하고 싶어졌기 때문이다. 아니, 남편은 내 생각을 읽을 수 있는 위치에 있지 않고 자극을 받을 수도 없다. 나는 단지, 내 고향 언어를 빌려 얘기하자면 누군가를 배차기하고 싶을 뿐이다. 일부러 골탕 먹이려는 그런 언사를 구사해서.

— 그럼, 뭐 어때!

나는 결코 방정한 여자가 아니다. 아니어야 한다. 방정맞은 방정이 미덕인 시대도 아니고, 한 숟가락이나마 밥을 먹여주는 시대도 아니다. 내가 공부했던 영화에서는, 아무리 고전이라고 해도, 방정한 여자는 주인공 캐릭터가 되지 못한다. 그렇지 않으면 항상 조연에 머물고 만다. 처음에는 비록 방정했을지라도 반드시 바뀌고 변신해야만 한다. 그래야 비로소 주인공으로 설 수 있다.

나는 언제쯤이나 바뀔 수 있을까? 나 자신의 삶에서나마 언제 단 한 번만이라도 주인공 역할로 발탁될 수 있을까?

# 04

연구소 직원 한유지가 내게 준 열흘의 말미가 순식간에 지나간다. 나는 그동안 아무것도 결정하지 못했다. 열흘 아닌 백 일이 주어진다고 해도 쉽게 결정할 수 있는 여자가 몇이나 될까?

당신이라면 뭐라고 조언할 거죠? 나한테 귀띔 좀 해줘요.

언제였던가, 당신이 했던 말을 떠올린다. 그때 우리는 모처럼 만족할 만한 잠자리를 가졌었다. 나도 그랬지만 당신도 몇 번씩이나 내게 확인해 주었으니까 잘 안다.

— 들어봐. 아이를 낳고 기르고 가르쳐야 하는 모든 고통을 떠안는 조건으로 신께서는 방금 우리가 누린 쾌락을 인간에게 주었다는 말을 들은 적이 있어. 말하자면 신은 당신께

서 해야 마땅한 일을 인간 개개인에게 떠맡기고는 답례로 콩알보다 작은 아편 한 조각씩을 그때마다 선물하는 것이겠지. 당신은 어떻게 생각해?

— 뭘 말이에요? 쾌락 쪽? 아니면 고통 쪽?

— 쾌락의 양에 대해서 말이야.

— 고건 당신이 금방 몇 번씩이나 실토했잖아요.

— 물론 그랬어. 하지만 뭔가 우리가 사기를 당한 느낌은 들지 않아? 그 선물로 주어지는 쾌락이라는 게 짧아도 너무 짧거든.

— 피이! 억울하면 계약을 탓하지 말고 더 하면 되잖아요. 신이 횟수를 제한한 건 아닐 테니까.

당신은 그때 정말 억울했는지 진지하게 우리 정사에 탐닉했던 기억이 난다. 덕분에 나도 좋았다. 그런 날들이 못 견디게 그립다.

한번은 병원에서 남편 몸을 씻기다가 이상한 일을 겪은 적이 있다. 남편의 몸이, 비록 크게는 아니었지만 내 손길이 닿는 순간 조금 딱딱해지면서 일어선 듯했다. 그때 나는 깜짝 놀라서 간호사를 소리쳐 불렀다. 내 호들갑에 어리둥절하던 간호사가 배시시 웃으며 들려준 말은 몹시 실망스러웠다. 그 부위는 자율신경계가 지배하는 곳이에요. 그래서 본인의 의지와 상관없이 작동하는 거죠.

당신, 그날 속임수나 마술 같은 걸 써서 나를 설레게 했던 거예요? 그것도 신이 주신 선물 가운데 하나였어요? 아니면, 이제 무엇인가 달콤한 환상이나 마약으로 인간을 달래려 했던 신을 모방하기 시작한 건가요?

한유지와 만나기로 약속한 시각이 다가올수록 내 손길은 자꾸 허둥거린다. 그러다가 어떤 젊은 여자애의 뒷머리 일부를 잘라내는 실수를 기어코 하고 만다. 여자애는 알지 못하지만 주인 여자는 귀신처럼 눈치를 챈다. 주인이 검지와 중지를 모아 두 번 맞부딪치는 신호를 보낸다. 잘린 머리카락을 그대로 버리지 말고 가위질로 토막을 내라는 충고다. 그래야 바닥을 보고도 여자애가 자기 머리카락이 잘린 사실을 알지 못하기 때문이다. 확실히 수완이 좋은 여자다.

내 생각은 좀 다르다. 어쩔 수 없이 영화 〈로마의 휴일〉을 떠올린 나는 이 여자애 머리를 오드리 헵번처럼 싹둑 커트하고 싶어진다. 그래야 잘 어울릴 것 같기도 하다. 내가 만약 그렇게 한다면 여자애는 울고불고 난리를 피울까? 그런 그 애를, 대배우 커트 머리가 안겨준 참신한 충격과 그 영화 이후 전 세계 여성들을 사로잡은 감각의 변화에 대해 들려주며 설득할 수 있을까? 모르겠다. 굳이 그럴 필요도 없다. 그래서 나는 주인 여자 조언을 따른다.

—결정했어요, 연서 씨?

전의 그 카페에 앉자마자 한유지가 묻는다. 이제 더는 예의고 격식이고 따질 계제가 아니라는 윽박 같다. 하긴 그럴 만하다. 내가 아니라고 거부하면 그녀는 거침없이 일어나 다른 여자를 찾아가 영업을 하리라. 연구소 직원에게는 한가롭게 수다를 떨 만한 친구나 자매가 굳이 필요하지는 않을 것이다.

아이들이 모두 집으로 돌아간 유치원 마당은 적막에 잠겨 있다. 적막하기는 나도 마찬가지다. 미용실 쪽이 아니라 자격증을 따서 저런 유치원 일자리를 얻는 게 나았을까 하는 생각이 스친다. 아니다. 그때로 돌아가서 다시 결정을 내려야 하는 똑같은 상황에 놓이더라도 그렇게는 하지 못했을 것 같다.

— 언니, 세상에서 나를 임신시킬 수 있는 사람은 내 남편밖에는 없어요. 물론 예외적인 경우가 있을 수는 있겠지만 그게 원칙이라는 거죠. 그런데 왜 언니가 나를 임신시키지 못해서 자꾸 안달이에요?

— 우리 대화를 처음으로 다시 되돌리자는 건 아니지? 그래, 연서 씨도 나도 처음으로 돌아가자는 것도, 돌아갈 수 없다는 것도 잘 알고 있어. 다만 이쯤 어느 지점인가가 마지막으로 한 차례 더 망설이고 뒤를 돌아보는 게 인지상정이겠지. 이해해.

— 이해한다니까 바꿔서 물어볼게요. 낳는 건 어쩌면 쉬운 일이죠. 키우는 일에 비한다면 말이에요. 아이를 낳으면 어떻게 되죠?

— 직접 키워야죠. 아이를 뺏어가기야 하겠어요? 물론 사정이 허락하지 않는다면, 다른 양육기관 같은 곳도 고려해볼 수 있긴 해요. 우리 쪽에서도 시설 좋은 탁아소를 따로 준비하고 있으니까요.

— 물에 빠진 내가 시방 붙잡으려고 안간힘을 쓰는 게 지푸라기는 아닐까 하는 생각을 해요. 설혹 그게 믿을 만한 널빤지라고 해도 과연 내가 의지해도 괜찮을까 싶기도 하고….

널빤지라는 표현 때문에 영화 〈타이타닉〉의 여주인공 케이트 윈슬렛의 얼굴이 스치고 지나간다. 그녀가 살 수 있었던 게 그런 널빤지였다. 딱 한 사람만 태울 수 있는.

— 그래, 알아. 하지만 이미 많은 여자가 그 널빤지를 잡고 구조됐어. 자, 들어봐. 전에 만났을 때 연서 씨가 씨받이라는 표현을 썼지?

한유지가 내게 말을 놓는다. 큰 입에 어울리는 말투라는 생각이 든다. 그래서 나에게는 거부감이 없다. 사실은 나 혼자만 그녀의 입이 크다고 느끼는 걸지도 모르겠다. 하지만 전부터 그녀를 잘 알고 있었던 듯한 선입견을 그 큰 입 때문에 갖게 된다면 그녀에게도 축복이라고 할 수 있다. 비록 여배우 줄리아 로버츠의 큰 입, 혹은 복화술을 구사하는 코미디언들이 흔히 들고나오는 장갑 인형의 넓은 입을 닮아서 내가 처음부터 낯이 익다고 오해는 했을망정.

— 그래, 그건 아주 터무니없는 표현이지만 우선 그렇다고 쳐. 그런데 옛날에도 그녀들에게 최소한의 윤리는 저버리지 않았다고 들었어. 그냥 내쫓았던 게 아니라 본인이 원하기만 하면 방 한 칸 정도는 제공해서 그 댁 가족의 일원으로 살아가게 했다고…. 물론 나가겠다고 하면 논 마지기라도 떼어 줘서 살기 어렵게 만들지는 않았다고 해. 일반 여염집에서도 그랬다는데 하물며 기업이 됐든 국가가 됐든 그거 하나 책임지지 못하겠어? 안 그래?

내가 아직 결정을 내리지 않았다고는 말했어도 가슴 한구석에서는 이미 마음을 꾹꾹 다지고도 남았는지 모르겠다. 헤어숍에서 손을 허둥댄 이유가 그 때문이 아니면 무엇일까? 그렇다고 계약서에 덥석 사인할 수는 없는 노릇이다.

— 유지 언니가 내게 더 확신을 줘야 해요. 아시다시피 우리 여자들은 연애하고 결혼하기까지, 그리고 임신하고 출산하는 결정에 이르기까지 수만 번을 고쳐 생각하기 마련이에요. 또 그렇게 어렵게 결정을 했다가도 하루아침에 뒤집기도 하고…. 그래서 우리 여자를 두고 믿을 수 없다고 손가락질하는 남자들과는 한 하늘을 함께 머리에 이고 살 대상이 아

니라고 들었어요. 여자들은 세상을 살면서 앞뒤 구석구석 세세하게 따져야 하고, 또 거듭해서 디테일을 뜯어보고 살펴보는 일에 집착해야만 했으니까요. 세상이 그렇게 만들었잖아요. 모든 악마는 디테일에 숨어있도록….

─ 그래 알아. 연서 씨가 보는 그대로 나도 틀림없는 여자야. 아이를 갖자고 남편과 내가 처음 합의한 뒤로도 꼬박 일 년 동안 고민했으니까. 하지만 이 경우는 다르잖아? 전에 공감했던 대로 가슴에 권총을 숨기고 떠나던 열사들처럼 분명한 애국의 길이기도 하고 말이야.

─ 아니, 언니. 그 말은 이제 더 이상 듣고 싶지 않아요. 나 같은 젊은 여자들에게 아이를 낳아야 한다고 독려하는 언니 얘기는 명실상부 애국이라고 할 만해요. 그런데 막상 내 경우에는 낯간지러운 일이에요. 무엇보다 돈 받고 벌이는 일이 애국이 될 수는 없죠. 솔직히 고백하자면 돈의 유혹을 떨치지 못할 뿐.

한유지가 잠시 말을 잊은 듯 침묵한다. 우리 서로가 처음부터 솔직하게 접근했더라면 일이 더 수월하게 진행될 수도 있었을까? 목돈이 혹시 필요하지 않으세요? 아주 괜찮은 방법 하나 알려드릴 테니까 이리로 전화해 주시면 돼요, 라고.

그 돈이면 서울 시내는 아니라고 하더라도 변두리 어디쯤 헤어숍을 개업할 수도 있을 것이다. 내 손길이 감미로운 음악 같다고 말한 건 거짓으로 판명된 셈이지만 그럭저럭 손님들을 끌어모을 수완도 배웠고 자신감도 든다. 거기 더해서 내 나름대로 기획하는 시나리오가 하나 있다. 카페는 흔히 제과점을 겸하는 게 요즘 대세지만 내 계획은 다르다. 미용실 한쪽에서 카페를 운영하는 아이디어다. 아니, 정확하게 말하면 카페 한쪽 구석을 투명 유리창으로 막고 거기에 깔끔한 헤어숍을 열어볼 생각이다. 카페가 객석이라면 헤어숍은 극장 스크린이 되는 구조라고 여기면 된다. 커피를 마시면서 오래 앉아있다 보면 머리를 손질하고 싶어지는 게 비단 나만의 이상한 욕구는 아니지 않을까 싶다. 하여튼 그게 내 아이디어다.

아이가 생기면 혹시 내 계획이 몽땅 물거품이 되고 마는 건 아닐까? 아니 그건 내 기우에 지나지 않을지도 모르겠다. 그녀가 말한 대로 아이가 학교에 갈 때까지는 탁아소 같은 양육기관에 보낼 수도 있다. 아이는 내 몸에서 자라는 동안 견딜 수 없을 만큼 귀찮게 하거나 행동에 제약을 안겨주지는 않을 것이다. 만삭이 되거나 출산할 시기가 아니라면 크게 부담가질 필요도 없다. 눈 한번 질끈 감고 있으면 열 달은 금방 저절로 간다.

— 그래, 연서 씨가 솔직히 말해줘서 고마워. 그래도 상관이 없지. 하지만 명심했으면 좋겠어. 이건, 에라 모르겠다 하

는 식으로 젊은 애들이 저지르는 불장난과는 차원이 다른 일이야. 그저 장난으로 해보는 일이 아니라고. 정부가 민족의 미래를 걸고 심사숙고해서 장려하는 정책이야. 알겠어?

한유지가 땅에 말뚝이라도 박듯 힘주어 말한다. 나는 나대로 지지 않으려고 그녀가 박아놓은 말뚝을 뽑아내듯 대꾸한다.

—내 몸도 장난은 아니죠. 돈이 결코 장난이 된 적 없듯이 말이죠.

—그럼, 이제 결정해 줘.

—그래요. 계약서에 도장을 찍든 사인을 하든 뭐든 할게요.

나는 결국 그렇게 선언하고 만다. 한유지가 내 손을 끌어 감싼다. 그러고는 손등을 토닥거리면서 크고 환하게 입을 연다.

—잘했어. 난 연서 씨가 그럴 줄 알았어. 후회하지 않을 거야. 나를 믿어도 돼.

—어쩔 수 없죠. 믿어볼게요. 신 아니면 돈, 그 둘이 다 외자字인 데다가 마치 형제처럼 니은 자 돌림이군요. 그렇게라도 붙들고 믿어야 할 대상 하나는 있어야겠죠?

—그래, 그래. 불안하지 않다면 사람도 아니겠지.

—나에 대해서는 미리 조사해 뒀던 건가요? 솔직하게 말해줘요.

한유지가 멋쩍은 미소를 짓는다. 이제야 새삼 따져 물을 게 아니라고 해도 확인은 해봐야 직성이 풀릴 것 같다.

― 우리 연구소가 맹목적으로 일을 벌이는 곳은 아니라는 점만 알아줘. 그래야 연서 씨가 우릴 신뢰할 수 있는 공간 평수도 넓어질 것이고…. 설마 연서 씨가 어느 대학에서 뭘 전공했고, 남편이 어떤 사람인지도 모르고 덤벼들겠어? 어때, 대답이 됐어?

나는 천천히 고개를 끄덕인다. 그녀가 넓고 큰 가방을 열어 서류를 꺼낸다. 뭔가 다른 궁금한 일들이 많았는데 갑자기 머릿속이 하얗게 지워진 느낌이 든다. 지금 이때 묻지 않으면 내가 알고 싶거나 확인하고 싶은 모든 해답은 이 순간 이후 영영 밀폐될 것만 같다. 다시는 찾을 수 없는, 떨어져 나간 진짜 내 아이처럼…. 그런데도 질문의 실마리는 어디로 숨었는지 영 잡히지 않는다.

― 언니, 나 밖에 나가서 담배 한 개비만 피우고 올게요.

― 설마, 줄행랑치는 건 아니지?

― 그럴지도 몰라요.

― 다녀와. 이런저런 핑계로 다시는 라이터 찾을 생각 같은 건 하지 말고.

― 걱정하지 마요. 내 흡연 여부는 조사 대상에 들어있지 않았어요?

― 그래. 그것도 알고 있었어.

나는 밖으로 나와 근처 편의점에서 담배와 라이터를 산다.

담배를 굳이 피울 생각까지는 없었다. 지금이 아니면 다시 확인해볼 수 없는 그 무엇들을 떠올릴 계기가 필요했을 뿐이다.

편의점 옆 골목 어귀에 서서 나는 담배에 불을 붙인다. 그러고는 고등학생으로 보이는 여자애 둘과 이웃해서 첫 모금을 빨아들인다. 영화배우 김혜수처럼 멋진 샷이 나오기를 기대하지는 않아도 내심 첫 흡연에 대한 호기심은 없지 않다. 그런데 기도를 타고 맵고 사나운 연기가 폐를 향하는 순간, 기침이 와락 터지고 만다. 그 바람에 눈물이 찔끔 솟는다. 떡본 김에 제사를 지낸다고 했던가? 나는 아예 기침을 핑계로 내 몸 저 안에서 울음을 끌어올린다.

— 아줌마, 급히 들이마시면 안 돼요. 천천히 달래가면서 삼켜야죠.

킥킥거리던 아이들이 점잖게 훈계한다. 그 바람에 눈물이 더 흘러내린다. 내가 씨를 받아서 낳게 될 아이는 과연 어떤 아이일까? 그 아이도 열다섯 무렵이 되면 담배를 피우게 될까? 그리고 누군가에게 담배 피우는 요령을 충고해 줄까? 그때 때마침 내가 묻고 싶었던 것 중 하나가 떠오른다.

— 언니, 하나 더 물어볼게요. 질문이 뭐든 딱 하나만 대답해 주겠다고 약속해 줘요.

카페로 돌아온 나는 아주 간절하고도 절박한 심정이 되어 한유지에게 매달린다. 어쩌면 필사적인 심정이다.

— 뭔데 그래? 내 능력 안에 포함된 일이라면 약속할게.

— 내 남편은 전에 우스갯소리를 한 적이 있어요. 한순간 황홀해지는 섹스의 대가로 우리는 값비싼 책임을 짊어지는 법이라고 말이죠. 우스개가 아니라 실은 진리인지도 모르죠. 세상의 아이들은 모두 그렇게 탄생이 될 테니까요. 그런데 나는 그 찰나의 환희도 없이 지금 아이를 잉태하게 생겼어요. 그러니 쾌락을 포기한 대가라거나 아주 작은 보상이라고 여기고 한 가지 사실만 알려줘요. 내가 품을 아이 씨앗은 도대체 어떤 종류의 인간에게서 오는 거죠?

한유지가 복잡하고도 미묘한 미소를 눈가에 띄운다. 섹스 내부에 존재하는 희열과 고통, 혹은 섹스 이후에 수반되는 기쁨과 부담 전체에 대해서 잘 이해하고 있는 듯한 미소다. 여자라면 당연히 아는…. 그녀가 미소를 거두면서 입을 연다.

— 그건 내 능력과 한계 밖의 문제야. 생각해 봐. 내가 그걸 어떻게 알 수 있겠는지…. 하지만 이 세계에도 나름대로 통하는 눈치가 있고 귀띔도 있지. 연서 씨가 사인하는 동안 내가 그걸 정리해 볼게.

나는 한유지가 짚어주는 대로 가능한 천천히, 시간을 끌면서 사인을 한다. 내 건강상태, 심지어 생리 주기 같은 은밀한 정보까지도 적는다. 만약 지키지 않으면 불이익을 받을 수도 있다는, 비밀 유지에 관한 서약도 마친다. 내가 도대체 누구에게 이 비밀을 누설하겠는가?

전에 그녀를 처음 만나서 커피를 마시던 날처럼 슬금슬금 땅거미가 내려오는 도로 위로 가로등 불빛이 켜지고 저녁이 오고 있다. 정체 모를 어떤 사내의 씨앗을 아직 내 몸에 넣은 건 아니지만 왠지 모르게 그 일은 어떤 식으로든 이미 이루어진 것 같은 저녁이다.

너는 겨울이 끝나가는 저녁에 나에게 왔어!

내 몸 어딘가에서 내 성음을 모사한 목소리가 옆구리를 비집고 새어 나온다. 그때쯤 한유지의 목소리도 거기 환청 가운데로 스며든다.

— 하나만 귀띔해 줄게. 내 추측이라고만 여겼으면 해. 그는 시인이야. 이건 기밀 사항이라는 점을 유념하고, 이해하지?

시인이라고? 시를 쓰는 시인이라고?

그것은 처음 들어보는 말처럼 몹시 생경하게 들린다. 내가 전에 알던 단어가 아닌 것처럼. 세상에 시인이라니! 그는 내가 막연히 듣기만 했던 그런 시인이 맞는 걸까?

시인이라면 내가 이전에 특별히 시인을 만나본 적이 없다. 제대로 외우는 시 한 편 없는 게 사실이다. 그런데 내 어둡고 불안한 터널 한가운데로 시인이라는 사람이 뚜벅뚜벅 걸어오더니 말을 건넨다. 아니, 그런 느낌이다. 제가 바로 시인입니다!

그럼 앞으로 내 인생은 어떻게, 어느 곳으로 흘러가게 될까? 그 시인은, 혹은 내 아이는 나를 어디로 데려갈까?

# 05

　시인이라는 단어가 내 머릿속에 자리를 잡은 뒤부터 좀 이상한 현상이 나타나기 시작한다. 눈에 띄는 모든 이들이 다들 시인으로 보인다.

　저 사람은 오늘 자신이 대견스럽게 여겨지는 흡족한 시 한 편 짓고 나와서 마냥 싱글벙글하는 걸까? 저 여자애는 뭐야, 좋은 시구가 떠오르지 않는 모양이지? 아, 저 신사분은 지금 시인을 만나러 가는 걸 거야. 어머, 저 여자도 시인이야?

　내가 아는 한, 당신은 시인이 아니었지만 어쩌면 누구보다 더 시인의 심성을 가진 남자였다. 자전거를 탄 아이에게 필요 이상의 배려를 베푼 게 사고의 일차 원인이었다고 내가 믿는 것처럼. 그래서 당신을 등지거나 버릴 수 없었다. 물론 미래의 일은 알 수 없고 장담할 수도 없다. 가능하면 나는 그 어떤 일이든, 어떤 경우든 장담하지 않을 작정이다.

저녁이 오는 시간, 병실에 앉아있다 보면 그리 무료하지는 않다. 전처럼 당신과 눈을 맞추지 않고 그저 창밖만 보고 있어도 마찬가지다. 내가 본래 저녁 무렵을 좋아해서인지도 모르겠다. 의사는 당신이 변함없이 내 말을 듣고, 내가 당신에게 보이는 반응에 당신이 또 반응한다고 진작 일러주었다. 그래서 한때는 쉴 새 없이 당신 귀에 소곤거리고 재잘대기도 했다. 지금은 아니다. 나도 점차 말을 잃어간다. 단순히 피로 때문만은 아니다. 나는 지쳐있다. 피로와 지친 상태는 완전히 다르다.

— 저녁 먹었어?

다소 사무적인 어투가 배인 한유지의 목소리가 내 핸드폰으로 건너온다. 아직 먹지 않았다고 정직하게 대답하더라도 저녁을 사주려고 전화한 게 아니라는 사실쯤은 알고 있다.

— 그럼요. 지금이 몇 신데….

— 여섯 시 막 넘었는데?

— 병원에서는 식사가 빠르잖아요. 그런데 어쩐 일이세요?

— 나와! 커피 한잔 마시자.

한유지도 연구소 일 말고 시간이 날 때마다 시를 쓰는지 모르겠다. 병원에 소속된 의사와 간호사, 그리고 간병인, 총

무처 직원들이 그동안 틈틈이 써둔 시들을 모아 시화전을 개최할 예정이라는 소식을 들었다. 그러니 한유지라고 해서 시를 쓰지 말란 법은 없을 것이다.

당신에게서 찾아볼 수 있는 시인의 심성은 또 있다. 물론 오늘에 이르러서야 떠올려보니 그렇다는 뜻이다. 그러니 굳이 과민반응을 할 필요는 없다. 시인에 대한 과민할 정도의 관심은 내가 지금 충분히 갖고 있으니까.

당신이 친구들에게 나를 처음 소개하던 날을 기억해요?

우리 네 사람은 그날 막걸릿집에 모여 앉았다. 다들 똑같은 높이로 손을 내밀어 건배를 막 외치려는 순간에 당신이 말했다. 이 네 개의 잔을 봐봐. 한 송이 목화솜 같지 않아? 나는 말할 것도 없고, 일행이 다들 당신을 시인으로 인정하고도 남을 장면이었다. 목화솜이 어떻게 생겼느냐고 누군가가 반문했는데 그의 무지는 단숨에 묵살됐다. 노란색 양은 잔에 담긴 뿌연 막걸리들이 절로 연출한 모습은 정말이지 어릴 때 우리 집 마당에서 자라던 목화솜처럼 보였으니까.

그렇게 일차 건배를 하고 난 뒤 당신은 한 단계를 더 나아갔다. 두꺼비 짜식만 왔더라면 매화꽃을 만들어 마실 수 있었는데 말야. 그러자 누군가가 양손으로 잔을 들고 또 건배를 해보자고 제안했다. 그렇게 해서 다섯 개의 잔을 맞대자 이번에는 영락없이 만개한 매화 한 송이가 허공에 모습을 드러냈다. 우리는 그렇게 매화주를 마셨다. 자, 이번에는 모두 내 파랑새가 돼준 채연서를 위해 양손에 잔을 들자. 그럼 해바라기가 될 테니까. 태양을 당당히 응시할 수 있는 해바라기!

당신은 그런 사람이다. 분명코 시인의 심성을 지닌 사람이라고 할 만하다. 하지만 내가 당신 말마따나 태양을 마주 응시할 수 있는 사람인지는 모르겠다. 언젠가부터 슬슬 저녁을 좋아하게 된 나 자신을 나는 알고 있다.

내 몸에서 떨어져 나간 우리 아이도 그 비극을 이기고 살아남았더라면 나중에 시인으로 성장할 수 있었으려나? 아마 그럴 것 같다. 그래서 나는 내가 내린 결정을 회피하거나 후회하지 않기로 작정했다. 내 몸으로 다시 돌아오는 아이는 내 아이로 끝나지는 않는다. 당신 아이이기도 하다. 아니, 당신 아이가 맞다.

— 병원에 가야 할 날짜가 정해졌어. 그런 사실을 전화로만 얘기할 수 있겠어?

한유지의 옷차림은 전과 사뭇 다르다. 까만 부츠는 전에 신던 걸 그대로 신었어도 종아리에 착 달라붙는 흰 승마복 바지와 검정 오리털 파카 차림이다. 그냥 편한 차림새라서 그런지는 몰라도 직업적으로 나를 만나는 게 아니라는 느낌이 든다. 변함없는 내 옷차림과도 친자매처럼 자연스럽게 조화를 이룬 듯하다.

─ 아무럼 어때요? 이제 격식 같은 거 따지지 말아요.

─ 아니야, 친언니라고 해도 그러면 안 되지. 축하하는 의미로 커피라도 한잔 대접하고 싶은 건데 뭐.

─ 커피야 언제든 이유없이 마셔도 상관없는 거잖아요?

─ 하하, 그래. 그럼 편하게 마시자. 이유없이….

─ 에고, 이제야 맘 편히 커피 맛을 좀 보겠네.

한유지와 내가 모처럼 함께 웃는다. 방심한 틈을 타 슬그머니 훔쳐보니 그녀의 눈가에도 가는 실주름 하나가 잡혀있다. 연구소 생활도 만만치는 않을 것이다. 사람들 마음을 얻고 끌어들여야 한다는 측면에서 보면 일종의 영업사원들과 다르지 않을지도 모른다.

─ 맘은 좀 편안해졌어? 5천이 입금되는 걸 보고 맘속을 떠돌던 구름은 걷혔지?

─ 그걸 의심한 적은 없었는데요, 뭐.

─ 다행이네.

─ 언니는 시를 쓰지는 않나요?

─ 나? 그런 거 한 줄도 써본 적 없는데?

─ 저는 시와 시인을 가슴속에 담고 살면서 전보다는 한결 가라앉은 느낌이 들어요. 알아요? 지금 병실에 누워있긴 해도 제 남편은 누구보다 시인의 심성을 지닌 사람이거든요. 하나 들려드릴 테니까 맞는지 판단해 보세요. 남편 친구

중에 문득이라는 별명을 가진 친구가 있죠. 문득문득 생각이 났어, 할 때의 그 문득 말이에요. 친구들끼리는 별명에 지나지 않는 걸 거창하게 아호雅號라고 우기고, 한자로는 글월 문文에 얻을 득得으로 표기한다고 해요. 기상천외의 그런 익살스러운 호를 붙여준 게 바로 제 남편이었어요. 모임에 자주 나타나지는 않고 어쩌다 가끔, 문득문득 얼굴이나 비친다고 해서 아예 그렇게 부르기로 했대요. 당사자가 기분 나쁘지 않도록 그럴싸한 한자로 포장도 해서…. 어때요, 그만하면 시인 아닌가요?

— 듣고 보니 그렇긴 하네. 사실이야 어떻든지 시인이라서 맘이 편안하다면 됐지머.

아니다. 한유지는 내 말뜻을 다는 이해하지 못한 듯하다. 왜 그런 하찮은 일로 내 마음이 평온해졌는지 분석을 제대로 하지 못한 게 확실하다. 내가, 혹은 한유지가 아무런 이유도 없이 커피는 마실망정 남의 아이를 갖는 판국에 심사가 마냥 편안해지려는 데에는 그만한 이유 하나쯤은 있어야 마땅하다. 그녀는 그 점을 간과했다.

— 좀 피곤하네요. 나 그만 가봐도 될까요?

— 방금, 편안하다고 하지 않았어?

— 피곤한 곳과 편안한 곳이 따로따로여서요. 말하자면 밥 따로 국 따로….

─ 하하하, 알았어. 우리가 바로 그러네. 나 따로 너 따로.
안 그래?

─ 미안해요.

한유지가 이번에도 내 손을 끌어당겨 쓰다듬어준다. 그녀
에게 불만이 있는 건 아니다. 내가 아직 스스로 나 자신을 설
득하거나 완전한 합리화에 이르지 못한 탓일 수도 있다. 그
녀는 물론 나를 설득하는 데 성공했다. 하지만 나는 나 자신
을 아직 저 뿌리까지는 설득하지 못하고 있다.

영화에서는 설득보다 더 중요한 요소는 없다고들 얘기한
다. 시나리오나 배우의 연기, 카메라 각도, 주제음악 그 무엇
에도 빠질 수 없는 양념 하나가 바로 설득력이다. 그게 부족
하면 관객들은 곧바로 얼굴을 돌리고 입을 쩝쩝거리고 만다.
그런데 모든 설득 중에서도 맨 먼저 우선시돼야 하는 게 감
독 자신을 설득하는 일이다. 자신부터 설득되었을 때 영화는
비로소 크랭크인을 할 수 있는 것이다. 그렇지 않으면 모래
위에 성을 쌓으려는 짓만큼이나 무모해진다. 내가 그걸 몰랐
더란 말인가?

하여튼 병원 예약 날짜는 겨울이 끝나가는, 아니, 이제 나
도 웬만하면 시인의 언어를 좀 흉내 내서 표현해야겠다. 그
저 겨울이 끝날 무렵이라고 말해서는 곤란할 듯하다.

나무뿌리가 시리게, 시리게 발가락을 꼼지락거려 얼어붙

은 동토를 녹일 때, 그 틈을 타 설중매雪中梅 가지는 아무렇지도 않게 활짝 웃으며 꽃을 피워내는 오후…. 그게 2월 하순이라고 한다. 내 몸 어느 구석에서 배란이며 생식 활동이 가장 왕성하게 이루어지는 날.

아직은 물론 겨울이다. 하루하루가 왠지 온통 눈에 덮이고 얼어붙은 강 한복판의 미끄러운 얼음 위를 걸어가는 듯한 그런 겨울이다. 가다가 한두 번은 필시 넘어질 것만 같다. 그래도 겨울나기가 그럭저럭 견딜 만해진 건 순전히 시 때문이다. 시를 읽기 시작한 건 아니다. 구체적인 시어나 운율, 상징 그 무엇 하나도 내 마음에 깃들지는 않았어도 저 앞에서 피어오르는 희미한 안개 같은 어떤 이미지들이 나를 붙들어준다는 사실은 충분히 느낄 수 있다.

사람들아!

눈이 쌓인 내 맘속의 이 겨울 벌판에서 가끔은 외치고 싶은 충동이 일기도 한다. 보아라, 나는 이제 더는 너희 발자국을 어린애처럼 짚어가며 졸래졸래 따라가지는 않을 테다.

내 길은 세상 밖으로 따로 있으니, 이제 안녕, 안녕, 사람들아!

# 06

문득, 한 생각이 떠올라 인터넷을 열어본다. 남편 친구 문득 때문이 아니다.

출산율이 저조하면 정말로 우리나라가 망하는 걸까? 나도 어차피 국가라는 거대한 댐이 무너지는 사태를 막는 데 일조하기로 했으니까, 그러니까 내 한 몸만큼의 흙더미라도 부조하기로 했으니까, 뭔가 한마디는 들고 나설 자격이 있을 것이다. 자격은 둘째치고 어찌 궁금증 하나쯤 확실하게 해소할 엄두를 내지 않을 수 있겠는가.

EBS 자료를 보면, 미국 캘리포니아 주립대학의 조앤 윌리엄스 교수는 자기 머리를 감싸 쥐면서 외친다. 대한민국 완전히 망했네요. 와우, 그 정도로 낮은 출산율은 들어본 적도 없어요.

출산율은 가임기 여성이 평생 낳는 아이 수를 가리킨단다. 2022년 통계청이 발표한 자료를 보면 그게 0.78명이라고 했다. 나 같은 여자들 다섯 중에 넷이 채 못 되는 여자들만, 그것도 자녀를 딱 하나씩 둔다는 얘기다. 이 숫자는 OECD 국가 중 압도적인 꼴찌라는데, 꼴찌에서 두 번째인 이탈리아의 출산율만 해도 1.24명이라고 한다. 그리고 우리 한국은 2004년부터 16년째 계속 꼴찌라는 자료도 보인다.

남의 집 아이 낳는 일에 왜 멀고도 먼 나라 교수가 방방 뛰면서 난리인지, 나는 교수의 전공을 훑어본다. 그녀는 법대 교수다. 출산율이 낮으면 혹시 국제법적으로 망하게 돼있나? 괜히 심통을 부리고 싶어진다. 그런데 그가 우리 집과는 완전히 관계가 없는 이웃집 아줌마만은 아니라는 증거가 눈에 띈다. 그 교수는 노동과 여성, 계급 분야의 전문가란다. 그러니 남의 가정사라고는 해도 한마디 논평할 만한 위치에 있는 듯하기는 하다. 망했다고까지 심한 말을 하긴 했어도.

우리도, 남편과 나도, 딱 하나만 낳자고 미리 다짐했었다. 그 아이는 사내아이였고, 5개월째 되던 날 갔다. 내 배 속에서 온전히 머물러야 하는 기간의 꼭 절반만을 채운 뒤였다. 당연히 그 아이는 출산율에 포함되지 못했다.

당신, 알고 있기나 해요?

눈앞이 흐려져서 세수라도 좀 하고 와야겠다. 욕실로 들어서자 저 아래 아파트 공터에서 놀고 있는 아이들이 왁자지껄 떠드는 말들이 창문 틈으로 새어 들어온다. 야, 새꺄! 넌 죽었어! 무슨 상황인지는 몰라도 내 귀청을 때리는 소리가 하필이면 그것이다. 나는 도로 욕실 문을 닫고 나온다.

내가 살았던 읍내에 딸부자 집이 있었다. 딸이 자그마치 여덟이었고 막내 하나만 아들이었다. 그 집 넷째가 내 친구였는데 별명이 '라도라솔'이었다. 학교를 오가며 구구단을 소리높여 외우던 어느 날 그 애가 그런 별명을 얻었다. 누가 붙여준 별명인지는 기억나지 않는다.

이구 십팔, 삼구 이십칠, 사구 삼십육…. 다른 아이들이 외우느라고 애쓸 때마다 그 애는 라도라솔이라고 크게 외치며 추임새를 넣었다. 그게 무슨 소리냐고 묻자 그 애가 대답했다. 똥돼지들아, 도레미파솔라시도도 몰라? 노래로 부르면 이구 십팔이 라도라솔이란 말이야. 그렇게 노래 불러야 잘 외워진다니까!

쥐뿔도 모르던 아이들은 구구단 외우기가 끝난 뒤에도 라도라솔 노래를 합창으로 불러댔다. 라도라솔, 라도라솔…. 그 바람에 라도라솔 사연이 읍내 전체에 풍문으로 돌았다.

딸부자 집 첫째와 둘째가 구구단 학년에 접어들었을 때, 그걸 제대로 외우지 못하는 아이들을 향해 엄마가 똥돼지라고 욕했다고 한다. 첫째 둘째는 모두 입을 다물 수밖에 없었다. 그리고 내 친구 바로 손위 언니인 셋째딸 역시 구구단 학년이 되어 자꾸 버벅거리자 이번에도 어김없는 욕설이 날아왔다. 똥돼지 같은 것들, 하나같이 다들 똥돼지니 원…. 그때 셋째가 자못 진지한 표정으로 되물었다. 엄마, 우리 부모가 진짜 똥돼지 맞아? 그 애 표정은 사뭇 진지했다. 그날 아마 그 애네 엄마는 뭔가 크게 각성했던 모양이다. 학교 교무실을 찾아가서는 어떻게 해야 구구단을 쉽게 외울 수 있는지 고함치며 따지듯 물었다. 그러자 누군가가 라도라솔을 일러 줬다고 한다.

나도 그런 엄마가 될 수 있을까? 아니, 그건 차치하고 어떻게 그 엄마는 아홉을 낳아 기를 수 있었을까? 몸이 망가지거나 부서지지는 않았을까? 말할 나위도 없이 그런 일은 일어나지 않았다. 오히려 나까지 둘을 낳았을 뿐인 친정엄마보다 그분은 더 건강하고 팽팽했다.

저것들이 개여, 돼지여? 딸부자 집을 향해 사람들은 수군거렸다. 그래도 그 댁 부부는 꿋꿋했다. 새벽부터 일하러 나갔고, 나가서는 저녁이 되어서야 돌아왔다. 큰딸이 작은딸을 돌보고 작은딸은 그보다 어린 딸을 지켰다.

옛적 산아제한 표어를 짓던 사람들은 지금 어떤 생각을 하고 있을까? 죽음을 무릅쓰고 하나라도 낳고 죽자! 이제는 뭐, 그런 내용의 표어 짓기에 골몰할까? 하나를 더 낳으려면 어떻게 해야 하는지, 나처럼 별별 방법까지 다 동원해야 한다는 사실을 짐작이나 할까?

밤이 깊어간다. 아파트 어느 층에선가 부부끼리 다투는 소리가 벽을 타고 들려오기 시작한다. 요즘 들어 부쩍 늘어난 듯하다. 적어도 삼십 분은 넘어야 비로소 잠잠해질 것이다. 무슨 일 때문일까, 하고 귀를 기울이다가 알게 된 통계가 그러했다. 전에는 남자 목소리가 높았다. 그러나 요즘 들어서는 새된 여자 목청이 아파트 벽에 더 자주 메아리친다. 남자 목소리가 높을 때 여자 쪽이 무조건 잘못했으리라고 단정하기 어렵듯이 요즘은 남자 쪽 잘못이 많은 모양이라고 오판할 수는 없다. 잘잘못은 내가 짐작할 수 없다. 어쨌든 저 집에서도 오늘 밤, 아이 만들기는 틀린 듯하다.

나도 오늘 밤에는 씻기도 싫고 세수도 하고 싶은 마음이 없다. 침대까지 가서 잠을 청하지도 말아야겠다. 여기 싱크대 아래에서 그냥 몸을 웅크리고 눈을 붙일 참이다. 그러려면 술 한 모금 마실까? 나는 기어코 찬장을 열어 술병을 꺼내고 만다.

괜찮아. 겨우 한 잔인데 뭘!

술을 마시려던 내가, 키친드렁커가 아니라던 또 다른 나를 설득한다. 그리고 의지를 가진 쪽이 그렇지 않은 쪽을 어렵잖

게 이긴다. 바람이 이미 휩쓸려가는 파도를 뒤에서 몰아치듯.

우리 한국이 세계 1위를 차지하는 종목도 많은데 왜 출산 분야에서는 늘 꼴찌를 면하지 못하는 걸까? 말마따나 그걸, 스포츠 종목으로 바꿔 궁리해 본다. 섹스 스포츠 분야에서도 우리가 세계 꼴찌였던가? 내가 이 말을 한다면 나라 안의 남자들이 발끈하고 나설 게 분명하다. 전국에 산재한 러브텔과 모텔과 여관과 여인숙과 호텔 숫자가 들고 나서기도 할 것 같다. 지금이야 사라졌어도 물방앗간과 보리밭도 눈을 흘길 게 뻔하다. 성범죄율은 또 어떤가? 그것도 세계 최하위는 아닐 것 같다.

그나저나 출산율이 줄어들면 나라는 망하는 걸까?

출산율이 무려 9라는 수치를 기록했던 딸부자 집은 확실히 성공했다. 라도라솔의 손위 언니는 대학 강단에 서있고, 라도라솔은 중소기업 사장의 사모님이 됐다. 모교 동창회에서 그녀가 노래를 부르는 모습을 나는 너무 신기하고 대견하게 지켜본 일이 있다. 노래 솜씨야 물론 옛적 라도라솔 정도의 음계에서 크게 발전한 것도 아니었지만.

초등학교 동창 얘기를 또 하나 언급해야겠다. 당신, 기억해요? 호주 이민을 떠났던 내 친구, 당신은 그 애가 부럽다고 실토한 적이 있죠. 도대체 왜 부러웠어요? 그래요. 새삼 물어볼 필요도 없겠죠.

자기가 사는 곳에서 승용차로 무려 세 시간쯤을 달려야 비로소 인간을 접할 수 있다는 드넓은 땅. 그래서 사람이 그립다는, 그것도 저절로 사무치게 그리워진다는 땅…. 다른 이들처럼 당신이 귀를 세웠던 건 그 대목이었다. 우리나라는 지난 2017년에 인구밀도 513명을 기록했다고 한다. 일 제곱킬로미터 안에 모여 사는 평균 숫자가 인구밀도다. 그런데 호주는 그게 3.3명이라고 했다.

여기서 시달리고 부대끼며 살다가, 우리도 언젠가는 이민을 떠나자! 당신은 그렇게 얘기했었다. 무슨 파라다이스라도 하나 소개받은 것처럼. 특별히 귀담아듣지는 않아서 그게 진심이었는지 여부는 내가 끝내 확인하지 못했다. 모르면 몰라도 당신 역시 강단에서 늘 시달리며 부대꼈을 것이다. 내게 직접 표출하지는 않았어도 충분히 짐작할 수 있다. 아직 다 갚지 못한 아파트 대출금도 당신 목을 조였으리라. 당신이 먼저 나서서 아이를 하나만 갖자고 했던 이유도 거기서 찾을 수 있다. 아 참, 아파트는 이미 옮겼다. 지금은 당신과 함께 살던 그 아파트가 아니다.

담요라도 뒤집어쓴 듯 취기가 차츰 내 몸을 덥히기 시작한다. 고래고래 소리치며 다투던 어느 집 부부싸움도 얼추 끝났나 보다. 아래층 티브이에서 벽을 타고 올라오는 대중가수의 노래가 들린다. 헤어진 연인을 향해 돌아오라고 부탁하는 내용이다. 만약 끝내 오지 않는다면 다른 누군가에게 지금 남아있는 연정을 다 줘버리겠다고 위협까지 한다. 그게 가수 자신의 처지는 아닐 것이다. 목소리가 좋은 저 가수에게 다른 이들이 만들어준 곡과 가사일 뿐…. 나도 지금 나 자신의 처지를 노래로 만든다면 가사를 어떻게 엮어야 할까? 아무래도 쉽지 않을 것만 같다. 내 삶이 그러하듯.

아, 인구가 줄면 우리가 정말 망하는 건지 궁리해 보다가 무심코 옆길로 접어들고 말았다. 호주 정도의 인구밀도가 되려면 513 나누기 3.3…. 지금보다 인구가 대략 150분의 1 정도로 줄어야 한다. 그때 우리는 저절로 땅덩이가 아주 큰 나라로 바뀌는 건 아닐까? 우리 국토에 비하면 겨우 손바닥 크기 정도의 싱가포르가 아주 부러워할 만한?

지난 칠팔십 년대 표어 중에 내 생각을 옹호하는 내용도 아까 어디선가 읽었다. 하나 낳아 젊게 살고 좁은 땅 넓게 살자. 하나만 낳으면 여성의 몸이 건강할 수 있다는 뜻이고, 인구가 줄어야 좁은 땅이나마 남은 사람들끼리 쾌적하게 살 수 있다고 주장하고 있다.

하여튼 아프리카 일부를 제외한 세계 어디서나 인구는 실제로 감소하고 있다. 지구 인구는 2070년쯤 정점을 찍은 뒤 하향곡선을 그릴 거라고 예측한 학자도 있다. 그래서 그는 이른바 축소 도시 형태로 인류가 번영할 방법을 모색해야 한다고 주장하는가 보다. 축소된 작은 도시국가, 그게 해답이라는 뜻이다. 지금 내 얘기도 그것이다. 우리 한국으로 치면병원도 이를테면 3만 개가 아니라 2천 개, 미용실도 20만 개가 아니라 딱 2만 개 정도….

혹시, 나라 북쪽에 진을 치고 있는 공산 세력들이 우리를수월하게 집어삼킬 수도 있어서 망했다고 얘기한 걸까? 북한이며 중국, 러시아는 아마 그러고도 남을 것 같기는 하다.하지만 그 뜻이 아닌 게 분명하다. 미국 교수는 지정학적 특수성을 두고 발언한 게 아니었다.

모르겠다. 나는 이미 내 관심의 한계와 분수를 넘어섰다.술 역시 마찬가지다. 그리고 내 생각은 위험하고 무책임한것도 사실이다. 하여튼 인구가 많다는 사실만으로는 나라가망하지 않듯 그 반대라고 해도 마찬가지 아닐까 하는 게 내생각이다. 그런데 생각이야 어떻든 내가 가야 할 길은 이미정해졌다. 인구를 늘려야 한다는 쪽에 가담하기로 벌써 작정했으니까.

다만, 뭔가가 자꾸 사무친다. 내가 선택한 길은 가고 또 가도 인적이 없을 것 같은 느낌이다. 내 친구가 사는 오스트레일리아처럼…. 비록 아이를 갖더라도 말이다. 어쩌면 내가사하라나 타클라마칸 같은 아득한 사막으로 들어가 홀로 아이를 낳고 키우게 되는 건 아닌지 두려워진다.

정말이지 모르겠다. 불안하고 두려운 마음이 열기구처럼 자꾸 이마 위쪽으로 솟구친다. 혹시 술 탓일까? 단순히 그 때문이라면 그나마 안심이다. 이건 아무것도 아닐 것이다.

나는 애써 나 자신을 위로한다. 술이 불안을 부추기고, 또 다른 한 잔의 술이 그 불안을 잠재우기도 하는 밤이다. 그런 밤도 있다.

# 07

두꺼비는, 아니 당신 친구 두갑 씨는 헤어숍이 문을 닫기 직전에 왔다.

그를 처음 만났던 때가 떠오른다. 나를 친구들에게 소개하는 막걸릿집에 그가 불참한 뒤, 당신은 그와 따로 자리를 잡았었다. 두꺼비라는 별명 때문에 괜한 상상을 했던 내 선입견은 보기 좋게 빗나갔던 기억이 새롭다. 손등은 투박하고 얼굴은 오돌토돌한 돌기로 뒤덮인 모습이려니 했는데 그는 아주 깔끔하고 말쑥한 남자였다.

당신, 아는지 모르겠다. 두갑 씨를 비롯한 친구들 네 명은 매달 당신 치료비에 보태라며 돈을 보내오고 있다. 그들은 그게 당신을 위한 십일조라고 부른다. 지금 상황에서는 좀 이상한 표현이긴 해도 당신은 복이 많은 사람이다. 나는 그들에게 아직도 사례 한번 제대로 한 적이 없다.

두갑 씨는 주인 여자가 아닌 나에게 머리를 맡긴다. 내가 직접 커트해 주기를 원한다. 솜씨 좋은 주인 여자에게 맡기기보다는 나도 내 손으로 그의 머리를 손질해 주고 싶던 차였다.

— 한번 오리라, 늘 생각이 떠나지 않았는데 이제야 오게 됐네요.

— 고마워요.

— 손님으로 왔는데요 뭐.

의자에 앉은 두갑 씨와 그 뒤에 선 내가 전면 거울을 통해 새삼스럽게 두 번째 인사를 나눈다. 나는 감정을 절제하고 드러내지 않는데 어느 정도 성공했어도 그는 긴장한 기색을 숨기지는 못한다. 그의 긴장이 자꾸 내게 와닿는다. 그저 철썩일 뿐인 잔잔한 물결이 무심한 강변 기슭을 간질이듯이.

— 연서 씨 고생이 많아요. 친구들이 다들 얘기합니다.

— 고맙다고 꼭 좀 전해주세요.

— 도울 수 있어서 우리도 고맙습니다.

더부룩한 그의 머리칼 숲으로 손가락을 집어넣으며 나는 흠칫 치를 떤다. 하지만 그건 아무것도 아니다. 주의해서 움직이는데도 그의 옷깃이나 몸 어딘가가 내 몸에 닿곤 한다.

그때쯤 그가 눈을 감았기 망정이지 나는 주인 여자에게 가위를 넘겨줄 뻔했다.

— 됐어요, 손님. 머리를 감으시게요.

일부러 손님이라는 표현을 쓴다. 감으시게요, 하는 말은 손님이라고 부른 순간 저절로 뒤따라 나온 직업적인 버릇이다. 직업을 갖게 되고 기술을 익히면서 우리는 직업적인 말투까지 익힌다. 영화사 직원이든 비행기 승무원이든, 그리고 헤어숍 언니든 다를 게 없다.

두갑 씨가 세면대 의자에 잠자코 앉는다. 뒤에서 봐도 머리 커트는 잘된 듯하다. 특별한 단골에게만 서비스되는 샴푸가 눈에 띈다. 나는 그걸 덜어내어 충분히 거품을 낸다. 한유지의 말을 한 번도 곧이곧대로 믿은 적은 없지만 내 손길이 진짜 음악처럼 흐르기를 나는 원한다.

처음 두갑 씨 머리칼 숲으로 손을 밀어 넣었을 때보다 더 높은 전압이 순간 내 몸을 훑고 지나간다. 내 반응에 내가 놀란다. 짧게 커트한 머리라서 그런지도 모르겠다. 내가 이렇게나 예민한 여자였던가?

머리를 말리고 손질까지 마감하자 두갑 씨는 봉투 하나를 내민다. 은행 현금지급기 옆에 놓이는 봉투다.

— 머리값은 따로 드리죠.

— 그럼 이건 뭔데요?

— 치료비에 보태셔야죠.

치료비라는 말만 들으면 언제 어디서든 가슴이 덜컥 내려 앉는다. 그래서 나는 저항하지 못한다. 아니, 저항은커녕 미 안한 감정조차 느끼지 못할 때가 많다. 내가 염치를 잃었을 것이다.

— 저녁은 제가 살게요. 늘 벼르기만 했을 뿐 감사하다는 전화 한 통 하지 못했는데…. 그래도 괜찮죠?

— 그러죠. 그래요. 밥 한 끼조차 대접하지 못한 건 우리 친구들도 마찬가집니다.

대화는 매번 오고 가는 한두 마디를 끝으로 마른 삭정이처 럼 톡톡 부러진다. 주인 여자가 눈짓으로 우리를 내보낸다. 그 여자도 나에 대해서는 잘 알고 있다. 처음 인턴으로 입사 하면서 꼬치꼬치 묻는 대로 솔직하게 다 얘기해 준 적이 있 기 때문이다. 호기심이 많은 여자였고, 나 역시 굳이 감추고 싶은 마음이 없었다.

두갑 씨의 왜건을 타고 우리는 식당을 찾아 나선다. 나는 아파트를 처분하면서 부서진 남편 승용차도 함께 팔았다. 그 가 앞으로는 운전할 일이 없겠다는 자포자기의 심정보다 내 가 나서서 그에게 운전하지 못하게 만든다는 자괴심이 한동 안 나를 괴롭혔다. 당신이 일어나서 차를 다시 사. 그럼 차도 신나게 굴러갈 거야. 안 그래? 내 자괴심을 부수는 볼멘소리가 새어 나왔다.

차 안에서 우리는 둘 다 침묵한다. 저녁이 또 오고 있다. 앞으로도 내가 수없이 맞이해야 하는 저녁이기도 하다. 내 인생도 벌써 저녁에 접어들었을까?

— 이자카야[居酒屋] 어떤가요?

— 네?

— 일본식 선술집 말입니다.

생각에 잠겨있었던 터라 나는 두갑 씨 말을 잠시 놓친다. 내가 왜 모르겠는가. 남편과 함께 그를 처음 만난 곳도 일본 식 이자카야였다. 대답 대신 내가 웃는다. 그도 내 웃음의 의미를 아는지 따라 웃는다. 그날 우리 셋은 사케 잔으로 공중에 벚꽃을 그려본 적이 있다. 세상에서 가장 덧없이 낙화하는 꽃 중의 하나, 벚꽃.

저녁밥을 먹자고 했는데 메뉴가 술로 바뀐 셈이다. 아무래도 상관없다. 어차피 술 한잔 나눠야 하는 쓸쓸한 저녁이다. 저녁이라서 그런 것만은 아니다. 남편이 와불臥佛처럼 누워 있는 사이 그의 아내와 그의 가장 친한 친구에게 각자 쌓인 회한은 알코올이 아니면 좀체 녹지 않을지도 모른다.

기묘한 자세의 일본 사무라이와 게이샤를 그린 포스터가 도배된 식당으로 우리는 들어선다. 뒤틀린 모습의 무사는 전형적인 칼 싸움꾼 자세인 듯 보인다. 몸을 배배 꼰 그림 속

게이샤는 아마도 한창 교태를 부리는 중일 것이다. 나에게는 없는 듯한 여성들의 아양과 교태, 그게 뭐든 이제는 아무 소용이 없게 된 기술이다. 그래, 그러니 더는 미련을 가질 것도 없지! 식당을 이리저리 둘러보니 나머지 면의 벽과 천장에는 인조 벚꽃 가지가 사방으로 축축 늘어져 있다.

— 그때처럼 연어 어떻습니까?

— 어묵도 그때처럼요.

두갑 씨가 연어를 제안하고 나는 어묵을 추가한다. 잠시 기다리자 술이 먼저 도착한다. 그가 내 잔에 뜨겁게 데운 사케를 따라주는데 그날처럼 또 술잔이 마술을 부리기 시작한다. 술잔 바닥에 그려진 벚나무가 붉게 꽃을 피워내는 매직이다. 차디찬 술을 부으면 붉은 꽃이 아니고 파란 꽃이 가득 피어난다. 그래서 '꽃피는 술잔'이라고 부른다. 술잔이 나름대로 교태를 부리는 셈이다. 그걸 구경하느라 우리는 멋쩍은 분위기를 잠시 잊는다.

벚꽃놀이까지만 하고 나서, 그러니까 사케까지만 마시고 헤어져야 하는데 우리는 그러지 못한다. 술의 도수가 너무 약한 탓이다. 우리는 맥주 한 모금을 핑계로 노래방으로 향한다. 맥주는 두갑 씨에게 더 필요할 듯해서 내가 넌지시 물어보고 동의를 얻었다. 1차를 내가 사려고 했는데 그가 먼저 계산을 마친 때문이었다. 노래방 얘기는 어쩌다가 누구에게서 나온 말인지 잘 모르겠다. 2차의 정석이어서 당연히 그쪽으로 발길을 돌린 셈이다.

— 슬픈 노래는 하지 않는 조건입니다.

노래방을 들어서며 두갑 씨가 미리 못을 박는다. 고마운 일이다. 그럴 생각도 없다. 그런데 선곡 페이지를 아무리 넘겨봐도 슬프지 않은 노래는 아예 눈에 띄지 않는다. 사람들은 서로 사랑하는 동안에는 노래를 잊고 살다가 헤어진 뒤에야 비로소 가사를 쓰고 곡을 붙여 노래를 서럽게들 만드는 모양이다.

하늘을 나는 새들과는 다르다. 새들은 짝을 구하기 위해서 지성으로 노래를 부르다가 뜻이 이뤄진 다음에는 좀처럼 울지 않는다고 들었다. 꾀꼬리는 심지어 짝을 구한 뒤에는 구애 중에 입던 노란 깃털 옷을 거무튀튀한 색깔로 갈아입기까지 한다.


How many roads must a man walk down

Before they call him a man.

얼마나 많은 길을 걸어야만

그들은 우리를 사내라고 부를까?

...

두갑 씨가 먼저 마이크를 잡고 팝송을 부르기 시작한다. 목청이 좋은 편이다. 소파 쪽으로 등을 돌리고 있어서 그의 표정까지 살피지는 못한다. 밥 딜런 노래다. 가수로서 사상 처음 노벨 문학상을 받았던 사람.

이 노래는 슬프지 않았던가? 그래, 슬프다고까지 할 건 아니지.

나는 필요 이상 쓸데없는 기준에 사로잡혀 있다. 나 자신을 가두고 단속해야 한다는 의무감 때문이라고 해두고 싶다. 그래서 두갑 씨 노래가 다 끝나고 나서도 내가 불러야 할 노래를 찾지 못한다. 그러고는 진짜 하릴없는 숙맥처럼 맥주잔을 기울일 뿐이다. 두갑 씨가 뒤를 한번 흘끗 돌아보더니 두 번째 노래를 부른다. 이번에는 내가 알지 못하는 최신 가요다. 나를 위로하려는 의도가 역력하다.

그때쯤 내 눈에서 눈물이 흘러내린 이유를 나조차 이해할 수 없다. 이해할 수 없으니 당신에게도 해명할 도리가 없다. 눈물을 겨우 가두어둔 둑이 아주 사소한 붕괴 원인으로 터져버렸다고 해야 할까? 그곳 어딘가를 서둘러 봉합하려고 했지만 이미 속수무책이었다.

마이크 소리가 그치더니 두갑 씨가 다가와 내 앞에 선다. 그는 한동안 나를 지켜보기만 했다. 손수건을, 그게 없으면 티슈라도 뽑아 건네줘야 하는 게 아닌가 하는 생각이 들 정도였다.

―더 우세요. 실컷 울어도 됩니다.

일어날 일은 반드시 일어난다는, 하나 마나 한 허황한 말이 있다. 일어나지 않은 일은 아예 일어나지 않는다는 말과 다를 게 없다. 이런 싱거운 말이 또 있을까? 하지만 싱거움에도 불구하고 나는 어떤 일인가가 당연히 일어나야만 하는 일처럼 예비되고 있음을 느낄 수 있다. 일이 저 자신의 의지로 갈 길을 가기 시작한다고.

급기야 나는 두갑 씨 가슴에 얼굴을 묻고 운다. 그가 가만히 내 어깨를 감싼다. 그는 이미 실컷 울어도 된다고 했다. 그래서 자기 가슴을 빌려준 것이다. 그의 품은 의외로 넓고 따뜻했다. 그곳이 어디였든 잠시라도, 아주 짧은 순간만이라도 파고 들어가 몸을 숨기고 싶었다. 그가 그걸 알았는지 두 팔에 힘을 준다.

노래방 위에 우뚝 선 건물이 호텔이다. 들어올 때부터 눈을 밝히던 건물이었다. 우리는 지하에서 벗어나 지상의 건물을 오른다. 예비된 그 어떤 일이 내 발걸음을 비교적 가볍게 옮겨주었다.

어디든 몸을 숨기고 싶었던 내 열망은 짧은 순간이나마 이루어진다. 아마도 그 어떤 보상의 하나였는지도 모른다. 실제로 나는 두갑 씨의 품 안에 있는 동안 내가 보상을 받는다고 느끼기도 했다. 핑계라고, 아전인수에 지나지 않는다고 당신이 손가락질할망정…. 임신은, 짧고 황홀한 섹스의 비싼 대가라고 당신은 이미 언급했다.

일이 시작되기 전에는 내가 울었다. 그리고 끝난 뒤에는 두갑 씨가 운다. 여자들이 우는 이유가 불안 때문이라면 남자에게는 일을 치른 뒤 밀려오는 후회가 눈물의 이유일지도 모른다. 왠지 그런 생각이 든다. 여자가 사소한 일상에 사로잡혀 지내고 있을 때 남자는 늘 거창하게 자기 역사를 의식하는 동물이라서 그런 걸까? 개인사든 혹은 사회적인 의미의 다른 역사든 간에.

— 울지 마요, 두갑 씨. 그저 일어날 일 중의 하나가 일어났을 뿐이에요.

어쨌거나 우리 입장이 서로 바뀐 셈이다. 이번에는 내가 그를 위로한다. 나는 아무렇지도 않다. 그저 평안할 뿐이다. 불안하고 두려운 감정은 어느새 사라지고 없다. 일어날 일은 반드시 일어난다고 얘기했지만 정작 일어난 일은 아무것도 없다는 생각이 든다. 도대체 무슨 일이 일어난 거지?

다행이다. 다행이라고, 나는 나 자신에게 다행이라는 이름의 상을 준다.

# 08

― 채 인턴, 간밤에는 즐거웠어?

출근하자마자 헤어숍 주인 여자가 묻는다. 호기심이 많아도 너무 많은 여자다. 그런데 타인에 대한 집요한 관심을 제외하면 다른 무엇에도 관심을 보이지 않는 경우가 태반이다. 미니스커트를 입은 여자애가 머리를 커트하러 왔을 때도 그랬다. 전면 거울에 여자애 팬티가 드러났는데 그걸 어디서 구매할 수 있는지, 평소 취향이 분홍색인지 꼬치꼬치 캐묻는 바람에 여자애가 질색하고 말았다. 여자애의 그런 반응에도 주인 여자는 내내 태연자약했다.

― 그저 밥 한 끼였어요. 그것도 내가 샀고.

― 술도 없이?

— 맥주 두 잔 정도 마셨죠 머.

— 그다음에는?

주인 여자의 주책과 내 거짓말에 질려서 나는 그냥 입을 다 문다. 그녀는 아무런 일도 없었던 듯 자기 일을 시작한다. 가위 날을 살펴보고 남은 샴푸 양을 확인한다. 나는 거울을 닦는다.

아프리카에 집단을 이뤄 사는 어떤 원숭이 무리 영상이 머리를 스친다. 티브이에서 봤던 장면이다. 일군의 무리를 거느린 수컷 우두머리는 암컷들을 지키기 위해서 노심초사한다. 다른 수컷들이 우두머리 눈을 피해서 호시탐탐 암컷들을 노리기 때문이다. 녀석은 자주 신경질적인 행태를 보이기까지 한다. 그래봤자 뜻하지 않은 사고는 아무리 애써도 혼자서는 막을 수 없다.

그 무리에 눈치 빠른 젊은 수컷 한 마리가 있다. 녀석이 우두머리 관심에서 멀어진 암컷을 근처 숲으로 유인한다. 우두머리가 교미에 열중하느라고 잠시 한눈파는 사이를 노려 용케 성공한 것이다. 하지만 이 연인들은 자기들에게 주어진 시간이 많지 않다는 사실을 잘 아는 듯하다. 그래서 지켜보는 시청자들이 안쓰럽게 여길 만큼 몹시 서두를 수밖에 없다.

거기까지는 충분히 있을 법한 연애담이다. 있을 법하다고 얘기하는 건 순전히 내 자의적인 해석이 아니냐고 비난하지 않았으면 좋겠다. 지금 내 입이 아무리 삐뚤어져 있다손 치더라도 그게 사실 아닌가? 어쨌든 그 젊은 연인들은 번갯불에 콩 튀어 먹듯 일을 치르고 돌아온다. 혹시 발각되지나 않았는지 눈치를 보는 암수 두 마리 원숭이의 표정이 아주 흥미롭기까지 했다. 심지어 암컷은 우두머리에게 다가가더니 아예 몸까지 밀착시키고 털을 골라주기도 한다. 재는 왜 저럴까? 어디 개울이라도 찾아가 몸을 씻는 게 우선이 아닐까? 그게 내 생각이었다.

문제는 우두머리 태도였다. 원숭이가 아니라고 하더라도 보통 야생동물들의 시각이나 청각, 후각은 보통 우리 인간들의 몇십 배가 넘는다. 그러니 자기 털을 골라주는 암컷이 방금까지 바람을 피우고 돌아왔다는 사실을 모를 리 없다. 모른다면 우두머리 자격도 없을뿐더러 심지어 원숭이도 아닐 것이다.

우두머리는 알면서도 모른 체하는 걸까? 자기가 떨어뜨린 열매를 다른 원숭이가 냉큼 가로채는 걸 보면서도 전혀 미련을 두지 않듯, 암컷 원숭이를 그저 자신이 실수로 떨어뜨렸다고 여기는 걸까? 아니면 이미 도둑맞은 물건이라면 아예 깨끗이 체념하는 DNA가 모든 수컷 원숭이들에게 있기라도 할까?

우리 인간은 어떨까?

내 어릴 적 친구였던 라도라솔은 이혼을 했다. 우리 동창들 사이에 소문이 파다했고, 고향 읍내에서도 떠들썩한 사건이었다. 그도 그럴 것이 부잣집 사모님이 모두의 부러움을 한껏 받으며 살다가 이혼을 했으니 사건이 될 수밖에 없었다.

— 커트 되나요?

거울 닦기가 끝나자마자 젊은 남자 손님이 헤어숍 문을 들어선다. 라도라솔에 대한 상념도 딱 거기서 멈추고 만다.

— 그럼요. 이쪽으로 앉으세요.

주인 여자 얼굴이 환하게 피어난다. 여자들만의 공간이던 미용실도 첫 손님이 남자이기를 기대하는 미신은 여전하다.

— 오늘, 뭐 좋은 일 있으세요? 아침부터 머리를 커트하러 오신 걸 보니 분명 좋은 일이 있겠다, 그쵸?

— 아, 예. 친구가 결혼합니다.

— 어머, 그럴 줄 알았어요. 해찰하지 말고 신부 쪽 하객들을 잘 살펴봐야겠네? 제가 응원하는 의미로 최선을 다해 커트해 드릴게요.

— 흐흐, 고맙습니다.

남자들 커트는 통상 내 담당인데도 불구하고 주인 여자가 가위를 챙긴다. 나야 상관할 일은 아니다.

누군가가 오늘 혼인을 한단다. 당사자들은 말할 나위도 없고 거기 식장에 모인 하객들 모두에게 얼마나 흐뭇하고 행복한 날일까? 연애와 결혼, 출산의 세 가지 단계적인 경사를 포기하고 산다는 이른바 삼포 세대의 결혼식이다. 출산은 그렇다 치고 결혼까지 포기하는 세대, 아니 결혼까지는 혹시 몰라도 연애 자체를 포기해야 하는 세대를 어떻게 이해해야 할까? 물론 내 나이도 삼포 세대의 딱 중간쯤에 자리하고 있다. 나야 대학을 가기 훨씬 전, 싹이 겨우 파랗게 돋기 시작할 무렵부터 연애를 시작했지만.

혹시 이런 영향도 있을까? 오빠나 언니, 나아가 부모 세대의 이혼율이 그들에게 연애나 결혼에 대한 부정적인 생각을 확실하게 꾹꾹 눌러서 심어준 걸까? 언니나 오빠 세대 이혼이 피할 수 없는 경종의 종소리로 자나 깨나 울려대서? 심지어 그들 조부모 세대들은 졸혼이나 황혼 이혼이라는 걸 자랑삼아 내세우는 나라라서?

라도라솔은 남편의 바람기를 용서할 수 없었다고 한다. 앳된 여비서를 어르고 윽박질러서 겨우 떼어놓았더니 술집 여자와 바람피우기를 이어가더라고 했다. 하룻밤 실수라면 몰라도, 내 경우를 얘기하는 건 아니고, 그건 용서할 수 없는 일이라고 알만한 사람들은 입을 모았다.

내 관심은 그때도 좀 다른 데 있었다. 그 애는 어떻게 남편의 불륜을 알게 되었을까, 하는 문제였다. 우리 헤어숍 주인 여자라면 몰라도 그 문제에 관해서는 아무도 호기심을 보이지 않아서 끝내 해답을 얻지는 못했다. 나도 주인 여자나 별 반 다를 게 없는 부류인가? 그럴지도 모르겠다.

당신은 내가 자꾸 말을 빙빙 에두른다고 여길지도 모르겠다. 하지만 이건 당신에게 아주 중요한 얘기다. 그러니 내 말에 토를 달거나 채근하지 않았으면 좋겠다. 하긴 뭐, 당신이 토 하나 달 수 있는 처지도 아니지만.

그나저나 당신, 혹시 지금까지 내가 모르는 바람을 피워본 적 있어? 심중에 두고 누군가를 연모하는 그런 정도 말고 남녀가 함께 옷을 벗고 자리에 눕는 행위 말이야. 그랬더라도 괜찮아. 차라리 당신에게 그런 일이라도 있었다면 지금으로서는 오히려 축하해 주고 싶어. 내가 어제 당신 몰래 자행한 일이었다고 해서 하는 얘긴 아니야. 내가 지금 비루하게, 잘못을 상쇄하고 싶은 심정으로, 당신에게 너그러운 척하는 건 아니라는 걸 믿어줬으면 좋겠어.

만약 당신이 바람을 피웠다면, 과연 나는 그날 밤이나 다음날 새벽쯤 눈치챌 수 있었을까? 나는 어제 일부러 당신 병실에 들르지 않았다. 차마 갈 수 없었다. 그런데 내가 당신 옆에 나타났더라면 당신은 내 바람을 감지할 수 있었으려나? 내 표정으로, 혹은 당신 후각으로?

— 친구는 어떻게 애인을 만났대요?

주인 여자의 호기심이 또 발동한 모양이다. 어떻게 만나서

서로 애인이 됐는지, 세상 사람들 대부분은 관심을 보이기 마련이기는 하다. 아무리 인구밀도가 문제일 만큼 서로 옷깃을 스치고 부딪치며 살아가야 하는 나라라고 해도 남녀의 만남은 늘 신선하게 여겨지기 때문이다. 신선할 뿐만 아니라 운명의 비밀 같은 걸 아주 조금 열어보는 느낌까지 든다.

— 나이트클럽에서 합석을 한 게 인연이었답니다. 서로 술기운을 빌린 거겠죠.

— 어머, 낭만적이다! 몇 년 사귀었는데요?

— 6년째랍니다.

— 에고, 한번 깨진 적도 없이?

— 걸핏하면 찌그락짜그락, 많이 했죠.

아내가 바람을 피울 때, 속설을 빌리자면, 세상의 남편들은 무슨 사달이 난 다음에야 비로소 그 사실을 알게 된다고 한다. 남편이 이웃집 아저씨보다 자기 아내의 불륜을 더 늦게 안다는 얘기였다. 그냥 여자들 수다 가운데 등장했던 말이니까 믿을 건 못 된다. 다만 자기가 알 수 없으니까 끝도 없이 아내를 의심한다는 얘기는 그럴싸하게 여겨진다.

당신이 만약 어제 내 일탈을 눈치챘다면 반응이 어떨지 궁금해진다. 진실로 나를 사랑해 준 사람이어서 더욱 알고 싶어진다. 당신은 원숭이 우두머리처럼 너그러울 수 있을까? 물론 내가 그걸 기대하지는 않는다. 원숭이와 당신은 천양지차라고 할 수도 있다. 이를테면 우두머리가 성적 대상으로 삼을 수 있는 암컷 원숭이는 열 마리도 넘는다. 당신에게는 오직 나 하나뿐이다. 그리고 우두머리에게는 자신의 공화국을 효과적으로 통치하기 위해 때로는 알고도 눈감아 줘야 하는 고약한 딜레마도 있을 것 같기는 하다. 당신에게는 어떤 딜레마가 있을까?

이제 사실대로 고백해야겠다. 착한 당신이니까, 더는 오해하지 않기를 바라니까.

두갑 씨와 나는 아주 짧은 섹스를 했을 뿐이다. 서로의 몸을 탐닉하고 사랑을 나눈 게 아니라 뭐랄까, 그냥 단순히 몸을 섞었을 뿐이다. 그나마 이런 내 변명이 당신 마음을 덜 아프게 했으면 한다. 변명으로 들려도 어쩔 수 없다. 우리는, 아니 두갑 씨와 나는 일을 치르면서도 단 한마디 말조차 나누지 않았다. 그저 육체적으로 어쩔 수 없는 신음만 한두 번 몸 어디선가 새 나왔을 뿐이다. 그게 내 첫 불륜의 현장이었고 신Scene이었다.

당신이 내 말을 변명이라고 여긴다면 이 얘기도 마저 들려주고 싶다. 내 몸이 아직 건강하다면 어제부터 아마 배란이 시작됐을 것이다. 멀쩡한 당신을 두고, 그저 살아있을 뿐이지 멀쩡한 것은 아니지만, 나는 얼굴도 모르는 남의 아이를 가질 결심을 했다. 운명에 몸을 맡기기로 한 셈이다. 이건 아주 중차대한 일이며 당신과 직접 결부돼 있는 일이기도 하다. 국가 미래를 위한다는 따위의 말은 너스레 축에도 끼지 못할 테니까 굳이 입 밖에 낼 필요도 없다.

여자들에게 임신은 그토록 큰 문제다. 개나 돼지, 혹은 원숭이가 아니기 때문이다. 그래서 어떤 식으로든 마음의 준비가 있어야 하고 이것저것 따질 게 많기 마련이다. 하다못해 기우제를 지낸다든가 하느님이나 부처님을 향해서 빈다든가 하는.

그렇다. 나는 아주 형식적이고 의례적인 의식儀式 하나를 겨우 치렀을 뿐이다. 나는 내 행동을 사적으로는 별로 중요하지 않은 어떤 의식에 지나지 않는다고 기억한다. 그저 묵묵히 도살장으로 끌려가는 소처럼, 평평한 일직선 위의 운명은 아무래도 아니다 싶어서 내가 걸어가야 하는 쭉 곧은 길을 조금 비틀었을 뿐이다. 그 두꺼운 철근 같은 운명의 직선은 너무 완강해서 아주 조금 휘는 데도 거창한 용기가 필요했고 기력 또한 엄청나게 소모되었다.

때마침, 헤어숍에 들렀던 두갑 씨가 이 일에 참여했다. 내가 그를 이끌었다.

# 09

— 언제까지 아범을 이렇게 둘 셈이냐?

아버님은 아직도 당신을 아범이라고 부른다. 우리가 임신 소식을 전해드렸을 때부터 시부모님은 당신에 대한 호칭을 그렇게 바꾸셨다. 아이가 내 배 속을 떠난 사실을 알면서도 이 호칭만큼은 그대로 남겨두었다. 아이가 없어도 당신은 여전히 아범이라는 위치에 있다.

시부모님은 내가 병실에 도착하기 전에 이미 와계셨다. 두 분은 아무 말씀이 없더니 내가 당신 몸을 닦기 시작할 무렵에야 입을 여신다. 어머님은 여느 때처럼 그저 잠자코 눈시울만 적실 뿐이다. 댁에서도 종일 저러하시리라.

나는 아무런 대꾸도 하지 않는다. 매번 그래왔었다. 아버

님도 내 대답을 기다리는 건 아닐 것이다. 그냥 한숨 대신 내
뱉어진 말에 지나지 않을 게 틀림없다. 그러니 한숨만 한번
내쉬어도 무슨 뜻인지 내가 짐작하고도 남는다.

　— 연서 너도 할 만큼은 했다. 욕할 사람 아무도 없다.

　당신 등허리 욕창은 그새 더욱 악화됐다. 아버님 말씀은
언제나처럼 똑같다. 나는 괜스레 욕창 하나 다스리지 못하는
현대 의술에 부아가 치민다.

　— 이제 됐다. 이렇게 무작정 연명시키는 건….

　아범에게도 고역이야. 이번에는 언제나 이어지던 그 말 끝
동을 삼키신다. 이제 곧 박 씨朴氏 가문에 대가 끊어진다는
한숨이 뒤를 이을지도 모른다.

　남편은 활달하고 또 의욕이 넘쳐서 낮에 누워있기를 즐겨
한 사람이 아니었다. 시월의 그 첫 공휴일에도 처가에 다녀
오자고 억지로 나를 일으켜 세운 게 남편이었다. 고역이라
면, 이렇듯 마냥 누워있는 게 남편에게는 진짜 고역일 수 있
다는 것이다.

　— 오면서 날짜를 세어보니, 벌써 이십칠 개월이 지나고
있더구나. 고목처럼 누워있기만 한 게.

　그래요, 아버님. 오늘로 팔백 열닷새가 가고 있죠…. 나도
말을 삼킨다. 이게 길고 긴 날인지 아니면 짧은 날이라고 해
야 할지 가늠이 되지 않는다. 남편과 처음 만난 뒤 우리는 매

번 쌓이는 만남의 날 수를 서로 확인했다. 그걸 한참 동안 잊지 않고 세고 또 세었는데 어느 때부터 날짜 세기를 멈추었는지는 기억에 없다. 남편은 혹시 지금도 그걸 세고 있을까?

— 차마 말이 떨어지지 않는다만, 너도 더 늦기 전에 네 길을 새로 찾아야 하고.

이건 여태까지 듣지 못했던 말씀이다. 눈물을 훔치면서 돌아서 있던 어머님이 내 곁으로 와서 비로소 일을 거드신다. 나 혼자서도 충분히 할 수 있는 일이다. 여태껏 그래왔다. 남편을 엎드리게 하고 소독약을 뿌려 골고루 발라준다. 종기가 물러터진 곳에는 스테로이드제 성분의 연고까지 발라야 한다. 하지만 이 연고는 이제 당신에게는 무용지물에 가깝다. 효능을 발휘하기보다는 부작용이 더 많다.

— 며느리를 너무 닦달하는 거 아니에요?

— 당신은 가만히 있어!

얼핏 들으면 아버님이 나를 혼내고, 어머님은 내 편을 들어 두둔하시는 것처럼 들린다. 물론 어머님은 내 편이 아니라 당신 아들 편에 서서 하신 말씀이란 걸 잘 알고 있다. 그게 섭섭하지는 않다.

내 길을 새로 찾는다? 내 길이 아니라 재혼 상대를 찾아야 한다는 뜻으로 들린다. 우선 재혼 상대를 만나야만 내가 향해 갈 길이 겨우 끝자락 일부나마 조금 열릴 테니까. 그런데 그게 가능할까? 아니, 가능하다고 하더라도 과연 또 다른 길을 찾아 나설 용기를 낼 수 있을까? 나 말고 다른 여자들은 그렇게 할까?

당신 같으면 어떻게 할까요?

입장을 백팔십 도 바꿔서 지금 이 얘기를 하는 사람이 돌아가신 내 친정아버지라면, 그때 당신은 어떻게 받아들일지 알고 싶다는 뜻이다. 여기 이렇게 누워있는 게 당신이 아니라 바로 나라면? 수많은 얘기를 나누며 살았지만 정작 우리가 전에 한 번도 묻지 못했던 가정법假定法 논제 하나가 아프게 내 가슴을 찔러댄다.

아니다. 나는 확실하게 알고 있다. 당신은 결연하게 거부하고도 남을 사람이다. 아버님, 그게 무슨 말씀이세요? 이 사람은 아직 살아있는 사람이고 제 아내입니다. 제가 새로 길을 찾을 이유가 뭔데요? 지금 이 길을 아주 잘 가고 있는데 말입니다. 안 그렇습니까?

— 아버님, 저 아직 견딜 만해요. 남들이 욕하든 말든 신경 쓴 적도 없구요.

— 연서야, 그게 아니다. 전투를 벌이다가 후퇴하려고 할 때도 아직 힘이 남아있을 때 후퇴하기로 작전을 짜는 법이다. 그게 아군 피해를 줄이는 병법의 하나지.

예비역 대령께서는 모처럼 군사 용어를 구사하시면서 확

신에 찬 말투다. 군사작전과 우리네 가정사는 다르다. 나는 그렇게 믿고 산다. 아버님 뜻을 거스른 적은 없어도 한 가정에서 우선시해야 할 가치가 무엇인지는 내 나름대로 따르는 기준이 있다.

— 고맙습니다만, 이런 와중에 제 처지는 고려하지 않으셨으면 합니다. 전 그저 제가 믿는 대로 제 할 일을 할게요.

— 그래, 며늘아가. 네 말이 옳다.

이번에도 어머님이 일편단심 내 편을 들어주신다. 아버님이 끄응, 탄식인지 한숨인지 모를 소리를 뱉어내신다. 아마도 아버님은 후퇴해야 한다는 자신의 결정을 옳다고 여기고 계속 밀어붙이기로 작정하신 듯하다.

사고 직후, 어머님은 당신의 아드님에게 달려갔어도 아버님은 나를 먼저 찾으셨다. 나도 물론 내 정신이 아닐 때였다. 넌, 어떠냐? 너부터 입원해야 한다. 교통사고는 일단 사흘은 지켜봐야 한다. 알겠느냐? 태중의 당신 손자를 우선 걱정하셨을 거라는 사실은 두말할 나위도 없다. 하지만 모르면 몰라도 당신 자신보다 부하들을 먼저 챙기셨을 참된 지휘관의 풍모가 엿보이는 대목이기도 했다. 내 남편이 그런 분의 아들이다.

— 우린 갑시다.

아버님이 어머님의 팔을 잡아끄신다. 공격 대상을 확정한 부대 지휘관처럼.

— 그러세요, 어머님. 저이도 오늘은 좀 피곤하겠어요.

— 오냐. 늬가 애쓰는 거 안다. 널 봐서도 아범이 곧 툭툭 털고 일어날 거다.

끄응! 전에 아버님이 타고 다니시던 군용 지프 시동이라도 거는 듯한 소리가 다시 들린다. 아버님이 앞장을 서서 병실 문을 열고 나가신다.

다시 우리만 남았다. 당신과 나…. 살아있는 나와 죽어가는 당신이다. 살아서 무엇 하나 자신하지 못하고 회의하는 나와 죽어가면서도 어떤 문제를 마주치든 왠지 확고한 태도로 임할 것 같은 당신이다. 나를 시험하는 당신이기도 하고, 문제를 알기 전부터 불안에 사로잡힌 나다. 그러니 당신이 내 손을 잡아 끌어줬으면 좋겠다. 그 어느 길로든.

내가 할 일, 그리고 해야 할 일들은 이미 결정했다. 그리고 나는 후회하지 않기로 이미 마음을 정했다. 남은 건 당신 결정뿐이다. 아니, 당신의 마음을 내가 읽어내는 일뿐이다. 아버님이나 어머님에게 충분히 고마웠을 존재인 나조차 당당하게 얘기할 수 없는 이유가 그 때문이다.

다른 사람들은 이런 일을 당하면 어떻게 할까?

〈블랙스완Black Swan〉이라는 시사용어가 있다. 동명의 섬뜩한 영화도 있었다. 여배우 나탈리 포트만이 아무리 치명적인 매력을 지닌 여자라고 해도 내겐 섬뜩했을 뿐이다. 세상에! 검은 백조라니, 말 자체도 어불성설이지만 그건 세상에 없는 새다. 그래서 일어날 수 없는 일이 일어난 경우를 블랙스완이라고 부른다.

우리 부부에게 난데없이 검은 백조가 날아든 걸까? 물론 교통사고는 너무 흔해서 일어날 수 없는 일이라고는 말할 수 없다. 하지만 정작 당사자들에게는 마른하늘에 날벼락이고, 그 날벼락을 정통으로 맞는 일이지 않은가.

자, 블랙스완은 이미 날아들었다. 쫓아낼 수도 없고 회피할 수도 없는 상황이다. 이 불길한 흉조 한 마리가 날아오는 순간 남편은 식물인간이 되어 침대라는 이상한 땅에 묶여버렸다. 그리고 이 흉악한 새는 내 남편이라는 이름의 나뭇가지에 앉아 눈을 번뜩이며 답을 내놓으라고 강요하고 있다.

제 남편은 어찌 될까요? 언제쯤이면 일어날 수 있을까요?

담당 의사에게 그동안 문턱이 닳을 정도로 찾아갔었다. 하지만 아무리 의사라고 해도 블랙스완이 듣고자 원하는 답을 쉽게 제공해 주지는 못했다. 그래서 그런지 복도에서 눈이 마주치면 황급히 자리를 뜨곤 한다.

아, 코마Coma 상태를 지배하는 존재는 따로 있습니다. 그렇게 믿으시는 게 좋을지도 모르겠습니다. 우리 의술 밖에서 어떤 제삼의 존재가 관장하는 일이라고 말이죠. 안타깝지만 우리도 남편분께서 언제 일어나실지, 앞으로는 또 어떻게 상태가 진행될지 알 수 없다고 말씀드릴 수밖에 없습니다.

얘기는 다시 도돌이표에 의해 제자리로 돌아온다. 그걸 무엇이라고 부르든 도돌이표가 바로 제삼의 존재고, 제삼의 그것이 곧 블랙스완인 셈이니까…. 나에게 닥친 문제의 심각성이 바로 그것이다.

블랙스완은 어쩌면 그동안 수많은 번식을 통해서 그 개체 수가 이미 기하급수적으로 불어났는지도 모른다. 그래서 누군가에게 더 자주, 더 느닷없이 날아들지도 모른다. 교통사고가 흔해진 이유가 혹시 블랙스완 때문일까? 아마 눈에는 보이지 않아도 이 새와 벌써 맞닥뜨린 사람들도 세상에 적지 않을 것이다. 그들에게 간절한 마음으로 묻는다. 남편과 내게 날아온 블랙스완을 어떻게 다시 돌려보낼 수 있는지를….

물론 블랙스완이 우리 곁을 떠나 다른 곳으로 날아간다고 해서 우리 일이 원상태로 회귀하는 건 아니라는 점을 안다. 이게 문제의 본질이기도 하다. 해소나 해결의 출구는 아예 없다. 오로지 일도양단, 결심만 남은 셈이다. 굳이 비유하자면, 블랙스완 발톱이 남편을 움켜쥐는 데 성공했어도 남편의 나뭇가지 또한 놈 발톱을 물고 있어서 이젠 저 스스로는 떠날 수도 없는 처지라고 해야겠다.

자, 하냥 기다리면서 지켜봐야 할 것인가? 아니면 번개 같은 신검神劍이라도 누군가에게 빌려다가 일시에 저 새를 내리쳐야 하는가?

그게 내 앞의 문제다. 블랙스완이 죽든지, 남편과 새가 함께 죽든지. 이것도 저것도 아니라면 내가 블랙스완의 먹이가 돼서 희생당하는 길을 택하든지.

# 10

그날이 손님처럼 찾아온다. 설중매 가지가 아무렇지도 않게 활짝 웃으며 꽃을 피워내는 날….

나는 아침부터 마음이 부산하다. 두 번이나 이를 닦고 씻은 몸을 또 씻는다. 몇 번이나 옷을 바꿔 입기를 거듭하다가 겨우 위아래를 맞추었다. 절기가 때마침 입춘이라 날씨는 예년 평균 기온을 보일 거라고 한다. 평년 수준의 기온이라는 게 춥다는 건지 따뜻하다는 뜻의 예보인지 아리송하지만 나는 입춘이라는 절기를 믿기로 한다.

때마침 아침 햇빛이 창문턱을 넘어와 거실 바닥에 납작하게 펴진다. 한유지를 기다리면서 잠시 해바라기를 하고 싶어진다. 나는 식탁 의자를 끌어다가 베란다 쪽으로 가서 앉는다. 실제로 햇볕은 따스하다.

그새 병원은 세 차례나 다녀왔다. 그것도 내가 건강한 상태인 데다가 생리 활동도 아주 규칙적이라 최소한의 병원 나들이에 지나지 않는다고 한유지는 말했었다. 어떤 다른 여성들에게는 수정란 시술 절차가 더러는 고통스럽다는 얘기도 했다. 나는 스스로 어이없어했다. 아니, 불과 이삼 년 전까지 자라던 아이가 떨어져 나간 뒤 얼마나 됐다고, 도대체 뭘 어쩌자고 내 몸은 마냥 멀쩡한 건지 알 수 없었다. 인간이 아니라 설혹 아이를 낳는 기계라고 해도 어딘가가 고장이 나있거나 녹이 슬어야 정상이 아닐까 싶은데.

한유지는 처음 만났을 때 입었던 옷차림이다. 겨자색 코트가 한겨울보다 입춘에 더 잘 어울리는 듯하다. 입춘도 사실은 겨울철 절기지만 봄꽃나무 뿌리들은 왠지 입춘 무렵이면 겨자색 싹을 내밀 것만 같다. 물론 확인한 사실은 아니다. 입춘이라면 달라지는 게 하나쯤은 있어야 마땅하다는 생각이 들어서다.

―연서 씨, 컨디션 좋아?

―술을 마신 것도 아닌데요, 뭐.

―흐흐, 연서 씨도 참, 재치가 넘쳐요.

―나 바보 같다는 거 언니가 잘 알잖아요.

―하하하, 아니야. 그때는 충분히 그럴 수도 있었어.

그녀의 차가 주차된 곳으로 걸어가면서 며칠 전 일을 떠올린다. 그녀에게 내가 엉뚱한 부탁을 했었다. 남자, 그 시인이란 남자와 나란히 누워서 정자를 이식받는 줄로 여기고 침대방을 따로 쓰게 해달라고 주문한 것이다. 그녀는 웃음을 참지 못해 땅바닥에 주저앉을 지경이 됐다. 그러고는 겨우 일어나 말했다.

순진하다는 표현은 어쩐지 예의가 아닌 거 같고, 우리 연서 씨는 정말이지 순수하다는 생각이 들어. 전에 내가 냉동 정자라는 얘길 했지만 그렇다고 우리가 냉동 제품을 사용하지는 않아. 기술력이야 물론 어느 것이든 가능하지. 심지어 어느 단계까지 발전했는지 들어볼래? 우리는 남자들이 혼자 손장난을 하고 휴지통에 쑤셔 박은 티슈 한 장만 있어도 이용 가능한 정자를 추출해 낼 수 있거든. 그렇다고 막상 그런 민망한 방법을 쓰진 않지. 싱싱하고 따끈따끈한 활성 정자를 이용하는 게 수정 가능성을 훨씬 높일 수 있을 테니까. 그러니 걱정하지 말아요. 정자는 며칠 전에 제공되거든. 그런 다음 수정란을 배양하고, 그 뒤에 비로소 몸에 이식하는 거야. 남자들이 하나도 없는 장소에서…. 알겠어?

오늘이 그날이다. 병원 실험실에서 합체에 성공한 두 세포가 하나가 되고, 그게 내 몸에 이식되는 날. 시인이라는 말을 전해 듣고는 깜냥에 시를 흉내 냅답시고 설중매 어쩌고저쩌고 내가 말했던 날이다.

지금껏 살아오면서 입춘이란 절기를 의식한 적이 없었는데 막상 입춘과 겹치니까 아주 멋진 택일인 듯 여겨진다. 모르겠다. 내가 아침부터 햇빛을 쐰 탓인지도.

병원은 예의 그 모습 그대로다. 햇빛을 받지 못하는 3층 건물의 옥상 한 귀퉁이만 그림자가 드리워져 있어서 무슨, 태양의 심부름꾼 역할을 도맡은 새가 날개를 펼치고 앉아있는 양 보인다. 내가 아무래도 요즘 들어 새에 관해서 너무 예민한가 보다. 간밤에는 새와 연관된 꿈을 꾸기도 했다. 잠이 깨고 나서 나는 그게 태몽이 아니기를 먼저 빌었다. 수정란이 아직 이식도 되기 전이니까 그게 태몽일 리는 없다. 그래도 날짜가 날짜인지라 영 개운치 않았다.

꿈에서 어떤 아이가 내게 말했다. 엄마, 나처럼 이렇게 해봐요. 그럼 날아갈 수 있어요! 옆을 돌아보니 아이는 헤엄을 치며 내 앞을 날아가고 있었다. 자세히 보니 그 애는 물고기 모습을 한 새였다. 내가 아는 가릉빈가迦陵頻迦는 사람 머리에 새의 몸을 가진 전설 속의 새인데, 거기에 물고기 형상까지 갖추고 있었다. 우리가 날고 있는 공간도 창공이 아니라 물이 가득 채워진 커다란 수조 안이었고.

아이를 갖는 일이 나를 날아가게 만들어준다는 뜻일까? 아니면 그러기를 원하는 소망이 만들어낸 헛된 꿈일까? 그런데 아무리 헛될망정 그게 하필 물속이라는 사실이 거듭 신경이 쓰였다. 물 밖을 벗어나지 못하는 새. 그건 뭘 의미하는 걸까?

— 연서 씨, 맘 편하게 먹어.

— 벌써 배부르게 먹었어요.

— 하하하, 역시!

한유지가 병원 문을 밀고 들어가 앞장서서 나를 안내한다. 그녀의 연구소라는 곳이 바로 여기겠구나, 하는 생각이 그제야 퍼뜩 머리를 스친다. 바보처럼 나는 그녀가 일한다는 연구소를 좀 보여달라는 말조차 하지 않았다. 물론 연구소 건물 자체가 일을 하는 건 아니어서 굳이 그럴 필요는 없었다. 건물이 어떻게 생겼고, 내부 시설이 어떤지 나와는 관계없는 일이기도 했다. 그런데 이 건물이 바로 그녀의 연구소라고 믿자마자 오가는 이들에게 저절로 눈길이 간다.

무엇보다 병원 안을 오가는 이들은 하나같이 젊다. 흔한 병원들처럼 노인들이 아예 눈에 띄지 않는다. 그렇다고 어린 아이들이 보이는 것도 아니어서 어떤 한 목적으로만, 그러니까 그 애국적인 목적으로만 운영되는 곳이 틀림없다. 전에는 맘이 조급하고 불안해서 미처 살피지 못한 것 같다.

— 여기가 언니네 연구소에요?

— 응?

내가 슬쩍 넘겨짚은 질문에 한유지가 놀란 표정으로 돌아본다. 그 바람에 눈가의 실주름이 사라진다. 웃으면 눈가 주름은 더욱 도드라지는 법이다. 여자들이 상대의 말에 호응해서 웃음을 터뜨리기보다는 일차적으로 놀랍다는 반응을 보이는 이유는 그 때문이다. 웃어야 할 경우의 수를 되도록 줄이는 게 최선이다. 그래서 문득 연구소에 건의해 볼까 하는 생각이 든다. 나라 안 여자들이 웃기보다는 자주 놀라는 세상이라면 출산율이 낮아질 수밖에 없는 거 아니냐고. 그러니까 웃으면 웃을수록 눈가 주름이 사라지게 만드는 연구도 좀 병행하는 게 어떨까 하고.

병원을 오가는 젊은 여자들 셋…. 나는 그들의 얼굴을 찬찬히 살펴본다. 이십 대 후반부터 많아야 사십 대 초반까지, 보나 마나 다들 가임 여성들이다. 무슨 무슨 센터라는 모호한 이름의 간판부터 진작 의심했어야 마땅하지만 이른바 내 촉이 빗나갔을 리는 없다. 저들도 나처럼, 돈을 받기로 한 애국자들이 분명하다.

—어머, 내 사무실은 다른 데 있어.

사무실은 다른 장소에 있을망정 이곳 역시 연구소 부속 건물 중 하나일 거라는 내 확신은 사라지지 않는다. 어쩌면 연구소와 병원과 사무실, 그리고 실험실을 한 공간에 마련할 만한 시간이 없었을 수도 있다. 아무리 바보 칠푼이라도 세상 어느 구석이든 다 믿을 수는 없는 노릇이다. 나는 그래서 의심한다. 내 일말의 불안감이 시키는 지극히 당연한 감정이다. 고로, 존재한다고 말할 수는 없지만.

— 절 따라오세요.

신원 확인 절차가 끝나자 간호사 복장을 한 여성이 나를 인도한다. 그리고 2층 어느 방 앞에 이르러 문을 연다. 네 평 넓이쯤 될까? 방은 제법 넓다. 밝고 아늑한 방이다. 게다가 잘 알려진 영화음악이 침대 머리맡에서 흘러나온다. 1963년 루이지 코멘치니 감독의 영화 〈부베의 연인〉, 내가 모를 리 없는 영화이고 음악이다. 여기서 환복하고 좀 쉬고 계시면 됩니다. 흰 이를 드러낸 채 간호사가 생긋 웃으며 나간다. 아직 웃음이 걱정될 나이는 아닌 듯하다.

— 어머, 병실이 무슨 호텔 같아요.

— 실제로 일류 호텔을 모방해서 꾸몄다고 해. 그래야 하지 않을까?

나는 별생각도 없이 감탄한 건데 한유지의 대답에 쓸데없는 상상이 고개를 든다. 그래, 여긴 수정란을 이식하는 곳, 그러니까 임신을 하는 곳이다, 라는.

당신이 전에 농담을 던진 적이 있다. 출산율 저하와 관련된 뉴스를 시청할 때였을 것이다. 아니, 사태가 이 정도 됐으면 말야. 정부가 앞장서서 전국 야산의 으슥한 골짜기마다 공짜 움막부터 서둘러 지어줘야 하는 거 아니야? 서울 시내 도심에도 무료로 들락거릴 수 있는 물방앗간을 사방팔방에 짓고 말이야. 그리고 물방앗간 입구에는 크게 표어 한 줄 딱 써 붙이는 거지. 두 분이 들어오셔야 나라가 삽니다! 이렇게…. 그리고 또 있어. 시골에는 배추나 시금치만 심지 말고 적어도 보리밭이나 키 큰 옥수수밭을 많이 조성하도록 장려하는 거야. 어때? 무슨 말이죠?

나는 눈치도 없는 질문을 하고 당신 눈을 바라보았다. 그래야 아이를 많이 낳지. 안 그래? 당신이 그렇게 얘기하고 나서도 나는 잠시 당신 농담에 숨겨진 의중을 헤아리지 못했었다. 당신도 참! 아니 땐 굴뚝에 연기가 날 리 없긴 해도, 아니 뭐, 연기가 나지 않는다고 밥을 굶는 시대인가 뭐?

— 난 나가 있을 테니까 연서 씨는 좀 쉬어. 아무런 걱정하지 말고…. 좋은 꿈을 꾸면서 살짝 졸아도 좋고.

— 그래요. 이따 봐요.

한유지가 나간 쪽 창문으로 햇빛이 비쳐든다. 아침의 그 햇빛보다 강하다.

한국인이 유난히도 사랑하는 클림트의 키스 그림이 벽에 걸려있다. 무릎을 꿇고 눈을 감은 채 남자 입술을 기다리고 있는 여인의 표정과 자세가 관능적이어서 볼 때마다 부러워진다. 우린 왜 저 자세로 키스 한번 나누지 않았는지, 모를 일이다.

정열적인 영화음악도, 당신이 던졌던 농담도, 그리고 키스 그림 탓도 있어서 나는 로맨틱한 분위기에 잠겨 맘이 훨씬 편해진다. 속옷을 벗은 채 새로 갈아입은 헐렁한 치마도 한 몫 거들었을지 모르겠다. 만약 당신과 함께 이런 방에 올 수 있다면 우리는 아마 눈짓 한번 교환할 새도 없이 사랑을 나누고도 남았을 것이다. 늦었지만, 저 여인처럼 나 역시 무릎을 꿇은 채로.

—좀 쉬셨어요?

여의사와 함께 아까 그 간호사가 다시 생긋 웃으며 방으로 들어선다. 나는 일어나서 목례를 보낸다. 아주 편하게 쉬었어도 이상하게 기분만큼은 왠지 그렇지 못하다. 감정이 격해졌기 때문일까?

—방은 따뜻하죠?

의사가 묻는다. 그랬던 것 같다고 대답한다. 간호사가 병원용 트레이에 담아온 바늘 없는 뭉툭한 주사기를 확인한다.

—자, 편안한 자세로 누우세요.

내가 눕자 간호사는 내 두 무릎을 비스듬히 세우고 내 몸에 윤활제 같은 걸 발라준다. 그러고는 의사에게 자리를 양보하고 물러난다. 클림트의 그림이 다시 내 망막에 환하게 들어와 새겨진다.

이윽고 뭉툭한 주사기가 내 몸에 깊이 파고들고, 따뜻한 액체가 그보다 더 깊이 강하고 빠르게 침투한다. 한유지가 말했던 싱싱하고 따끈따끈한…. 물론 따끈따끈한 정도는 아니다. 당신이 언급했던, 보상으로 주어진다는 황홀함이라는 단어를 떠올려본다. 여기 지금 이곳에 그런 건 없다. 의사가 오기 직전에 내가 느꼈던 어떤 성적 판타지, 있다면 그게 전부였던 셈이다.

그 순간, 눈물 한 방울이 내 눈에서 흘러나온다. 이건 당신이 주는 아기 씨앗도 아니고, 그렇다고 두갑 씨가 준 것도 아니다. 두갑 씨로부터 받고자 했던 내 계획은 끝내 이뤄지지 못한 채 헛된 바람으로 끝나고 말았다. 지난번에 이미 이 병원에서 확인한 사실이다. 깨끗하다고, 의사가 내린 진단이 그랬다.

깨끗하다?

다른 쪽 눈에서도 눈물방울이 더 구르다가 떨어진다. 내게서 가장 깨끗한 걸 하나만 고르라고 한다면 눈물을 꼽아야 할까? 눈을 깨끗하게 씻고 난 뒤의 물, 그게 눈물이다. 말하자면 구정물인 셈이다. 그래도 내 눈물은 깨끗하다. 나는 그렇게 믿는다.

# 11

깨끗하게, 아니 순수한 마음으로 나는 시를 좀 더 가까이 접하기로 작정했다. 그게 옳은 일이라는 생각이 들어서다.

시에 대해서는 잘 몰라도 왠지 그걸 읽다 보면 나 자신이 조금은 더 맑아질 듯한 한 가닥 기대가 있었다. 내가 맑아지면 당연히 내 배 안의 아이도 맑은 냇물 같은, 양수 속에서 자랄 것이라는…. 무엇보다 내 머릿속 한 귀퉁이에서라도 아이를 돈 뭉텅이로 여길 수는 없지 않은가? 굳이 보태서 말하자면 태교를 해야 했다.

병원에 다시 들러서 수정란 착상이 성공적으로 이뤄졌다는 통보를 받은 날, 내 통장에는 한유지 명의로 입금된 금액이 찍혔다. 정확하게 5천만 원이었다. 그리고 내 핸드폰에도

그녀의 문자가 날아왔다. 축하해, 연서 씨^^

인터넷 서점을 통해 우선 시조집 한 권과 두 권의 시집을 구했다. 김소월과 윤동주 시집이다. 두 사람은 학창 시절에 맨 먼저 우리 가슴을 시로 적셔주고 두드렸던 시인들이기도 하다. 적어도 그 두 사람은 내 몸을 관통해서 흐르는 물줄기를 조금이라도 더 정화해 보자는 의지를 꺾을 것 같지는 않았다.


창 내고자 창을 내고자 이내 가슴에 창 내고자
고모장지 세살장지 들장지 열장지 암돌쩌귀 수톨쩌귀 배목걸쇠
크나큰 장도리로 뚱딱 박아 이내 가슴에 창 내고자
이따금 하 답답할 제면 여닫아볼까 하노라


책을 받자마자 인쇄 상태나 보자 하고 무심코 펼친 곳에서 사설시조 한 편이 툭 튀어나왔다. 방심하고 있던 내 앞으로 뭔가가 정말 튀어나온 듯했다.

아, 살아있구나! 그게 내 첫 느낌이었다. 죽은 땅 위에 그냥 놓여있는 돌멩이 따위가 아니라 눈에 띄지 않는 바위 틈 사이에 숨어서 팔딱팔딱 숨을 쉬는 참개구리 같은.

놀란 감정이 내 몸을 한 차례 휘감고 지나갔다. 시조가 처음 내게 안겨준 게 그런 묵직한 떨림이었다. 이따금 하 답답

할 제면 여닫아볼까 하노라…. 이건 좋은 일일 거야! 순간적으로 나는 몸을 움찔했던 그 경험이 내 배 속에도 온전하게 진동을 전달했기를 기원했다.

—넌, 진짜 시인이 되겠다, 얘.

꾸룩 꾸르룩! 혼잣말이 개구리 울음소리만큼 컸다.

나는 거듭해서 같은 시조를 읽고 또 읽었다. 그러면서 내 상상이 만들어낸 허구에 지나지 않기는 해도 아까의 그 개구리가 다른 곳으로 떠나지 않기를 빌었다. 알을 낳고 키우면서 내 배 안을 새로운 웅덩이로, 새 터전으로 삼고 살아가기를.

나를 시인학교로 이끈 건 바로 그 개구리였다고 해야겠다. 믿기 힘들겠지만 실제로 개구리가 내 안에 살고 있다는 착각이 들 때도 많았다. 나는 그게 싫지는 않다. 살아있는 개구리 한 마리의 중량감은 아이가 제대로 들어섰다는 믿음을 갖게 만드는 힘이었다. 아직 그런 크기로 자라지도 않았겠지만.

시가 당신을 위로하는 시간!

시인학교를 홍보하는 문구가 가슴을 설레게 했다. 매주 수요일 저녁, 시인학교는 내가 새로 이사 온 지역 동사무소에서 열린다. 월요일에는 요가 교실, 화요일에는 노래 교실 그런 식이다. 동사무소에서 매일 저녁 주민을 위한 무료 강좌를 펼친다는 사실도 처음 알았다. 나 혼자만 외곬으로 살았던 듯하다.

— 여러분에게 짧은 시 한 편을 들려드릴 테니까, 잠시 눈을 감아보세요.

강사는 젊은 남자다. 당신이나 당신 친구들, 두갑 씨 또래쯤 되는 나이다. 그러니까 나보다 세 살 많은⋯. 그나저나 당신도 느끼겠지만 어쩔 수 없이, 어떤 이름들은 시도 때도 없이 내 머릿속을 스치고 지나가는 걸, 당신이 너그럽게 이해해 줬으면 좋겠다. 내 일방적인 바람이지만 그게 당신 건강에도 좋다.

— 자주 꽃 핀 건 자주감자. 파보나 마나 자주감자. 하얀 꽃 핀 건 하얀 감자. 파보나 마나 하얀 감자⋯. 이게 시 전부입니다. 「감자꽃」이라는 제목의 시죠. 이제 머릿속으로 한번 되뇌어보세요. 자주 꽃 핀 건 자주감자⋯.

눈을 뜨자마자 일행인 듯한 초로의 아줌마들이 와르르 웃는다. 에계계, 그게 무슨 시야, 하는 눈치가 분명하다.

— 하나 더 들려드릴게요. 이번에도 아주 짧은 겁니다.


국화 진 다음

무보다 나은 것이

또 있을까나


작당이라도 한 듯 그 일행이 또 웃어댄다. 젊은 강사 또한 느긋한 미소를 지은 채 그들과 눈길을 마주친다.

— 제가 여기 감자나 무 배추 등을 팔러 온 장사꾼은 아니고요. 앞의 시는 한국전쟁 중 서른넷의 나이로 요절한 권태응이란 시인의 작품입니다. 뒤의 시는 일본에서 가장 유명한 하이쿠[俳句] 시인 마쓰오 바쇼의 작품이죠. 이 사람은 천육백 년대 사람이니까 우리나라로 치면 조선 시대 중후반, 그러니까 송강 정철보다 정확하게 백 년 뒤에 객사한 시인이에요. 어때요? 이런 게 시라면 하루에도 몇 편씩 쓸 수 있을 것 같지 않으세요?

나까지 합쳐서 열서넛은 될까? 강의를 듣던 객석이 술렁거린다. 시를 쓸 수 있겠다는 자신감들이 뿜어져 나온 듯하다. 슬그머니, 내 목 아래쯤에서도 개구리가 기척을 보낸다. 나는 재빨리 핸드폰을 꺼내 메모한다.

당신이 깨어나면 당신 아들, 낳으나 마나 당신 아들….

그러나 더 이을 말이 없다. 내 깜냥에도 시인이라는 꽃이 하얀 꽃이나 자주 꽃처럼 당신 앞이나 뒤에 피어있어야 할 것 같기는 한데, 마저 완성하고 싶지는 않다.

— 이 채소 장사치가, 앞으로 여러분 모두를 시인으로 만들어드리겠습니다. 그렇다면 시인은 도대체 어떤 사람인지 궁금하지 않으세요?

강사가 자기 핸드폰을 꺼내더니 무엇인가를 검색해서 한

껏 볼륨을 높인다. 이윽고 나도 아주 잘 아는, 〈누구라도 그러하듯이〉라는 유행가가 흘러나오고, 아주머니 무리가 큰 소리로 따라 부른다. 누구라도 그러하듯이 길을 걸으면 생각이 난다. 마주 보며 속삭이던 지난날의 얼굴들이 꽃잎처럼 펼쳐져 간다…. 그 순간 강사가 노래를 꺼버린다.

　— 에구, 더 들려줘요. 우리 친구들 십팔번이란 말이에요.

　— 잠시만 기다리세요. 이 노래 원곡을 들려드릴 테니까.

　— 원곡이 있어?

놀란 청중들 사이로 가사만 다른 곡이 들려온다. 가만 들어보니 샹송이다. 강사는 핸드폰을 그대로 둔 채 뒤돌아서서 화이트보드에 무엇인가를 적기 시작한다.


　　시인의 수명은 길지 않죠

　　이를 악문 채 자신에게 주어진 삶을 버티며

　　자신의 모든 걸 쏟아붓기 때문이랍니다

　　세상 모든 위선과 가식들을 조롱하며 말이죠

　　시인은 그래서 오래 살지 못해요

　　　….


자신의 필기에 방해라도 된 양, 이번에도 강사가 핸드폰을 끈다. 장내는 순식간에 쥐 죽은 듯, 아주머니들을 일러 쥐라고 표현해서 미안하지만, 정적에 잠기고 만다. 원곡 가사를 처음 들어보는 신기함 때문만은 아니다. 요절하고 객사했다는 한일 양국의 두 시인에 대해 미리 얘기를 들었던 터라, 누구라도 그러하듯이, 일순간 숙연해진 탓이리라. 나도 물론 마찬가지다.

그 조용한 분위기 속에서, 마치 일부러 시간을 끌 듯, 강사는 느릿느릿 나머지 가사들을 다 적었다. 그래요. 시인들이란 참 성가신 존재들이에요. 아주 사소한 것이라도 불의를 보면 발끈하고, 추방을 당하든 고문을 당하든 절대 두려워하지 않죠. 최악의 상황에서도 시인은 글을 쓴답니다. 마지막 피 한 방울까지 쏟아내듯 말이죠. 맞아요. 시인은 참 성가신 존재죠….

필기를 마친 강사가 천천히 돌아선다. 그러고는 수강생들을 죽 둘러보며 하나하나 새기듯 눈에 담는다.

— 저는 지금 시인들이 요절한다는 사실을 강조하거나, 그래야 한다고 주장할 생각은 추호도 없습니다. 시인들이라고 해서 의무적으로 요절해야 하는 것도 아니고요. 이 노래 원래 뜻 역시 그런 건 아니죠. 다만 시인들은 어떤 사람이어야 하는지, 모름지기 시인들은 세상을 어떤 안목으로 눈 부릅뜨고 바라봐야 하는지를 우리에게 시사합니다. 그러다 요절해도 여한이 없도록 말이죠.

저처럼 대단한 자존감을 지니고 사는 시인에게도 하찮은 이 유행가 가사 한 토막은, 들을 때마다 무슨 묵직한 망치 같은 도구로, 언제 어느 때든 아프게 머리를 때리곤 합니다. 어서 나가서 싸우라고 말이죠. 불의에 맞서 싸우고 부정과 부패에 저항하라고도 합니다. 꽃이 피어나지 않는 현실, 봄이 봄 같지 않은 상황에 직면하거든 그땐 밤잠을 아껴 시를 써야 한다고 머리를 때리기도 합니다. 만약 이 요구를 단 한 차례라도 외면하고 싶거든 그땐 시인으로 살기를 포기하라는 압박도 서슴지 않죠. 여러분도 이 노랫말 속에 등장하는 그런 시인이 되시기를 진심으로 바랍니다.

수업이 끝났지만 우리는 그게 끝인지도 알지 못한다. 그러다 누군가가 손뼉을 치고, 나머지도 거세게 호응하며 박수를 보낸다. 강사도 두 손을 앞으로 모아 허리를 정중하게 굽히며 답례한다. 괜찮은 사람이 분명했다. 왠지 몰라도 저 강사야말로 노랫말에 꼭 부합하는 그런 시인일 거라는 확신이 든다.

그때였다. 내 안에서 내내 꼼짝하지 않고 움츠리고만 있던 참개구리가 폴짝 뛰어오른다. 나는 분명히 녀석이 도약하는 순간의 파동을 생생하게 느꼈다.

혹시, 저 사람이 혹시, 바로 그 시인은 아닐까?

# 12

세상의 동물들은 이따금 식물이나 돼버리자는 꿈을 꾸지는 않을까? 움직임을 멈추고, 옮기던 발걸음도 더 내딛지 않고 땅에 붙박은 채, 아주 이참에 식물로나 변해서 다소곳하게 살아야겠다고 꿈을 꿀 때도 있을까?

당신 머리맡에 앉아서 시간을 보낼 때면 이따금 터무니없는 영상 하나가 머릿속에서 상영된다. 아프리카의 세렝게티나 브라질의 아마존 밀림 지대가 내 머릿속에 장대하게 펼쳐진다. 사자나 표범 정도는 아니고, 그렇다고 우는 토끼나 마못보다는 더 큰 초식동물 하나가 숲 가운데 서있다. 산양을 닮은 듯하고, 수사슴 같기도 하다. 하여튼 그냥 사슴이라고 해두자.

녀석은 몹시 지쳐있고 또 우울하게 보인다. 서있긴 해도 제 앞의 나뭇가지처럼 몸 전체가 힘없이 흔들린다. 그런 녀석이 자꾸 무겁게 땅으로 떨어지려는 고개를 겨우 지탱하면서 나무를 향해 하소연한다.

나랑 몸을 바꾸지 않을래요? 당신이 내가 되고, 내 몸과 당신 몸을 맞교환하는 거죠. 난 지금 몹시 지쳤어요. 기회는 지금밖에 없어요. 사는 동안 당신에게 너무나 많은 빚을 졌어요. 허락도 받지 않고 당신 이파리를 마구 뜯어 먹었는가 하면 가려운 내 몸을 긁느라고 당신 몸에 적잖은 상처를 내기도 했죠. 이제 당신이 나 대신 세상에 나가세요. 땅에 깊이 파묻었던 발을 빼고, 훨훨 날아다니듯 살아보세요. 그리고 더러 잊지 않을 만큼만 나한테 찾아와서 세상 얘기도 들려주고, 내가 당신에게 그랬듯 내 이파리를 뜯고….

순간, 일그러진 거울에 영상이 비치듯 주변의 햇빛이 구겨진다. 나무 사이로 길게 내려꽂히는 햇살을 때마침 숲 위를 날아가던 새떼가 무심코 흩어놓았을 수도 있다. 사슴의 목이 기린처럼 점차 커지다가 이내 나무 한 그루로 변한다. 서로 옷을 갈아입듯 나무 역시 밀가루 반죽을 할 때처럼 뭉치고 다져지더니 뿔을 곧추세운 한 마리 늠름한 동물로 탈바꿈한다. 그러고는 스스로 놀란 듯 어디론가 사라지고 숲은 다시 평화를 되찾는다.

당신도 지금 침대에 누운 채, 나에게 하소연을 하는 듯하다. 서로 몸을 바꾸어서 한번 살아보는 게 어떠냐고⋯. 나는 좋다고 대답한다. 아니다. 얘기가 처음부터 뒤바뀌고 말았다. 내가 당신에게 입장이 서로 바뀐 몸을 교환하자고 주문하고, 당신이 전혀 다른 방식으로 대답한다. 미안해. 이런 상태라면, 바꿔줄 수 없어. 네가 얼마나 고생하는지를 내가 알아. 하지만 연서 너를 꿈에서라도 이렇게 만들 수는 없지.

맞다. 당신은 그런 사람이다. 그래서 내가 공상 속에서 혼자 감독하고 연출한 영화 필름 한 토막은 덧없는 것이 되고 만다. 공상은 공상으로 끝나는 셈이다.

─아, 우리 연서 씨가 여기 있을 거라고 짐작했어!

약속한 적이 없는데도 난데없이 한유지가 병실로 들어선다. 내가 전에 병원 이름을 얘기했었던가? 어쨌거나 사람 찾는 데는 탐정만큼이나 소질이 있는 듯하다. 찾아내는 쪽이라기보다 고르고 골라서 이거다 싶을 때는 집요하게 물고 늘어지는 뚜쟁이 쪽에 가깝다고 해야겠지만.

─어쩐 일이세요?

─자, 이거 받아.

그녀가 흰 봉투 하나를 내민다. 내가 그걸 받는다. 어느 때부턴가 남에게 봉투를 받는 게 조금도 부담을 느끼지 않는 일이 돼버린 듯하다. 나는 단지 남편에게 전해줘야 하는 심부름꾼 역할에 지나지 않는다고 여기게 됐다.

— 괜찮다면 여기 어디 휴게실로 좀 갈까?

— 그래요. 1층에 커피숍이 있으니까 거기로 가있어요. 난 저이를 한 차례 더 뒤집어주고 내려갈게요.

— 도와줄까?

— 아뇨. 보여주고 싶지 않아요.

따로 할 얘기가 있는 게 분명하다. 며칠 전 그녀가 한번 생각해 보라고 전화로 부탁했던 일이 떠오른다. 그게 아니었다면 나를 찾지도 않았을 게 뻔하다. 자기와 짝을 이루어서 국가가 벌이고 있는 사업에 참여하지 않겠느냐? 말하자면, 나처럼 아이를 갖고 싶어하는 여자들을 찾아다니지 않겠느냐? 그게 그녀의 제안이었다. 굳이 표현하자면 국가 별정직 뚜쟁이 공무원을 해보자는.

그나저나 어떻게 남편 얼굴을 보겠다고 병실까지 방문한 건지, 참 뻔뻔하다는 생각이 든다. 눈을 번연히 뜨고 있는 남편 얼굴을…. 나는 한바탕 속 시원하게 쏴붙이고 싶은 걸 겨우 억눌러 참는다. 암만 생각해도 그녀 잘못은 아니다.

— 아까 그 봉투는 연서 씨 일로 내가 받은 보너스야. 그걸 내가 챙길 게 아니라 연서 씨 남편에게 돌려드리고 싶었지.

고마워요, 라고 나는 말하지 않는다. 남편이 자리에 꼼짝하지 못하고 누워있는 사이 한유지와 나는 모종의 사건을 꾸민 공동 정범이 된 느낌이다. 아니, 사실이 그렇다.

— 우리 카푸치노 마실까? 카푸치노 유래 알아?

— 아뇨. 아메리카노 마실래요. 이 병원에서만큼은 나 자신에게 솔직하고 싶거든요.

— 아, 아는구나?

중세 유럽의 어떤 수도승들이 머리를 가리기 위해 썼던 모자 이름에서 유래한 커피라는 것 정도는 안다. 진한 갈색 커피 위에 우유 거품을 얹은 모습이 그 수도승들의 모자를 닮아서 붙인 이름이라던가? 그래서 나는 당신의 모습을 굳이 감추거나 숨기고 싶지 않다는 뜻으로 했던 말이다. 당신만 가린다고 해서 끝날 일도 아니다. 더 중요한 일들, 이 모종의 사건에 대해 당신은 이미 알고 있다. 그러니 카푸치노 커피 한잔으로는 당신의 눈도, 창밖의 저 하늘도 가릴 수 없다.

— 그 일은 생각해 봤어?

— 아뇨! 아니, 생각해 보지 않은 게 아니라 싫어요. 남의 인생을 한번 바꿔보지 않겠느냐고 유혹하는 일 따위는 하지 않을래요. 나 하나로 충분하니까요.

한유지가 내 눈을 살피다가 이내 고개를 끄덕인다. 그 순간 나는 깨닫는다. 무슨 무슨 연구소 직원이 아니라 실은 그녀도 내 선배쯤 되는 대리모代理母에 지나지 않으리라는 사실을…. 늦어도 너무 늦게야 나는 깨달은 셈이다. 그게 설혹 무슨 연구소라는 거창한 이름은 붙였을망정, 한유지는 다단계로 물건을 파는 회사 같은 곳에서 일하고 있을 뿐이다. 그래서 나를 자신의 사다리 안으로 끌어들이려고 하는 것이다. 회사를 차린 주체가 정부든, 그녀 말마따나 무슨 민관이 힘을 합친 조직체든.

　— 언니도 대리모인가요? 언니는, 무슨 씨앗을 받았어요?

　— 그게 무, 무슨 말이야?

　— 이제 우리 솔직해질 필요가 있잖아요. 카푸치노 따위로 가릴 게 아니라….

　내가 넘겨짚은 말에 한유지 얼굴이 일순 발갛게 물든다. 웃음으로 얼버무릴 속셈이었는지 눈가의 실주름이 잠시 드러났다가 사라진다. 다른 여자들이라면 몰라도 그녀 눈가 주름만큼은 어디서 연유했는지 왠지 알 것 같다. 동병상련이라고 했던가? 그녀가, 카푸치노 아닌 자기 두 손을 펴서 얼굴을 가린다.

　— 어떻게 알았어?

　— 언니에게도 다른 어떤 사연이 있었겠지만, 남편 머리맡에서 오래 병상을 지키고 앉아있다 보면 눈치가 늘 수밖에 더 있겠어요? 누가 오가는지, 다른 이들은 어떻게 말하는지, 남편은 또 어떤 눈치를 보내는지…. 모르죠. 남편이 가르쳐준 눈치인지도 모르겠어요. 어쩌면 이름도 모르는 어떤 시인

이 선사한 능력인지도 모르겠고…. 한데 그게 중요한 건 아니잖아요?

— 그래, 맞아. 내가 숨겼다면 미안해.

그녀가 입김으로 우유 거품을 불어내고 그 아래 감춰진 커피를 홀짝거린다. 나도 아메리카노를 마신다. 우연히 커피를 고르는 과정에서 우리는 서로 솔직했던 셈이다. 그녀는 무엇인가를 가리기 위해 카푸치노를 주문하고 나는 아메리카노를 선택했으니까. 에스프레소가 너무 진하고 독해서 어느 미군 병사가 물 좀 섞어 달라고 솔직하게 부탁한 게 아메리카노의 기원이라고 하지 않던가.

— 내 남편은 아이를 가질 수 없었어.

한유지가 드디어 입을 열기 시작한다. 오늘따라 그녀의 입이 크다고는 여겨지지 않는다. 어쩌면 사람들은 타인이 아닌, 자기 자신을 얘기할 때면 입이 저절로 작아지는지도 모르겠다.

— 그렇지만 남편이나 나는 아이를 간절하게 원했지. 시부모 쪽에서는 더욱 심했고…. 말하자면 우린 돈이 필요한 건 아니었어. 연서 씨가 이 말을 오해하지 않았으면 좋겠네. 우리 부부는 아이를 입양할까, 하고 심각하게 고민도 많이 했지. 하지만 완전히 남의 아이가 아닌, 반쪽이라도 우리 아이라고 주장할 수 있는 다른 방법이 없을까 생각했어. 그러던

중에 연구소 직원을 알게 됐던 거야.

— 연구소는 분명히 실체가 있는 건가요?

— 그럼! 그건 믿어도 돼. 그런 곳 없이 내가 어떻게 일할 수 있겠어?

— 정부가 지원도 해주고요?

— 연서 씨가 대리모란 표현을 썼는데 그래, 대리모라고 부를 수 있겠네. 한데 대리모는 현재 법률상으로는 불법이야. 그러니 정부가 전면에 나설 수는 없는 사업이고, 누가 됐든 드러내놓고 펼칠 만한 사업도 아니야. 다만 법에 저촉되지 않도록 여러 분야의 전문가들이 지혜를 모은 아이디어라는 사실만 알아뒀으면 해.

한유지의 눈에 다시 실주름이 잡힌다. 확신에 찬 표정이다.

— 언니는 아이가 둘이라고 했잖아요? 두 번이나 지원했던 거에요?

— 아니야. 쌍둥이를 낳았어.

지금 벌어지고 있는 일들이 갑자기 영화의 한 장면처럼 느껴진다. 그게 아니라면 한유지와 내가 우리 자신들과는 아무런 상관도 없는 시나리오를 낭독하고 있는 느낌이다. 영화로 치면 이른바 테이블 작업 말이다. 세상에서는 쉽게 볼 수 없는 일, 남의 아이를 낳거나 임신하는 일, 그 역할을 맡은 두 여자가 만나 나누는 대화는 틀림없는 영화 대사다.

─ 오히려 내가 미안해요.

─ 아니야. 그렇게 생각할 거 없어. 내가 고맙게 받아들일 게. 맘이 편안해졌으니까. 아까 무슨 씨앗이냐고 물었어? 그것도 얘기해 줄게. 체육대학 대학원생이라고 들었어. 무슨 종목 선수인지는 나도 모르고….

이번에는 내가 그녀의 손을 잡아끌어 감싼다. 우리 여자들은, 누구라 할 것도 없이, 모두가 가엾은 존재들이라는 생각이 머릿속을 스친다. 우리끼리는 서로 다를 게 없는 같은 종족이다. 아무리 난다 긴다 해도 하나의 성기로 임신하고, 두 개의 가슴으로 아이를 키우는…. 그런데도 내가 그녀에게 필요 이상 적대감을 드러내고 말았다.

당신, 그 여자를 너무 미워하지 말아요.

당신은 여전히 아무런 반응도 보이지 않는다. 그보다 더한, 수십 배는 더 악랄하고 더 자극적인 바늘을 당신 귀에, 한없이 치뜨고 있을 뿐인 당신 두 눈에 찔러넣고 싶어진다. 당신이 일어서기만 한다면.

이건 아주 단순한 사실이다. 당신이 일어섰으면 하는 내 간절한 바람이 사슴과 고목이 등장하는 공상 영화로 내 머릿속에 찍혀지곤 한다. 당신은 대학에서 생물학을, 생물 중에서도 식물 쪽을 전공한 사람이다. 그렇다고 식물인간이 돼버린다면 도대체 누가, 굳이 예를 들자면, 곤충학이나 기생충 관련 학과를 지원하겠느냐는 말이다. 그러니 일어설 수 없다면 제발, 내 영화 속 사슴이나 고목처럼, 누군가와 몸을 바꾸기라도 하면 어떨까 주문해 보는 것이다. 그래, 대학에서 나는 영화 연출을 전공했다. 돈이 되지 않았던.

나는 또 영화를 떠올린다. 아니, 이건 영화가 아니라 실화다. 미국에서는 식물인간 상태로 지내던 한 젊은 여성이 임신한 사례가 있다고 한다. 간호조무사라던가, 그가 환자를 겁탈해서 임신에 이르도록 했다. 타이완에서는 그보다 더 충격적인 일이 벌어졌다.

적어도 나에게는 충격 그 이상의 일이었다. 남편이 식물인간이라고 했다. 그런데 그를 간호하던 아내가 식물 상태의 남편을 어떻게 설득했는지 아이를 낳는 데 성공했다. 주변에서는 당연히 아내를 의심할 수밖에 없었다고 한다. 그래서 친자 확인 절차를 밟았다는 진짜 영화 같은 얘기가 전해진다. 물론 친자로 확인됐고.

나는 왜 미처 타이완의 아내처럼 참다운 영화 시나리오를 생각하지 못했을까? 나는 왜 기껏해야 부앙부앙한 거짓 공상이라고 손가락질을 받을 만한 영화에만 매달리는가? 기껏해야 동식물이 서로 몸을 바꾼다는 황당한 시나리오 따위….

아니다. 나 자신을 굳이 폄훼할 필요는 없다. 한유지도 그랬다. 우리는 이번 영화에선 제작자나 감독이 될 수 없다. 출연료를 받고 움직이는 피에로 같은 조연에 지나지 않는다.
맡은 역할이 달든 시든, 혹은 쓰거나 떫다고 하더라도.

# 13

— 강사님은 언제부터 시를 쓰셨어요?

두 번째 시인학교가 끝나자 수강생들은 근처 카페로 강사를 모셨다. 쾌활한 무리의 중년 아주머니들이 모임을 이끌었음은 따로 밝힐 필요가 없을 듯하다. 우리 동네 시인학교 교실은 자연스럽게 그들이 주도하는 분위기였으니까. 그들 중 한 여자가 물었다.

— 중학교 일학년 때였어요. 그날 일은 지금도 선명하게 기억하고 있습니다.

— 아, 조숙하셨네요. 아니, 타고나셨네요. 어떤 시였는지도 기억하세요?

— 물론입니다.

수강생들이 모두 눈을 빛내면서 귀를 모은다. 나 역시 마찬가지다. 당신 깨어나면 당신 아들…. 들어보나 마나 그런 시는 아니리라. 세상의 호사가들이 이제 막 재미있는 얘기 보따리를 풀기 직전에 내보이는 특유의 표정 그대로 강사 얼굴에도 익살기 가득한 미소가 번진다.

— 이건 다음 주 강의 주제로 삼을까 했는데, 오늘 여기서 다 풀어버리면 그때는 얘깃거리가 떨어져서 곤란하겠는데요?

— 에이, 그땐 뭐, 한 시간 동안 노래만 줄창 불러도 괜찮아요.

— 그거 좋겠다야. 우리 선생님 노래도 듣고….

느긋하게 뒤로 물러서서 말의 앞뒤를 고르려고 주춤하고 있던 강사를 아주머니들이 채근한다. 추임새를 받는 데 성공한 강사가 이윽고 입을 연다.

— 그날은 학교에서 뻐꾸기의 탁란托卵에 대해 배운 날이었어요. 다들 아시잖아요, 탁란…. 저도 어렴풋이나마 알고 있었는데, 선생님의 생생하게 살아있는 교육 덕분에 그게 아주 깊이 제 마음속에 각인이 돼버렸나 봅니다. 집으로 돌아온 뒤에도 제 머릿속에서는 그날 붉은머리오목눈이, 흔히 뱁새라고 알려진 새가 잃어야 했던 새끼들의 모습이 계속 맴돌았죠.

— 어머, 이건 진짜 시가 될 거 같다, 애.

누군가가 또 추임새를 넣는다.

— 저는 끙끙거리면서 뭔가를 적기 시작했어요. 거듭 고치고 또 고치면서 말이죠. 밤잠을 설치기도 했습니다. 그렇게 해서 제 인생 최초의 시가 나름대로 완성됐죠. 들어보실래요?

밥새 둥지 위에서 뻐꾸기 운다
뻐꾹 뻐꾹
우리 아이 잘도 크지 뻐꾹 뻐꾹

뻐꾸기 떠나가도 메아리 남아
뻐꾹 뻐꾹
어미 밥새 숨 가쁘지 뻐꾹 뻐꾹

그 순간이었다. 내 배 안에서 무엇인가가 툭 하고 발길질을 했다. 나는 그것이 무엇인지 아직도 모른다. 전처럼 상상 속 그 참개구리라고 짐작할 뿐이다. 시가 내 안에 들어오는 순간, 함께 서비스로 제공된 녀석, 어디서 묻어왔는지는 몰라도 내가 시에 대해 뭔가 조금이라도 이해하는 순간이 되면 어김없이 발길을 뻗는 녀석…. 아니 어쩌면 그 반대일지도 모르겠다. 내가 둔감해서 그냥 어리둥절하고 있을 때 사찰 스님들 어깨를 내려치는 죽비처럼 찾아오는 녀석일지도.

탁란이라고?

뱁새는 다른 누구도 아닌 나였다. 내가 바로 그 뱁새였다. 물론 한유지도 마찬가지가 될 것이다.

— 허허 참, 강사님은 아예 시인으로 타고나셨습니다그려.

신문 배달하던 소년들이 즐겨 썼다는 이른바 뉴스 보이 모자를 쓴 중년 남자가 공치사를 했다. 베레모는 화가를 비롯한 예술가들이 선호하는 상징처럼 바뀌더니 이제는 중장년의 필수품으로 여겨지기도 한다.

상징! 그랬다. 시에서 가장 기본이랄 수 있는 상징을 나는 놓치고 있었고, 그 무엇이 내 배를 냅다 걷어찬 것이다. 그렇다면, 내가 뻐꾸기 알을 맡아 기르는 뱁새라면, 이 시인이 그 뻐꾸기란 말인가? 자기 알을 나에게 의탁한?

어렵다고 흔히들 혀를 내두르는 상징은 그렇다 치고, 이게 혹시 운명의 전조는 아닐까 하는 생각이 든다. 이 강사 시인은 왜 하필 우리 동네까지 와서 강의를 하는 걸까? 어쩌다가 그는 생애 첫 시를 뻐꾸기의 탁란과 관련된 소재로 쓴 걸까? 무려 이십여 년 전 무슨 예감이 있어서 어린 그는 뻐꾸기 편이 아니라 뱁새 입장에 섰단 말인가? 개구리는 왜 또 내 배를 걷어찬 걸까?

— 선생님, 저는 사실 작곡을 좀 하는 사람인데요. 방금 그 시로 노래 하나 만들어도 괜찮을까요?

얼씨구, 이번에는 중년 남자 하나가 가세한다. 내 운명을, 혹은 강사의 운명을 기정사실로 아예 못을 박아두려는 수작처럼 들린다.

— 어이쿠, 운율은 좀 맞을는지 몰라도 시적 성취도는 아주 낮은, 구상유취한 작품입니다. 그런데 무슨 노래가 가능하겠어요?

— 아닙니다. 충분합니다. 낭송하시는 순간 제가 충분히 전달받았어요. 멜로디가 벌써 떠오르기도 했고요.

강사에게 뭘 어떻게 물어야 할까? 대답을 듣는다 한들 어느 이정표 지점까지 확인이 가능한 것일까? 나는 그런 상념에 빠져든다. 그리고 만약 속 시원한 자백을 받는다고 쳐도 내가 뭘 어떻게 하겠다는 것인가?

시간이 자꾸 흘러가고 있다. 뻐꾹 뻐꾹….

어린 시절 우리 집 거실에도 뻐꾸기시계가 있었다. 정시가 되면 벽장 뒤에 숨어있던 갈색 뻐꾸기가 문을 열고 나타나 뻐꾹 뻐꾹 울다가 다시 모습을 감추곤 했다. 그놈이 혹시 내 운명을 미리 암시하려고 우리 집 거실에서 울었을까?

물론 엄밀한 의미로 뻐꾸기의 탁란과 지금 내 처지는 다르다. 뻐꾸기는 붉은머리오목눈이 둥지에 자신의 알을 직접 낳고 간다. 보육 과정만 남에게 맡길 뿐이다. 하지만 나는 그 반대라고 할 수 있다. 남의 아이를 내가 낳는다. 원하지 않으면 육아는 누군가에게 떠밀 수도 있다. 그러니 굳이 비유하자면, 나는 뱁새 쪽이 아니라 오히려 뻐꾸기 쪽일지도 모른다. 바람이 나서 덜컥 남의 아이를 임신해 버린 암컷 뻐꾸기 같은.

아니다. 그건 아니다. 새끼 뻐꾸기에게 죽임을 당한 뱁새 새끼들을 생각해 보자. 운명이 앞과 뒤를 바꿔놓았을 뿐, 지금 내 몸에 새로 깃든 아이는 먼저 배 속을 차지하고 있던 진짜 내 아이를 둥지 아래로 떨어뜨려 살해했다. 그래서 나는 뻐꾸기가 아니라 붉은머리오목눈이다. 분별력이 사라질 만큼 머리가 붉어진, 오목한 작은 눈으로 진짜와 가짜도 구별하지 못하는….

— 시인님께서는….

내가 드디어 입을 연다. 아무래도 목소리가 너무 작게 나온 듯하다. 다시 운을 떼야 할지 난감해진다. 하지만 강사는 내 말을 듣고 반응을 보인다.

— 아, 네!

그의 눈이 반짝 빛난다. 맑은 눈이다. 당신 눈도 그랬었다. 지금처럼 초점을 잃고 헤매는 그런 눈이 아니었다.

— 이런 질문은 어떨지 모르겠네요. 우리나라 출산율이 매우 저조하다는 사실을 시인 입장에서는 어떻게 생각하고 있는가 해서요. 이를테면 오히려 기회라고 여긴다든가, 심지어

재미있게 됐다든가….

　나로서는 깜냥에 정곡을 찌른 셈이다. 기회나 재미라는 단어를 구사해서 급소라고 여길 만한 부위를 곧바로 창날로 찔렀으니까.

　— 그걸 어찌 고소하게 여기거나 재미있다고 생각하겠습니까? 특별히 진지하게 숙고해 보지는 않았어도 나라의 재난이라고까지 얘기하는 마당인데 말이죠. 다만 이건 분명합니다. 그게 자연스럽게 이뤄지는 일이라면 자연의 법칙에 맡겨야 한다고요. 인위적으로 가능한 일도 아니죠. 가능하다고 하더라도 효과가 극미할 테니까요.

　내 창은 그의 급소를 피해갔다. 그는 꿈쩍도 하지 않고 여전히 생글거리는 맑은 눈을 치뜬 채 내 얼굴을 정면으로 응시한다. 당황한 쪽은 나다. 그래서 서둘러 이차 공격을 감행한다.

　— 혹시나 해서 여쭙니다만, 뻐꾸기의 탁란이 혹시 선생님의 운명에 어떤 예시는 아니었을까 하고 생각해 보신 적은 없으세요?

　— 운명이라, 운명이라? 그럴 수도 있겠네요. 물론 그렇게 여기고 믿었다는 뜻이 아니라, 뻐꾸기의 탁란 교육이 분명 저에게는 시를 쓰게 만든 동기가 돼주었으니까요. 결과만 놓고 보자면 뻐꾸기가 제 운명을 만들어준 셈이라고 고백하지

않을 수 없습니다. 그런데, 왜 그렇게 질문하신 거죠?

이 사람은 고단수일까? 말을 빙 돌려서 엉뚱한 부분을 고백함으로써 본질을 피해 가려는 것일까? 나는 순간적으로 그런 의심이 든다. 그의 알리바이 주장은 아직 증명되지 않았다. 그런데 그가 반문했으니까 내가 대답할 차례다. …여보세요, 제 말은 뻐꾸기가 당신에게 아주 이른 나이에 탁란의 기술을 전수하지 않았느냐는 겁니다. 이해하세요?

─아, 그냥 그런 생각이 들어서요.

나는 한없이 싱겁고 밍밍한 대답으로 얼버무리고 만다.

─ 하하하! 혹시 어떨까 싶어 말씀드립니다만, 저는 뻐꾸기목目 뻐꾸기과科는 절대 아닙니다. 아마 시인들 모두 마찬가지겠죠. 어떤 사람은 뻐꾸기의 탁란 과정을 두고 악마를 봤다고까지 묘사했는데, 누군들 뻐꾸기를 손톱만큼이라도 미화하고 싶겠어요? 아마 우리 선생님도 틀림없이 붉은머리오목눈이를 안타깝게 동정하시겠죠. 하지만 이런 건 있습니다. 세상 사람들 전부가 나서서 뻐꾸기를 잡아 죽여야 한다고 들고 일어선다면 저는 제 목숨을 걸고 항거할 겁니다. 그건 분명 아니니까요.

별 이상한 사람을 다 본다는 듯, 다른 사람들이 내게 노골적으로 눈치를 보내기 시작한다. 시인학교에서 천덕꾸러기로 전락하는 것도 이제는 시간문제인 듯하다. 나도 공허한

문답을 더 이상 계속할 생각은 없다. 시인학교 역시 끝났다
는 예감이 든다.

강사는 내 둥지에 알을 낳고 간 범인은 아닌 듯하다. 강사
가 뻐꾸기는 아닐지 몰라도 구렁이일 수는 있다. 만약 구렁
이도 아니라면, 그는 붉은머리오목눈이가 틀림없으리라. 그
는 그만큼 순진하면서도 순수할 것이다.

마지막 혐의까지 다 벗은 건 아니지만 나는 그를 무죄 방
면하기로 작정한다. 그건 앞서 나 스스로 회의해 본 것처럼,
내 신세는 과연 뻐꾸기 쪽에 가까운지 아니면 뱁새 쪽 여자
인지 헤아려지지 않는다는 것인데, 이 시인 역시 그런 사실
을 인지하고 뱁새 쪽이라고 주장하는지 어떤지를 알 길이 없
다는 사실에 기인한다.

뻐꾸기여, 나는 이제 더 아리송해지고 말았다. 그러니 너
는 거침없이 네 일을 계속하거라. 붉은머리오목눈이야, 너
또한 그렇단다.

# 14

당신, 천지 간에 봄이 온 걸 알아요? 봄이 어떤 건지 기억이나 하세요? 당신이 함몰해 버린 그 컴컴한 암흑계에도 봄은 오나요? 봄이 와서, 인간도 마치 어떤 식물인 양 가지에 새순이 돋아날 때처럼 옆구리가 자꾸 간지럽기도 하고 그런가요? 나는 지금 이렇게 온몸이 근질거리는데….

간지럽다는데 생각이 미치자 나는 또 한 차례 남편 몸을 뒤집어준다. 남편은 더 가려울 게 뻔하다. 내친김에 등에 부채질도 해준다. 그러다가 남편을 모로 눕게 하고, 창밖으로 시선이 가도록 한다.

멀리 주차장 너머 담장 아래로 개나리가 노랗게 꽃을 피웠다. 교통사고가 난 직후 병원에 입원했을 때, 남편은 저 개나

리꽃처럼 노란 변을 눈 적이 있다. 소화 활동이 원활하다는 증세였다. 하지만 나는 남편이 곧 툭툭 털고 일어나겠다는 의지로 받아들였다. 오늘은 뭘 해도 잘 되겠어. 변 색깔이 아주 이뻤거든! 생전에, 남편이 한 말이었다. 이런 표현이 어떨지 몰라도, 생전에….

살아생전에 친정아버지는 꽃 가꾸기를 즐기셨다. 꽃을 좋아하는 엄마를 위한 특별한 배려였다. 그리고 아버지의 진심에 대해서는 누구보다 엄마가 잘 알고 계셨다. 한번은 엄마가 말씀하신 적이 있다. 저 양반이 아직도 나를 사랑하는갑다…. 어떻게 알아요, 엄마? 결혼 초에 나한테 실토하더라. 나는 마음속에 담아둔 말을 내뱉지도 못하는 사람이라오. 그렇다고 비위가 약해서 꿀꺽 삼키지도 못하오. 무슨 말이냐면, 내가 당신을 사랑하면서도 정작 사랑한다고는 말할 수 없는 반편이란 말이외다. 그 대신 꽃을 좋아하는 당신을 위해 내 평생 당신 보는 데서 꽃을 심고 가꾸리다. 그러니 내가 꽃을 심고 있거든 당신은 내가 차마 발설하지 못하는 심중의 말을 놓치지 말고 실컷, 질리도록 새겨들으시오. 알았소?

그렇게 해서 우리 집은 읍내에서 꽃집으로 통했다. 딸부자집, 떡집, 과수원집, 마붓집, 대서소댁, 양조장댁, 선생댁, 중국집, 분식집, 사진관댁 등 그 많은 별호 중에서도 가장 환한 이름이었다. 부모님은 두 분 다 그렇게 불리는 걸 당연히 좋아하셨고.

아버지 꽃 가꾸기에서 단연 으뜸으로 꼽히는 일은 따로 있다. 읍내에서 이의가 없을 만큼 소문이 자자한 나무였으니까. 그건 내가 태어나던 날 심으셨다는 미국산딸나무 한 그루였다.

글쎄, 이 나무 이름이라도 들어본 이들이 얼마나 될지 모르겠다. 봄이면 먼저 짙은 분홍색 꽃이 나무 전체에 다글다글 피어난다. 그런 뒤에 비로소 잎이 돋기 시작하고 여름에는 열매까지 매달린다. 가을은 나뭇잎 차례다. 새빨갛게 단풍이 드는데 장작불처럼 타오르곤 한다. 그리고 겨울이면 붉은 열매만 남아서 온갖 새들의 먹이가 돼주곤 했다. 높이만 해도 십 미터쯤 되는, 큰 키를 자랑하는 이 나무는 명실공히 우리 읍내를 상징하고도 남았다. 봄날이면 야구장 대형 전광판 하나가 우리 집 대문간을 밝히고 서있는 듯 보이곤 했다. 내 별명이 산 딸, 사 온 딸, 미국에서 사 온 딸인 연유가 그 때문이었다.

아버지의 엄마 사랑은 그뿐만이 아니다. 나를 임신하고 반년쯤 됐을 때 아버지는 대문에 금줄부터 치셨다고 한다.

금줄은 아이가 태어나는 당일에 걸어야 마땅한 풍속이라고 했다. 하지만 우리 집 대문에는 오 개월 전부터 이미 금줄이 걸렸다. 금줄을 치는 풍속이 벌써 오래전 사라졌는데도 말이다. 읍내 이웃들은 아버지에게 매일 묻곤 했다고 한다. 그 집 딸은 도대체 언제 나온답디까? 그러면 아버지는 마냥 싱글벙글 웃으면서 너스레를 떠셨다. 글쎄올시다, 아이치곤 천기天氣와 사주四柱를 꽤나 살피고 있습니다그려.

우리 집 금줄은 좀 특이했다는 얘기도 엄마에게 들었다. 아버지는 직접 새끼줄을 꼰 뒤에 숯과 푸른 생솔가지를 꿰셨다. 거기다 사내아이를 상징하는 고추 대신 집안 꽃들을 꺾어 줄줄이 장식했다. 동백과 매화 풍년화 복사꽃 목단 작약이 차례로 새끼줄에서 피었다가 지고 자산홍 부용 아마릴리스 금낭화 산사나무꽃 등도 한 자리씩 차지하다가 갔다. 오죽했으면 그 금줄을 사진에 담아가는 사람들까지 줄을 이었을까? 우리 집 대문 금줄은 내가 태어난 뒤에도 일곱 이레 동안 걸렸다고 한다. 세 이레 정도가 아니라.

아버지가 돌아가신 뒤로는 엄마가 집 안 꽃들을 가꾸셨다. 다른 농사일이라면 삯꾼을 살지언정 꽃만큼은 직접 챙기시던 엄마였다. 사다리를 타고 올라가 큰 나뭇가지를 전지했고, 농약 통까지 메고 다니며 병충해 방제를 다 하셨다. 그래서 나무들은 아버지 살아생전처럼 해마다 고운 수형과 자태를 유지했다. 꽃도 변함없이 싱싱하고 탐스러웠음은 두말할 나위가 없다.

두 분이 꽃을 매개로 은밀하게 나누던 사랑을 엄마 역시 잊지는 않으셨다. 언제든 새 꽃이 피어나면 엄마는 그 꽃가지를 꺾어 아버지 유골이 안치된 장소를 찾으셨다. 어쩌면 엄마도 아버지 앞에 서시면 아버지 말투를 그대로 흉내 내면서 되돌려드렸는지도 모르겠다. 여보, 내가 꽃을 들고 이리 오거든 언제든 당신 사랑한다는 말을 하려고 왔다는 걸 잊지 말아요. 알았어요?

그런데 당신, 우리 부모 사랑 얘기를 듣고, 또 직접 목격하고 나서 했던 말을 기억하고 있어요? 당신이 그랬어요. …연서야, 네가 두 분이 어느 다리 아래서 주워온 딸이 아닌 게 확실하다면, 그 한 가지 사실만으로도 나는 평생 너를 믿을 수 있겠다. 설혹 네가 나를….

당신도 남을 좀 웃길 줄 아는 사람이다. 세상 그 어떤 갓난아이일지라도 그들은 어김없이 자신의 생모 다리 아래로 툭 던져진 존재들이다. 던져지는 순간에 비극을 감지하고 울음을 터뜨리는.

하여튼 나는 당신이 언제 그런 얘기를 했는지 아주 잘 알고 있다. 그러니 당신 기억력을 테스트해 봐야겠다. 내가 시간을 좀 줄 테니까 당신 스스로 대답해야만 한다. 언제 어떤 상황에서 당신이 그 말을 꺼냈는지를.

이거, 안 되겠다. 남편을 위해 꽃을 좀 사야겠다. 나를 위한 꽃이기도 하다.

남편을 한 차례 더 뒤집어 눕힌 다음 나는 밖으로 향한다. 병원 입구에 꽃집이 두 군데나 있다. 눈에 띄는 행인들은 모두 봄옷 차림새다. 나는 아직도 우중충한 겨울 점퍼다. 병실은 춥다. 아무리 난방이 잘돼있어도 마찬가지다. 봄날이 화사해질 수 있는 건 꽃이나 봄볕 때문만은 아닐 것이다. 사람들도 각자 한몫 거들기 때문이다.

— 어서 오세요! 봄이 왔죠?

꽃집 여주인이 자기 때문에 봄이 오기라도 한 것처럼 인사한다. 그럴 수도 있다. 꽃집에서는 벌써 며칠 전부터 집 앞 거리에 꽃을 내놓고 전시했었다. 그 꽃들을 보면서 심지어 가로수 밑동 옆에서 자라는 싸랑부리까지 자극을 받아 서둘러 노란 꽃을 매달았을 테니까.

— 명자나무 화분을 살 수 있을까요?

— 예, 흑광黑光이라는 신품종이 막 입고됐어요. 좀 있으면 검붉은 꽃이 아주 예쁘게 피어날 거예요.

친정아버지는 명자나무를 분재로 만들어 거실에서 키우곤 하셨다. 우리 집에서는 명자나무가 가장 일찍 대하는 봄꽃의 상징으로 으레 꼽혔다. 라도라솔 이름이 명자였다는 게 문득 머릿속을 스친다. 다른 꽃을 살 걸 그랬나 싶은 생각도 든다. 이혼은 명자가 했지 명자나무가 한 건 아니다. 그래서 나는 그냥 카드를 찍어 꽃값을 계산한다. 화분을 안아 드는데 명자나무 가시가 내 팔 안쪽을 꾹 찌른다. 아무래도 그것만큼은 라도라솔이 나무에게 시킨 일인 듯하다.

그래, 고양이를 사야겠다!

왜 갑자기 그런 생각이 들었는지는 확실하지 않다. 교과서에서 배웠던 시, 봄은 고양이로소이다, 제목만 기억하는 그 시가 머릿속에 문득 떠올랐기 때문인지도 모르겠다. 확실한 건 내가 점차 시와 시인 쪽으로 다가가고 있다는 사실이다. 시인학교는 진작 그만두었어도.

맘이 급해져서 화분만 병실에 둔 채 나는 다시 밖으로 나선다. 남편은 명자나무를 보고도, 보지 않은 척 가타부타 말이 없다. 눈빛으로조차 내색하지 않는다.

어릴 적 집에서는 고양이와 개를 다 키웠다. 처음에 나는 개보다도 고양이를 더 좋아했다. 거실에서 함께 지내는 시간이 많아서였을 것이다. 잠에서 깨어나면 아래턱이 빠지게 하품을 한 다음, 슬슬 우물가로 걸어가 꼼꼼하게 세수하는 모습을 목격한 때문일 수도 있다. 하품이라는 그 애 이름은 그래서 생겨났다. 게다가 녀석은 변을 본 다음에는 반드시 자기 배설물을 땅에 묻기도 해서 식구들 사랑을 듬뿍 받았다.

하품이 그놈!

하품이는 어느 때부터 밖으로 나돌기 시작하더니 아예 집을 나가버렸다. 나는 학교에서 돌아오면 읍내를 샅샅이 뒤지고 다녔다. 그러다가 막걸리 주장 창고 구석에서 용케 녀석을 찾아냈다. 하품아, 너 여기서 뭐해? 나는 반가움에 녀석에게 손부터 내밀었다. 그 순간 그놈이 내 손을 꽉 깨물었다. 그러고는 자신도 놀랐는지 슬슬 뒷걸음을 쳤다. 하품이가 웅크리고 앉았던 자리에는 갓 깬 병아리만큼이나 작은 고양이 새끼 네 마리가 꼬물거리고 있었다.

나중에 하품이놈은 새끼들을 이끌고 우리 집에 나타났다고 한다. 하지만 아버지가 용서하지 않으셨다고 했다. 울고불고 발악하는 하품이와 새끼들이 다시는 우리 집에 발붙이지 못하도록 온갖 해코지를 다 하신 것이다. 세월이 한참 흐른 뒤 알게 된 사실이었다. 자기 외동딸 손을 물어뜯은 데 대한 응징이고 벌이었다.

당신, 기억하는가? 당신도 내게 손찌검을 한 적이 딱 한 차례 있었다. 전에도 없었고, 그 후에도 없이 오직 그때 한 차례였다. 그날은 물론 내가 잘못했다. 그날 일을 떠올릴 때면 지금도 눈물이 나곤 한다. 나는 혼자 병원에 가서 아이를 지웠다. 공식적으로는, 이런 표현을 당신이 알겠지만, 지워진 아이는 우리에게 왔던 첫 아이였다. 결혼 직후에 얻은 아이였으니까.

남편에게 뺨을 얻어맞고 나는 친정으로 내려갔다. 분하다거나 억울하다기보다는 서러움이 컸다. 남편 옆에서 아무런 일도 일어나지 않은 것처럼 태연하게 지낼 수도 없었다. 낙태는 남편과 내가 합의한 결정은 아니었다. 다만 우리는 서로가 아주 잘 알고 있었다. 아이를 낳고 기를 형편이 아니었다는 것을.

친정아버지는 나에게 그 무엇도 묻지 않으셨다. 엄마는 끈질기게 추궁하셨다. 임자, 이 나이쯤 되면 보이지 않아도 뵈는 게 있고 듣지 않아도 들리는 게 있거늘, 뭐가 궁금해서 자꾸 꼬치꼬치 캐묻는 거요? 아버지가 엄마를 달래셨다. 엄마도 한 소리를 끝으로 입을 다무셨다. 아무리 내 딸이라고 해도 능구렁이 맹키로 꿀꺽 삼켜가꼬 몸까지 칭칭 똬리 틀고 앉은 속을 내가 무신 재주로 넘겨짚기만 한다요?

남편은 그날 밤, 나를 뒤따라 내려왔다. 하지만 아버지가 대문을 열어주지 않으셨다. 엄마가 마당으로 내려서자 아버지가 큰 소리로 외쳤다. 어딜 가오? 가려거든 내 말을 듣고 가시오. 만약 문을 열어줬다가는 집 안 꽃들을 다 캐내어 남김없이 불에 태워버릴 거요. 아버지는 엄마에게 으름장을 놓으셨다. 하지만 왠지 그 말은 아버지가 즐겨 들으시는 판소리 더늠 대목처럼 휘모리는 아니었고 조금은 태평스러웠다.

엄마는 티끌만큼도 머뭇거림 없이 밖으로 나가셨다. 남편은 대문을 들어서면서도 대성통곡을 계속했다. 그날 우리 부부는 결혼생활에서 가장 서럽고도 아픈 밤을 보냈다. 다시는 올 것 같지 않은 어둡고 캄캄한 밤이었다. 그 무슨 스포츠 기록처럼, 그보다 더 아픈 밤은 이렇게 또 찾아와서 기록을 깨버렸지만….

다음날 오전, 아버지가 또 어떤 꽃 한 포기를 심고 있을 때, 남편은 당신 장모로부터 우리 집과 꽃에 관한 전설들을 세세히 다 들었다. 내가 전에 이미 했던 얘기들이지만 우리 엄마에게 직접 들었으니 감회가 남다를 수도 있었겠다. 그리고 서울로 올라오는 차 안에서 당신이 내게 맹세했다.

연서야, 네가 정말 두 분이 어느 다리 아래서 주워온 딸이 아닌 게 확실하다면, 그 한 가지 사실만으로도 나는 평생 너를 믿을 수 있겠다. 설혹 네가 나를….

그랬다. 믿고 안 믿고의 문제는 아니다. 그건 이를테면 사랑의 언약 같은 것이었으리라. 내가 앞서 말했듯이 세상 아이들이란 다들 그의 생모 다리 아래서 주워온 존재일 테니까. 그런데 가만, 내가 뭔가를 놓친 듯하다. 전에는 단 한 번도 생각지 못한 그 뭔가가 머릿속을 비집고 나온다.

남편이 차마 다 내뱉지 못하고 그냥 삼켜버린 말은 무엇이었을까?

설혹 내가 남편을 미워하더라도 그럴 연유가 있겠거니 하고 무조건 믿겠다는 건가? 용서하겠다는 건가? 그건 너무 싱거워서 문맥이 닿지 않는다. 내가 남편을 때려도 괜찮다는 것인가? 그 역시 실없는 얘기다.

그렇다면 혹시? 나는 내 상상에 스스로 소스라친다.

연서야, 설혹 네가 나를 죽인다고 하더라도….

당신, 정말 그 말이었어요? 당신이 삼킨 말, 그런 말이었어요?

# 15

내가 살던 고향 읍내 마을은 인근 도시까지 시오릿길이라
고들 했다. 시오리十伍里라는 게 거리를 측정하는 옛날 척도
라는 사실을 몰랐던 우리 또래들은 그냥 길 이름인 줄로 알
았지만. 어쨌든 그건 시 청사 앞에 비석으로 세워놓은 옛날
도로원표道路元標까지 6킬로미터를 의미했고, 사실은 다리
하나만 건너면 행정구역상으로 바로 도시 땅이었다. 시골이
긴 해도 생활권은 도시였다는 얘기다.

읍내에는 당연히 읍사무소가 있었고, 파출소와 우체국도
들어와 있었다. 작고 아담한 읍이었다. 그런데 막걸리를 만
드는 양조장이 자리하고 있는 게 읍내 가장 큰 특징이었다.
규모도 전체 읍내 면적 십 분의 일은 차지했다. 어른들은 그

양조장 때문에 읍이 커질 수 있었다고 입을 모았다. 그런 사실을 내세우고 또 자랑이라도 하듯 주장은 자나 깨나 술 익는 냄새를 읍내 곳곳에 발산하곤 했다. 들큰하면서도 비릿하고, 구수하면서도 쉰 듯한…. 그리고 제법 큰 하천을 옆구리에 낀 우리 중학교가 읍내에 있었다. 내 첫사랑이 시작된 곳.

양조장은 후에 문을 닫고 말았지만, 당시만 해도 술이 익어가는 냄새만큼은 사춘기 내내 우리 또래 아이들을 따라다녔다. 술 냄새가 우리 주변에 안개처럼 머물러있다가 코를 킁킁거리면 잽싸게 달려와 우리 콧속으로 밀려들었다. 마치 거대한 공룡 수컷이 자신의 냄새를 천지사방에 흩뿌리고 다니는 것 같았다. 머리칼에서도 냄새가 났고 심지어 처음 사서 입은 브래지어나 팬티에서도 냄새가 나는 듯했다. 수업시간에 이따금 밖으로 눈을 돌리면 학교 옆 하천조차 잔뜩 술에 취한 것처럼 갈지자걸음으로 마냥 비틀거리며 흘러가곤 했다. 공룡까지는 아니라고 하더라도 도깨비나 혹은 어수룩한 여우에게 홀린 것처럼.

중학교 2학년 때, 국어 선생님이 냈던 수수께끼가 떠오른다. 이른바 스핑크스의 수수께끼였다. 아침에는 네 발로 걷다가 낮에는 두 발로 걷고, 저녁이면 세 발로 걷는 게 무엇인지 아는 사람?

아무도 손을 들지 않았다. 우리 반 스무 명 남짓한 아이들이 다 답을 알지 못했다. 시골이라 인터넷도, 핸드폰도 귀한 시절이었다. 그게 그날 숙제였다.

수수께끼가 무슨 숙제인가 싶었는지 다른 아이들은 그냥 무심한 듯했다. 그렇지만 나는 답이 궁금해서 견딜 수 없었다. 파출소 순경이나 읍사무소 직원, 하다못해 버스를 기다리고 있는 사람들에게 물어볼까 하는 생각도 들었다. 그때 읍내 국숫집 앞에 서있던 고등학교 남학생들이 눈에 띄었다. 학태라는 이름의 동네 오빠와 그 친구 둘이었다. 둘은 처음 보는 얼굴이었다. 학태, 당신이 훗날 문득이라는 아호를 지어줬다는 그 친구…. 나는 그들에게 다가갔다.

내가 수수께끼 하나 낼 테니까 맞춰볼래요?

그래? 좋아!

학태 오빠가 먼저 반응을 보였다. 나머지 두 친구도 눈을 빛냈다. 나는 손가락을 꼽아가면서까지 알기 쉽게 문제를 설명했다. 그들이 곧바로 맞추기를 기대하면서.

넌 답을 알고 있는 거냐? 학태 오빠가 되물었다. 나는 속을 간파당했기 때문에 아마 좀 모호한 표정을 지은 채 실없이 미소만 짓고 있었을 것이다. 너도 모르는 문제구나. 그냥 문제만 알 뿐이지, 그렇지? 그런데 나도 실은 모른다야. 학태 오빠가 겸연쩍게 웃었다. 그때였다.

나한테 오빠라고 부르면 내가 답을 알려주지!

모르는 두 얼굴 중 하나였다. 나는 냉큼, 오빠라고 부르지는 않았다. 그 말 한마디가 이제 막 한창 사춘기라는 거친 강을 건너고 있던 내 감정을 크게 출렁이도록 만들었기 때문이다. 나룻배가 갑자기 파도에 붙들린 것처럼 나는 꼼짝도 할 수 없었다. 학태 오빠라면 언제든지 그냥 부를 수 있는 동네 오빠였다. 하지만 모르는 사람을 오빠라고 부르는 일은 경우가 다르다. 나도 그런 정도는 아는 나이였다. 사춘기가 절로 가르쳐준 것이었으니까.

하하, 내가 너무 젠체했구나. 미안하다. 그 답은 바로 사람이야. 그리스 로마 신화에 나오는 스핑크스의 유명한 수수께끼란다.

그가 나를 보며 웃어 보였다. 짧은 미소였다. 그리고 답을 알아버린 순간, 나는 다시 평범한 여중생으로 돌아왔다. 좀 전, 강 위에서 사납게 휘몰아친 회오리바람 같던 감정은 어느새 사라지고 없었다. 하지만 그게 내 첫사랑이 돼주었다. 그가, 지금의 내 남편이다.

읍내 중학교를 졸업한 뒤 나도 인근 도시 고등학교에 진학했다. 한 차례 나를 휩쓸었던 감정의 폭풍이 있었어도 그 일은 곧 잊혔다. 여자애들에게 사춘기는 종잡을 수 없는 변화무쌍한 계절을 뜻한다. 하루에도, 불과 한나절 사이에도 몇 차례 감정 기복이 있기 마련이다. 다만 스핑크스의 수수께끼는 잊지 않고 이따금 내 머릿속을 찾아오곤 했다. 사람은, 모든 인간은 운명 아래 놓인 존재일 뿐이다!

만약 내가 미래 어느 날, 길을 가다가 관문에 이르러 문지기 스핑크스를 만날 예정이라고 치자. 괴물은 어김없이 나에게도 수수께끼를 출제할 것이다. 그때 내가 먼저 입을 연다. …나는 네가 원하는 답을 이미 짐작하고 있어. 그건 인간일지도 모르겠다만, 그런데 누구에게나 오래 살아서 세 발로 걸을 수 있는 영광이 주어지는 건 아니야. 내가 오늘 너에게 잡아먹히면, 나 또한 네가 염두에 두고 있는 정답 속 인간은 되지 못하는 거야. 일부에게만 부합되는 사실을 두고 너는 그걸 진리라고 부를 수 있니? 너는 이 궤변을 어떻게 설명할래? 만약 모른다면, 네가 죽어야 마땅해. 어때, 이 모순덩어리 괴물아!

내 바로 아래 남동생은 이상하게 죽었다. 그 애가 중학교 3학년 때였다. 어딘가에서 괴물을 만나 수수께끼를 풀어내지 못했는지도 모른다. 그래서 더욱 가슴이 아프고 억울한 일이 되었다.

동생이 가장 아끼는 재산목록 1호는 자전거였다. 아버지를 졸라 자전거를 손에 넣은 그 애는 틈만 나면 자전거를 탔다. 아이들이 다 사라진 읍내 중학교 운동장을 운동 삼아서 하루에 열 바퀴씩 꼬박꼬박 돌곤 했다. 그리고도 모자라 읍내를 끼고 도는 하천 방둑길을 한두 번 더 오가야 자전거에서 내리곤 했다. 그 애 자전거 타기 실력은 자연 일취월장했다. 어른들이 보지 않는 곳에서는 두 손을 다 놓고도 있는 힘껏 페달을 밟기 일쑤였다.

3학년이었던 그해 여름날, 동생 또래들은 하천에 나가서 멱을 감았다고 한다. 그런데 어떤 애 하나가 물에 빠져 허우적대기 시작했다. 다른 애들이 발만 동동 구르고 있는 사이, 동생은 잽싸게 자전거에 올라탔다. 그리고 힘주어 페달을 밟았다. 파출소로 달려가 도움을 청할 작정이었다.

동생 자전거 바퀴를 붙든 건 호박 넝쿨이라고 한다. 마을 사람들이 방천길 좌우에 콩이며 깨 등을 심곤 했는데 호박은 자라서 길 위까지 침범했던 모양이다. 이미 밧줄만큼 굵어진 그 호박 넝쿨 하나가 정신없이 달려가던 동생의 자전거 바퀴를 사슬로 채우듯 한순간에 단단히 걸어 세웠다. 그 순간 동생 몸이 하늘로 날아오르더니 저 아래 하천 바닥으로 곤두박질쳤다.

남동생은 떨어지자마자 즉사했다. 철없는 아이들은 서로 입을 맞춘 듯 증언했다. 영화 ET 끝 장면 같았어요!

나는 그게 이상하다고 말하는 건 아니다. 내가 결코 풀 수 없는 어떤 매듭 하나가 거기 개입돼 있었다. 나는 그 사실을 우리 부모에게 고하지 못했다. 만약 발설하고 나면 그보다 더 무서운 재앙이 나에게, 혹은 우리 가족에게 닥칠 것 같은 예감이 들었기 때문이다.

남동생 자전거를 멈춰 세운 호박 넝쿨에 대해 내가 알고 있는 사실이 있었다. 봄날, 바로 그 자리에 호박을 심던 부부를 내가 우연히 목격한 적이 있다. 그걸 심었던 사람, 그러니까 호박 주인은 다른 사람이 아닌 물에 빠져 허우적대던 아이의 부모였다. 그 아이는 죽지 않았다. 살아났다.

사람들은, 특히 늙어서 세 발로 걷는 사람들 가운데 많은 이들은, 이런 경우를 두고 운명이라고 즐겨 말한다. 구름처럼, 운명이 우리 머리 위에 드리워져 있다고 한다. 아니, 바람이 불면 흩어지는 구름 정도가 아니다. 그건 하늘일 것이다. 잠시도 우리 머리 위를 떠나지 않는 하늘, 그래서 하늘이야말로 우리 운명을 결정한다고 믿게 됐을 것이다. 하늘 신앙은 그래서 생겨났으리라.

내 말이 맞나요? 당신은 어떻게 생각해요?

동생이 죽은 뒤, 중학교 때 이후 당신과 다시 재회한 일을 운명이라고 한다면 할 말이 없다. 그건 운명치곤 좋은 운명이었으니까. 그리고 당신도 내 운명과 서로 얽혀있었으니까. 무엇보다 그날 당신을 만난 이후, 나는 내게 다가오는 운명과 가까이하겠다고, 운명을 내 편으로 만들겠다고 다짐한 적이 있었으니까.

끝내 오빠라고 부르지 않을 건가요?

등 뒤에서 누군가가 나에게 말을 걸어왔다. 비가 내리는 날이었다. 일요일 오후라서 하천길을 산책하다가 먼발치에서 동생 무덤 쪽을 몰래 바라보다 돌아오던 길이었을 것이다. 아버지는 동생을 화장시키는 대신 완강하게 자기 뜻을 굽히지 않고 앞산 우리 집 밭둑에 묻었다. 봉분도 없는 평토장 무덤이었다. 마당 한쪽 끝에서 고개를 내밀면 그곳이 보였다. 엄마가 자주 그 마당 구석을 차지하고 서있곤 했다.

당신은 대학생이 돼있었다. 처음에 나는 돌아보지도 않았다. 그 무렵엔 나에게 말을 거는 남학생들이 많아서 특별한 느낌도 없었다. 머릿속에 가여운 동생 생각이 가득했기 때문이기도 했다. 내가 알아듣지 못했는가 하고, 당신은 똑같은 말을 반복했다. 나는 그제야 비로소 돌아보았다.

대학생들은 뭔가 다르다. 당신을 다시 본 첫인상이 그랬다. 당신을 한눈에 알아봤다는 뜻은 아니다. 나는 누군지 몰라서 한참 헤맸으니까. 다만 대학생들은 중딩이나 고딩들과는 확연히 구별되는 면모를 지니게 된다. 우선 들고 있는 책가방 형태가 다르고 헤어 스타일도 달라진다. 그리고 아이들이 아닌, 어른 냄새를 풍기게 된다. 당신도 그랬다.

나는 돌아서서 당신을 멀뚱멀뚱 쳐다보았다. 누군지 얼른 떠오르지 않았기 때문이다. 그때 당신이 예의 그 미소를 지었다. 나는 비로소 당신을 기억해 냈다.

학태를 만나러 왔어요. 그리고 오래전 일을 떠올리며 얼굴 한번 보고 싶다는 생각을 했죠.

아, 오빠….

내 입에서 오빠라는 말이 저절로 새어 나왔다. 당신도 들었을 것이다. 고등학생이 대학생을 보면 당연히 오빠라고 불러야만 할 것 같았다. 그런 생각을 해볼 겨를이나 있었던가? 모를 일이다. 당신에게서도 어김없이 빗속을 뚫고 남자 냄새가, 풋풋한 어른 냄새가 났다. 그 이상도 이하도 아니었다. 그때 당신 입가에 떠오른 아주 환한 미소가 오늘 우리 관계를 만들었을 뿐이다. 동생 일을 잠시 잊게 해주었던.

하지만 나는 지금도 알 수 없다. 우리가 처음 만났던 곳은 스핑크스가 지키는 관문 앞이었다고 할 만하다. 그리고 먼 길을 돌아 오늘 다시 그 자리로 돌아온 셈이 됐다. 누구도 피해 갈 수는 없다. 피와 살이 뚝뚝 떨어지는 처참하고도 살벌한 현장이다.

그것은 운명일까? 만약 그게 운명이라면, 우리는 해답을 맞추고 둘 다 살아남을 수 있을까? 우리가 이미 예습한 수수께끼 말고, 저 괴물이 다른 문제를 낸다면 그땐 어찌 될까?

나는 이미 괴물이 출제한 다른 문제지를 받아든 느낌이 든다. 아직 펴보지 않았을 뿐…. 표지가 검푸르죽죽한 색깔이

어서 그저 보기만 해도 정나미가 떨어진다. 거기 적힌 글귀 한 줄이 차츰 선명하게 드러난다.

죽음이 너를 문제로부터 자유케 하리라.

# 16

내 통장으로 5천이 입금되었다. 장려금인지 위로금인지는 몰라도…. 엊그제 병원에 다녀온 뒤였다. 아이가 무사히 자리 잡았다는 증거다.

일요일이면 지하철을 타고 서울 인근 위성도시를 순방한다. 그리고 눈에 띄는 허름한 카페나 미용실을 둘러본다. 직접 들어가지는 못하고 멀찍이 서서 지켜볼 뿐이다. 저쯤 되면 손님들은 얼마나 찾아올까, 가게를 얻으려면 얼마쯤 미리 마련해야 할까 그런 예상을 한다. 필요한 물품과 도구들은 중고상에서 구하면 될 것이다. 내 몸속 아이가 선물한 보상금 말고도 통장에 돈은 좀 있다. 여유롭지는 못해도.

지금은 파주시에 와있다. 시장 쪽으로 향하고 있다. 간단하게 점심을 해결했으니 가게를 낼 만한 자리가 있는지 물색해 보려고 한다. 물론 이렇게 일을 추진해서는 안 된다는 사실을 잘 알고 있다. 부동산중개소에 먼저 의뢰하는 게 순서다. 하지만 내 결심은 아직 확고하게 서지는 않았다. 그래서 헤매고 있다.

미오!

그때 어디선가 고양이 울음소리가 내 발걸음을 멈춰 세운다. 고양이가 나를 불렀을 것이라고 믿는다. 시장 입구에 지물포 상점이 있고, 그 앞에 강아지와 새끼 고양이 몇 마리를 데리고 있는 노인이 눈에 들어온다. 지물포는 문이 굳게 닫혀 있지만 가게 안은 훤히 들여다보인다. 색색의 종이들이 얼핏 눈에 띈다.

아파트 방 벽을 도배하고 싶었는데 끝내 엄두를 내지 못했던 게 떠오른다. 어차피 내 집이 아니라는 생각 때문이기도 했다. 그랬다. 모든 게 내 것이 아닌 월세며 임대였고, 임시변통이라는 느낌이 컸다.

— 괭이 입양할라요? 내 점심값이나 주고 데려가시우.

길 잃은 새끼 고양이들이 틀림없을 것 같다. 아무려나 상관은 없다. 어릴 때 시골집에서 키웠던 고양이도 길냥이였다. 죽은 남동생이 학교에서 돌아오는 길에 안고 왔었다. 무슨 일이었는지 몰라도 고양이가 자꾸 뒤따라오면서 울더라고 했다. 고양이는 사람의 앞날을 본다는 섬뜩한 말을 들은 적이 있다. 나를 물었던 우리 집 그 애도 뭔가 앞날을 봤던 것일까?

나는 할머니에게 만 원짜리 세 장을 내민다. 그러고는 처음부터 계속해서 내 눈을 맞추고 있던 녀석을 안아 든다. 한 배에서 나왔을 텐데 다른 녀석들보다 활달하게 보인다. 아마 모르면 몰라도 나를 불러 세운 게 이 녀석이었을 것이다.

내 양손에 다 담길 정도로 작은 녀석이 솜털 뭉치처럼 부드럽다. 삼색 고양이 암컷이다. 긴장한 탓인지 놈이 거칠게 숨을 몰아쉬고 그게 내 손바닥에 느껴진다. 그런 와중에도 발톱을 안으로 굽힌 채 다소곳하다. 나를 이미 받아들인 눈치다. 나는 서둘러 자리를 뜬다. 누가 빼앗기라도 하듯.

이제 고양이 이름은 나 혼자 지어줄 수 있다. 그 생각이 문득 머리를 스친다. 하품이는 나와 동생이 서로 우기다가 끝내 이도 저도 아닌 별스럽게 타협한 이름이었다. 죽은 남동생 이름이 먼저 떠오른다. 하지만 그건 아니다. 하품이란 이름을 또 붙여줄 수도 없다.

— 당신, 내가 뭐하고 왔는지 알아 맞춰봐요. 무슨 냄새가 나지 않아요? 고양이 하나를 입양했죠. 집에 두고 오는 길이에요.

남편 귀에 대고 속삭이는데 그의 눈이 순간적으로 반짝 빛난다. 아니, 내 바람에 지나지 않았을 수도 있다. 늘 보는 환영에 불과하지만 그래도 나는 신이 나서 계속 종알거린다.

— 파주 시장 어떤 지물포 앞에서 구했어요. 그래서 파주라고 부를까, 지물이라고 부를까 한참 망설이다가 관뒀죠. 그건 아무래도 아닌 것 같죠? 그런데 고양이가 자기 주인의 앞날을 본다는 얘기, 혹시 들어본 적 있어요? 왠지 몰라도 처음 본 순간 그 애는 진짜 그럴 것 같은 예감이 들었어요. 모르겠어요. 왜 그랬는지는…. 그래서 점이 아니면 점순이라고 이름을 지어줄까 하는데 어때요?

맘에 든다는 건지 아니면 마뜩하지 않다는 건지 남편은 여전히 내색하지 않는다. 나는 또 금세 시무룩해지고 만다. 고양이 때문에 잠시 고양됐던 내 기분도 언제 그랬냐 싶게 가라앉는다. 이렇듯 종일 떠올랐다가 가라앉고, 가라앉은 채 무거운 진흙 같은 침묵에 짓눌리는 게 내 하루치 감정이다. 어디 뻘밭 바다에 침몰한 배처럼.

고양이는 점이든 점순이든, 어쩌면 내 반려가 되는 데는 한계가 있을 수밖에 없을 것이다. 그 애가 있든 말든 나는 여전히 침묵 속에서 지내야 한다. 여전히 나는 나고, 남편은 남편이고, 고양이는 고양이다.

아이가 있었어도 마찬가지였을까?

지금 내 안에서 자라는 아이를 떠올린 건 아니다. 그 전 두 아이, 인연이 닿지 않아서 사라진 아이들이다. 한 아이는 내가 스스로 인연을 잘랐고 두 번째 아이는 교통사고가 우리 인연을 끊었다.

당신, 알아요?

중학교 때 당신을 처음 만난 그 시기로 치면 14년, 오빠라고 부르기 시작한 고등학교 시절로만 봐도 우리는 11년간 연애했다. 무려 4천 날 동안을…. 결혼식 때까지만 계산한 게 그러하다. 당연히 내 가슴속 광장에는 당신 말고 다른 사람이 더 들어설 만한 공간이 아예 없었다. 나는 다른 누군가에게 좀체 곁을 주지도 않았었다. 친구가 많지 않았던 이유이기도 하다.

당신에게 우리 결혼은 어떤 의미였어요?

왜 남편에게 진작 그걸 물어보지 못했는지 모르겠다. 나에겐 특별한 의미가 없었다고 솔직히 고백해야겠다. 그 중요성이라든가 어떤 가치를 따지려는 게 아니다. 나는 우리 사랑을 의심하지 않았으니까. 그래서 결혼이란 이제 피임 문제는 더 신경 쓰지 않아도 된다는 단순한 각성에 지나지 않았다. 그만큼 아이를 갖고 싶었다는 뜻이기도 하다. 그 일은 4천 날 우리 사랑의 완성이었으니까.

우리 여자들은 아마도 이렇게 덜컥, 임신하는지도 모르겠다. 그러고는 끝없는 불안에 시달린다. 하나하나 꼽아보자면

이 불안은 백 가지도 넘는다. 만약 당신이 의심한다면 어느 때 내가 일일이 제시해 줄 수도 있다. 심지어 장차 내가 아이를 낳게 되면 나는 이제 하늘나라 옥황상제 곁으로 올라가서 베를 짜는 직업은 포기해야 하지 않을까 하는 불안도 그중 하나다. 흔히 아이를 키우는 동안 경력단절 운운하는….

내가 첫 아이를 지운 건 그런저런 불안의 무게 때문이었다. 그 무게를 감당하기가 쉽지 않았다. 남편에게는 대학 시간강사라는, 당신 스스로 보따리장사 운운하면서 자괴감에 빠져있던, 불안한 일자리에 더해서 전국을 떠돌아야 하는 수평적인 문제가 있었다.

그리고 나는 나대로 이른바 기회의 사다리에 이미 한 발을 올려놓고 있던 터라 더 올라갈 수도 없고 막상 포기하고 내려가기도 힘든, 이를테면 수직적인 고민을 안고 있을 때였다. 대박 한번 곧 터지겠지, 터지겠지 하는, 마치 뜬구름을 잡는 것처럼 보였던 영화판 비정규직 일자리도 직장이라고 부를 수 있다면.

나는 잠시 그때 일자리에 몸을 담고 있던 날들을 떠올려본다. 다시는 생각하지 말자고 했으면서도 때로는 어쩔 수 없이 그쪽을 향해 달려가기도 한다. 어디든 마찬가지겠지만 그 날들에도 적잖은 얘깃거리들이 남아있다. 직장이라고 부를 수도 없던 그곳이 그래도 나았다는 후회가 들 때도 더러 있다. 실제로 그곳을 그만두는 순간 어딘가 구렁텅이로 한없이 추락해 버린 느낌도 없지는 않았으니까.

내가 숱하게 목격했던, 역할 하나를 구하려고 늘 굶주린 채 촬영장 주변을 맴돌던 삼류 배우들처럼.

그래서 나는 독하게 맘먹고 옛일들을 반추하지 않기로 했다. 다시 되새김하지 않으려고 애를 쓰고 있다. 그 대신 마음속으로는 이따금 악다구니를 쓴다. 내가 일을 그만해야 한다고 사주했던 세상 온갖 제도와 굴레를 향해서…. 이 바보 멍청이들아! 카메라는 쌩쌩 돌아가고 있는데 이 바쁜 와중에 나한테 어디 가서 아이를 만들어오라고 했던 거야?

긴 장대에 하얀 깃발을 매단 곳, 점집을 찾아간 건 그 무렵이었다. 맹파명리盲波明理라는, 독특한 유파의 명리학으로 손님 미래를 봐준다고 했다. 눈이 먼 맹인 사이에서만 은밀히 전수된 철학관이라고 들었는데 이름처럼 맹인은 아닌 젊은 여자가 신당을 지키고 있었다. 여자는 내 사주조차도 묻지 않았다. 나를 잠자코 앉아있으라고 하더니 웅얼웅얼 주문을 외웠다. 그러고는 이내 아이로 빙의했다. 소문대로였다.

언니네 오라비 있잖아? 만날 만날 누워있으려고만 해! 암만 일어나라고 해도 안 일어나. 너무 떠돌아다녀서 이젠 쉬어야 하니까 깨우지 말래…. 언니네 아기, 재롱 보여? 허수아비 춤을 참 잘도 춘다 그치?

그건 점괘도 예언도 아닌 저주였다. 온몸에 소름이 돋는 끔찍한 저주였다. 나는 더는 듣고 앉아있을 수가 없어서 자리를 박차고 나와버렸다. 생각해 보면 그냥 도망칠 일이 아니었다. 여자 입을 찢겠다고 덤비지는 못할망정 머리끄덩이라도 붙들고 늘어져야 했다. 무슨 근거로 그런 악담을 늘어놓느냐고 따졌어야 했다. 하지만 그 당시 나는 그 말이 뭘 의미하는지 정확하게는 알지 못했다. 생때같은 남편을 두고 누워있다고 했던 말, 아이가 허수아비처럼 재롱을 피운다는 말만 뇌리에 새겨졌을 뿐.

지금 와서 돌이켜보면 무당의 참언은 백 퍼센트 일치했다. 나는 무턱대고 도망칠 게 아니라 방비책을 물었어야 마땅하다. 그 귀신같은 여자를 붙들고 집요하게 어떤 술수든 받아냈어야 한다. 그녀가 만약 남쪽이 불길하니 남행南行을 삼가라고 하면 친정 쪽은 아예 쳐다보지도 말았어야 했다.

그래, 점이라고 해야겠다. 느닷없이 고양이를 떠올리고 이름을 결정해 버린다. 집에서 홀로 지내고 있을 새끼 고양이 모습이 눈에 아른거린다. 첫날부터 낯선 환경에 혼자 놓이게 됐으니 불안에 사로잡혀 있을 게 뻔하다. 혹시 그게 아니라면, 그 애는 턱을 괴고 앉아서 진지하게 내 사주팔자를 풀고 있을까?

물론 당시에 나는 무당 말을 다 믿지도 않았고 믿을 수도 없었다. 세상에 그걸 믿는 바보는 아마 없을 것이다. 하지만 며칠이 지나고 나는 기어이 산부인과를 찾아갔다. 무당의 헛소리는 그리 중요한 게 아니었다. 점을 보러 가기 전부터 아이를 어떻게 해야겠다고 나는 이미 결심하고 있었던 셈이다.

네가 무서워진다!

내 뺨을 때린 뒤, 남편은 고개를 파묻고 울면서 말했다. 나는 병원 문을 나서는 순간부터 후회하기 시작했고, 그날 이후 지금껏 아프게 후회를 거듭하고 있다. 단 한 차례 나 자신을 정당화하려고 한 적도 없다. 남편에게 뺨을 얻어맞는 순간에도 나는 심지어 바랐었다. 차라리 열 대, 백 대를 맞는 대신 아이가 돌아올 수 있기를…. 그런 후회막급의 심정을 안고 시골 친정으로 달아났던 것이다.

남편이 그날처럼 또 우는 듯하다. 나 역시 그때처럼 말없이 병실 문을 나선다. 남편에게 아주 호되게 또 뺨을 맞은 기분이다. 나는 그래도 괜찮다.

당신, 세 번째 내 몸에 깃든 아이를 조금이라도 이해할 수 있어요? 이번만큼은 내가 죽기 살기로 이 아이를 지킬 거예요.

지하철역을 향해 타박타박 걸으며 나는 혼잣말을 계속한다. 하지만 나도 모르게 눈물이 앞을 가린다. 그래도 나는 중얼거리기를 멈추지 않는다. 그렇게 해야 나와 내 주변 일들이 정상 궤도로 다시 돌아올 수 있기라도 하듯.

하지만 당신이 비밀을 지켜줘야 해요. 다른 사람들에게는, 당신 부모님이나 시누이에게도, 믿든 말든 나는 당당하게 맞설 테니까요. 두고 보세요. 궁지에 몰리더라도 내가 바득바득 우길 테니까요. 타이완의 어떤 용감하고 착한 아내에게 배운 바를 내가 뒤따라 실천했을 뿐이라고.

사나흘 침대 구석에 처박혀 모습을 드러내지 않던 점이가 마음을 열었다. 슬금슬금 내 앞으로 다가오더니 벌렁 드러누워 배를 보이다가 엎드리기를 계속한다. 첫 상견례이기도 했고, 나를 믿겠다는 동작이었다. 이제 내 품에 안겨 하품하고 발치 아래 누워 잠을 자기도 한다. 밤이 되어도 울어대지 않는다. 가족이 다 된 셈이다.

점이야, 어서 자라나거라. 부디 지혜를 갖춘 고양이로 자라고, 나한테도 세상 지혜를 좀 나눠다오.

나는 이따금 점이 귀에 대고 속삭인다. 우리 부부의 삶이 어디서부터 망가지고 무너졌는지 그건 중요하지 않다. 내가 짐작하는 어느 지점이 분명할 게다. 하지만 그건 이미 일어난 일이다. 문제는 이 질척거리는 뻘밭에서 발을 빼고 조수가 더 밀려오기 전에 탈출해야 하는 일이다. 결국은 힘과 지혜가 필요하다. 머리와 다리가 죽을힘을 다해 협동해야만 한다. 이런 때 누가 나를 좀 이끌어줬으면 좋겠다는 생각이 없지 않을 수 없다. 점이라도….

서울 시내 곳곳에 물방앗간을 짓는 일 말고, 남편은 꽤 진지하게 출산율을 높이는 방안을 두고 얘기한 적이 있다.

모계사회母系社會로 돌아가는 거, 그건 어떨까?

그게 뭐, 어때서요?

내가 생각할 때는, 내 생각이 틀렸는지도 모르겠지만, 출산율이 높던 시대와 낮은 시대 차이점은 여성들의 자기 결정권이 얼마나 개입될 수 있는가 하는 데 있다고 봐. 전에는 특별한 고민 없이 우선 낳아야 했다면 지금은 여성들 스스로 낳을 것인가 말 것인가를 고민한다는 거지.

내 얘기를 하는 거 아니죠?

연서야, 그 일은 이제 더 언급하지마. 늬 맘속에 담아두지도 말고.

알았어요. 얘기 계속해 봐요. 모계사회는 어땠는지…. 사실은 모계사회든 뭐든, 여자들 스스로 낳고 싶다는 조건을 만들어주면 되는 거 아닌가요?

맞아, 그 얘기지. 그런데 조금 다른 관점에서 보자는 거야.

원시 모계사회에서는 아이를 많이 낳은 여성일수록 부족 안에서 힘이 강해질 수밖에 없었을 거야. 최소한 발언권이라도 세졌을 게 분명해. 봉건시대 우리나라에서도 며느리가 아들을 낳으면 어깨가 펴진다고 했고, 하고 싶은 말도 할 수 있는 입이 비로소 뚫린다고 했을 정도니까. 그런데 가만 따져보면, 부계사회에서는 여성의 출산이 그저 희생으로 그치는 측면이 있다는 거야. 자신에 대한 보상은 적고, 시댁 노동 자원만 하나둘 늘려주는 셈이니까 말이야.

당신, 들어봐요. 시댁 노동력을 높여주기 싫어서 아이를 낳지 않는 것도 아니고, 여자들이 낳는 아이가 시댁 일꾼이나 노비로 등록되는 시대도 아니잖아요?

그래, 옳은 말이야. 하지만 들어봐. 모계사회 가장 큰 특징은 여자가 낳는 아이는 모두 여자 성씨를 갖게 된다는 점이야. 이 사실은 낳은 아이들 모두 자기 친정 호적에 귀속된다는 사실을 의미하지. 어때, 그래도 달라지지 않을까?

분명히 흥미로운 가설이기는 해요. 하지만 세상 여자들이 그 정도 당근으로 혹할 수 있을까요? 또 있어요. 모계사회까지는 내가 잘 모르니까 일단 차치하고, 들어봐요. 덮어놓고 낳다가는 거지꼴 못 면한다고 외치던 시대, 그러니까 지난 60년대, 여성 권리가 땅바닥을 기고 있던 시대만 하더라도 모계사회는커녕 지금보다 출산율이 높았잖아요.

몰라. 나도 모르겠어. 다만 우리 사회가 그 정도로 노력은 기울여야 한다고 믿는 거지. 남자들이 나서서 포기할 건 과감하게 포기하자는 거야. 포기해야 할 대상이 사실은 뭐, 그리 대단한 가치가 있는 것들도 아니야. 요즘 사회에서 보면 이미 속은 텅텅 빈, 껍데기만 남은 허울 같은 것들뿐 뭐가 있겠어. 그러니 남자들이 툭툭 털고 일어나면서 선언하는 거야. 그래, 너희 여자들이 나라 살림을 도맡아라. 그래, 너희 여자들이 낳는 자녀들에게 모두 너희 성씨를 갖도록 하고 권리 또한 행사해라. 그래, 암탉이 울면 집안 망한다는 말은 이제 까마득한 옛말이 됐다. 너희 여자들이 울어라, 하고 말이야. 수탉을 봐봐. 암소 말고 수소를 보고, 일벌 말고 수벌을 봐봐. 그것들 모두 생식 목적이 아니면 쓸모가 없는 시대가 됐지. 내가 볼 때 우리 남자들 권력도, 남자들이 수천만 년에 걸쳐 세운 남성 권력이라는 이름의 콘크리트 건물도 이미 균열을 보이기 시작했어. 그걸 인정하기만 하면 간단해질 수 있겠는데, 이대로 어영부영하다가는 정말이지 세상이 멸망할 듯해서 하는 얘기야. 모권사회까지는 아니더라도 남녀가 완전히 동등해지는 시대는 곧 오겠지. 하지만 남자들이 지어 입힌 낡은 관습과 제도의 외투를 그대로 입은 채로는 아무도 아이를 낳으려고 하지 않을 거야. 그게 인류 최후의 날이겠지…. 늬 생각은 어때?

남편이 내 의견을 묻는데 나는 고개를 저을 수밖에 없었다. 이 나라가 죽었다가 다시 깨어나도 자녀 호적을 여자 성씨로 바꾸는 헌법 개정을 해낼 수 있을까? 어떤 여자든 우리 사회를 꿀벌 집단처럼 바꾸는 데까지는 바라지 않는다고 치자. 자녀 수가 구속이 아닌, 최소한의 권리로 인정받을 수 있는 날이 과연 오기나 할까? 그게 모계사회든 다른 무엇이든.

나야 물론 다르다. 다르다고 믿는다. 아이를 갖기 위해서, 그리고 낳기 위해서 할 만큼은 했다고 자부한다. 처음 단 한 차례 실수를 제외한다면…. 교통사고로 잃은 아이에 대해서는 더 말할 나위도 없다. 그 사고 이후에도 나는 할 수 있는 노력을 아끼지 않았다.

내 손길에 남편 몸이 반응했을 때, 만에 하나라도 음악처럼 감미로웠는지는 몰라도, 나는 인터넷 자료들을 샅샅이 뒤졌다. 그러다가 타이완 여자 사례를 읽었다. 그때 내 가슴이 얼마나 뛰었는지 누가 알까?

그날, 밤이 되자 나는 병실 문을 걸어 잠갔다. 그러고는 따뜻한 물수건으로 남편 몸을 꼼꼼히 닦았다. 마치 내 혀와 입술로 애무하듯 세심하고도 간절하게….

그러자 남편이 아주 조금은 반응을 보여주는 듯했다. 다리에 잔뜩 힘을 주고 있는지 허벅지 근육이 훨씬 단단해지고 폐활량도 높아졌다는 걸 느낄 수 있었다. 나는 더욱 정성을 쏟아 남편의 온몸을 섬세하게 어루만졌다. 내가 그러리라고는 남편이 미처 예상하지 못할 만큼, 예전에 늘 남편이 나에게 하던 방식처럼.

가만히 있어. 꽃들은 그냥 숨죽이고 있으면 돼. 어차피 움직일 수도 없지. 몸에 전율이 이는 걸 속으로 느끼고 곧이곧대로 받아들이면 되는 거야. 그게 꿀을 제공하는 대가로 꽃들이 받는 보상일 테니까. 나머지는 이 호박벌에게 맡기고, 알았어?

남편이 전에 그렇게 말했었다. 호박벌이라고…. 마음이 간절할 때면 별별 기억이 모두 떠오르는 법이다. 하나하나, 심지어 완전히 사라졌던 기억까지도.

이젠 당신, 움직일 수 없으니 입장이 서로 바뀐 셈이네요. 당신이 꽃으로, 나는 호박벌로 변신했다고 여기세요. 그리고 몸에 전율이 일거든 나에게 줘요. 한 방울만. 꿀 한 모금만!

하지만 소용없었다. 남편은 그 이상 반응하지 않았다. 어디론가 가고 없는 듯했다. 자기가 했던 말조차 부정하는 것처럼 보였다.

나에게는 이른바 사랑의 기술이 부족한 건 아닐까, 남편 기술을 흉내 내보기는 하지만 결정적으로 다른 또 어떤 무엇이 더 있는 걸까 하는 생각이 들었다. 그래서 한때는 야한 동영상들을 찾아 남편이 시청할 수 있도록 돕기도 했다. 벌거

벗고 활보하는 여자 영상을 남편 코앞에 들이밀기도 했고, 여성이 쉬지 않고 끝없이 내지르는 신음을 귀에 흘려 넣어주기도 했다.

남편 몸을 일으켜 세울 수만 있다면 무슨 짓인들 마다하랴. 때로 나는 영화 실사 현장에서 직접 목격했던, 연기력이 뛰어난 여배우들처럼 관능적인 몸짓을 선보이기도 했다. 병실 문을 걸어 잠그고 옷을 홀랑 벗어 던진 채 알몸으로 춤을 춘 적도 있다. 생전에, 그래, 생전에 남편이 나에게 애원하다시피 하면서 부탁하던 누드 춤까지.

당신, 참 나빴어요. 부탁하지 않았는데도 내가 특별 서비스를 했던 건데….

아주 조금, 남편 살점을 떼어내서 내 몸에 이식하는 방법은 없을까? 친정아버지가 나뭇가지를 잘라 꺾꽂이를 하시던 것처럼.

남동생이 죽었을 때, 엄마는 통곡하면서 외쳤다. 울음이 자꾸 토하듯 솟구치는 바람에 엄마 말은 자주 끊겼고, 맥락도 서로 이어지지 않았지만 무슨 뜻인지는 누구나 알 수 있었다.

우리 아들, 당신이 살려내요. 당신 잘하는 솜씨를 어디 한 번 부려봐요. 접을 붙이든 꺾꽂이를 하든, 내 아들 살려내야 해요. 어서요, 어서요!

아버지는 접목과 삽목揷木 분야에서는 읍내 일인자였다. 특히 꺾꽂이를 참 잘하셨다. 무슨 나무든 아버지가 땅에 꽂아놓으면 죽는 법이 없었다. 시도한 적은 없어도 명아주 지팡이든 쇠젓가락이든 아버지가 작정하고 꺾꽂이를 한다면 다 살아서 꽃을 피워낼 것만 같았다.

읍내 이웃들은 우리 집에서 꽃가지를 얻어다가 울타리 밑에 꽂아두곤 했다. 특히 아주머니나 할머니들은 꽃가지 하나를 얻으려고 우리 엄마 눈에 들기 위해 애를 쓰기도 했다. 하지만 그게 자라서 꽃을 피우는 모습은 어느 집에서나 쉽게 대할 수 있는 게 아니었다. 아버지 손길이 닿지 않으면 꽃도 쇠젓가락처럼 차고 무심했다.

내가 배운 일이 다 헛되네그려. 내가 자랑턴 일이 다 속절없네그려. 임자가 하라는 꺾꽂이를 내가 못하니 부질없고 부질없네그려.

울고 있는 엄마를 부축하면서 아버지가 중얼거렸다. 무슨 판소리 사설 한 대목쯤 연습 삼아서 되뇌는 듯했다.

남동생이야 이미 숨이 끊어진 몸이라서 접을 붙이거나 꺾꽂이를 해도 소생할 가능성은 없었을 것이다. 하지만 남편은 살아있다. 비록 인공호흡기에 의존하고는 있다 해도 살아서 숨을 쉬는 생명체다. 그러니 만약 친정아버지가 살아 계셨더라면 남편 몸 일부를 꺾꽂이해서 내 안에 새 생명이 움트게

할 수 있었을까?

미오!

점이가 배고픈 모양이다. 제 머리를 내 턱 아래로 들이밀고 부드럽게 비비기 시작한다. 하지만 소시지를 잘라 물과 함께 내밀어도 별로 내키지 않는 듯 조금씩 입술로 핥을 뿐이다. 녀석은 혹시 내가 하고 있었던 상상들이 부질없다고, 그런 일은 꿈도 꾸지 말라고 말하고 싶은지도 모르겠다. 장차 자기가 할 예언의 목록에는 아예 없는 것이니 포기하라고. 나도 알고 있다고 답하듯 점이 머리를 쓸어주자 녀석이 허리를 쭉 펴며 하품한다.

밤이 속절없이 깊어지고 있다. 날이 새고 헤어숍에 출근하려면 눈을 좀 붙여야 하는데 큰일이다. 또 손님 머리칼을 잘못 자를 수도 있다.

당신은 잘 자고 있어요?

빈 허공을 향해 물어본다. 방구석에 덕지덕지 붙어있던 소리 없는 적막이 와 하고 대답한다. 자기도 말을 할 줄 안다는 듯이.

그 순간 내 배 속에서 무엇인가가 꿈틀거린 느낌이 온다. 아, 맞아. 네가 있었구나! 나는 그제야 아이를 떠올린다. 아이가 내 배 안에서 자라고 있다는 사실을 뒤늦게 떠올린다.

그랬다. 남의 집 화단, 굳이 이름 붙이자면 어떤 시인 집

안의 화단에서 자라던 꽃가지 하나를 잘라와서 내 몸에 꺾꽂이를 했다. 친정아버지 솜씨가 아니라도 이 꺾꽂이는 성공했다. 성공했다고, 염려하지 말라고 아이가 첫 태동을 알리고 있다.

# 18

　토요일 새벽, 우리 아파트 옥상에서 노인 한 분이 뛰어내렸다. 누군가가 만약 할머니였는지 할아버지였는지 묻는다면 그는 틀림없이 바보다. 옥상까지 올라가서 투신을 감행하는 할머니들은 없다.

　출근길을 서두르는데 아파트 주민 예닐곱이 모여 웅성거리고 있었다. 무슨 일인가를 물었지만 아무도 대답을 해주지 않았다. 나는 주민도 아니라는 듯이.

　앞 동 옥상에서 노인이 떨어졌답니다. 밤새 부부싸움을 했다는군요. 아가씨는 그쪽으로 가지 마세요⋯. 이사 올 때 반갑게 인사하고 일을 거들어주었던 경비 아저씨였다. 나는 발걸음을 후문 쪽으로 돌렸다. 누군가의 목소리가 내 귀를 붙든다. 아가씨, 외부에 괜히 소문내지 말아요.

〈노인을 위한 나라는 없다〉. 영화 제목 하나가 머리를 스친다. 잔인한 장면이 하도 빈번하게 등장해서 인내심을 발휘해야 하는 영화다.

지하철 임산부석에 앉아서 인터넷을 검색해 본다. 평일 출근 시간대는 조금 넘은 시각이라서 고맙게도 빈자리가 많다. 임산부를 위한 나라는 있는 듯하다. 물론 지하철이나 버스에서만큼은 노인을 위한 나라도 있다.

인터넷 항목을 열자마자 몇 페이지에 걸쳐 영화가 소개돼 있다. 대학에서 이미 다 공부했던 내용이지만 다시 훑어본다. 제목은 아일랜드 시인 예이츠의 시에서 따온 것이다. 에고, 세상에! 시인이 이 끔찍한 영화에도 관련이 됐어? 나는 새삼 놀란다. 고등학교 때 배운 적이 있는 시인이다. 노벨 문학상을 받았으며 우리나라 세종대왕이나 이순신, 신사임당처럼 아일랜드 지폐에 등장하는 인물이기도 하다.

노인을 섬기지 않는다거나 노인들만의 나라가 없다는 의미로 영화 제목이 쓰인 건 아니다. 세상이 만약 경험과 지혜가 풍부한 노인들 기대와 예측대로 흘러간다면 그건 분명 노인 입맛에 맞는 세상이 될 것이다. 하지만 세상은 이러면 이럴 것이고 저럴 때면 저럴 것이라고 지레짐작하는 노인들의 예측을 번번이 배신한다. 예를 들자면, 저 악당 녀석 곧 벌을 받을 거야, 하고 바라는 노인의 기대를 보기 좋게 무너뜨린다. 노인을 위한 나라가 없다는 뜻이 그것이다. 영화는 잔인한 폭력과 무질서, 혼돈으로 얼룩져 있는데 그런 세계가 바로 노인들의 경험과 기대와는 동떨어진 세상의 현실이라는 사실을 암시하는 에피소드로 이용되고 있다고 할 수 있다.

그렇다면 시대를 뛰어넘어 예이츠라는 시인을 찾아가 물어보고 싶어진다. 임산부를 위한 나라는 과연 있느냐고, 비록 시인의 아이를 가진 여자라고 할지라도…. 그도 나처럼 점성술과 심령술에 관심이 많았고 자신의 수호신과 혼령의 존재를 믿었다고 한다. 그러니 만약 예이츠가 나를 만난다면 아주 우호적으로 대답을 해줄 것만 같다.

잠시 눈을 들어 대각선 방향을 바라보니 거기 노약자석에 앉은 노인들 셋이 동시에 나를 쳐다본다. 진짜 임산부가 맞는지 의심하는 눈치다. 일반인을 제외하면 세상에는 노약자와 임산부만 존재하는 걸까? 문득 그런 생각이 든다. 나라 안에 사는 백성들 가족과 노동에 관한 많은 정책, 그중에서도 특히 젊은이들의 결혼, 임신, 출산과 관련한 정책들을 모두 노인들이 세우는 건 아닐까? 그리고 그들 자신의 구미에 맞춰 입안된 법 조항들이 정작 노인들 기대를 저버리는 건 아닐까? 구제 불능의 늪에 빠진 우리나라 출산율처럼?

내가 직접 목격하지도 않은 아파트 투신 현장의 참혹한 광경이 저절로 눈에 그려진다. 일부러 현장을 피해 후문 쪽으로 돌아왔는데 알 수 없는 일이다. 노인은 어떤 부조리를 만나 좌절한 걸까? 스스로 이해할 수 없는, 어떤 배신과 절망이 그를 옥상으로 이끌었을까?

— 채 인턴, 손님이 찾아오셨네?

퇴근 무렵, 잠시 자리를 비웠다가 돌아오는데 주인 여자가 먼저 재빠르게 소식을 전한다. 그리고 손님이라는 여자가 소파에서 벌떡 일어선다.

— 아이구, 산딸 연서야. 나, 명자 라도라솔!

말 그대로 라도라솔 명자가 나를 반긴다. 내 별명을 듣는 것도 오랜만이다. 하지만 나로서는 다소 의외다. 같은 동네에서 자란 동갑내기지만 그리 살갑게 지낸 사이는 아니기 때문이다.

— 어떻게 여길 알고?

— 그건 중요한 게 아니고, 3년 만에 친정에 들렀다가 네 소식을 들었어. 그동안 동창들과도 연락을 끊고 지내는 바람에, 미안하다. 퇴근이 몇 시니? 나가서 커피 한잔 마실까?

나는 습관적으로 주인 여자 쪽으로 눈을 돌린다. 안 된다고 얘기해 주기를 은근히 바란다. 호기심 많은 여자라서 명자와 내가 헤어숍 안에서 대화하기를, 그래서 자기도 옆에서 좀 엿듣고 간섭하기를 원했으면 한다.

— 아, 그래요. 채 인턴. 퇴근 시간 다 됐으니까 오늘은 그만 나가봐요.

주인 여자가 단칼에 무 자르듯 내 뜻을 거역한다. 그녀 말을 신호로 명자가 내 팔을 잡아끈다.

— 인턴이라는 직책은 뭐야? 미용실에 지분이 있어?

— 아냐. 그냥 일을 배우는 처지야. 그래서 인턴이지. 인턴이라고 좀 근사하게 불러주는 대신 월급이 따로 없는 거고.

— 그럼 무보수란 얘기야?

— 수당 정도만 받지. 근데 넌 내 월급이 궁금해서 찾아왔니?

— 아니야. 애는, 무슨….

눈을 흘기는 명자를 살펴보니 얼굴이 진짜 명자나무 꽃처럼 활짝 핀 느낌이다. 전 남편에게서 받아낸 위자료가 적지 않았겠지. 나는 괜히 심술이 나서 맘이 편치만은 않다.

— 너희 차 사고가 났을 때, 자전거를 타고 지나갔던 애 있잖아? 그 애가 사실은 내 조카야. 사촌오빠 아들이지. 그래서 내가 더 염치없고 미안해.

커피잔을 내려놓으며 명자가 입을 연다. 그랬구나… 나는 속으로만 중얼거린다. 우리는 모두 무슨 인연인가를 맺어서 구구단을 외우고, 또 무슨 관계를 지어서 사고를 만드는구나! 주말 저녁의 헤이즐넛 향이 몹시 도전적이라는 생각이 든다. 하지만 나는 용케 마음을 진정시킨다.

— 명자야, 그 애 잘못은 전혀 없었어. 이건 내 진심이야. 그러니 너까지 미안해할 것도 없어. 알았니?

— 고맙다. 이거 받아둬. 남편 치료비에 보탰으면 좋겠다.

명자가 봉투를 건넨다. 중학교에 이어 고등학교 시절에 남편을 두 번째 만났을 때, 나는 내 남동생 얘기를 그에게 들려준 적이 있다. 무서워서 가까이 가보지는 못하고 멀찍이 서서 동생 무덤을 바라보다가 돌아오는 길이었노라고…. 어디 갔다가 오는 길이냐고 짓궂게 묻던 그는 몹시 당황한 듯했다. 얼굴이 벌게진 채 더듬거리면서 거듭 사과했다. 미, 미안해요. 미안해요. 대화를 나눌 게 따, 따로 없어서….

내가 만약 그때 동생 얘기를 꺼내지 않았더라면 어땠을까? 그 충돌 사고 이후 끝도 없이 나는 그런 생각을 하곤 했다. 남편은 혹시 자전거를 타고 지나가는 아이들에게 조금은 덜 민감하게 반응했을까? 그래서 사고가 났더라도 그저 재수 없는 날이구나 싶을 정도로만 끝나고 말 일이었을까?

— 연서야. 혹시 미용실 말고 다른 일자리가 필요하지 않니? 내가 알아봐 줄게. 오면서 생각해 봤는데, 사실은 내 사무실에도 자리가 하나 났고.

그래, 필요해…. 나는 혀끝까지 치밀어 오른 말을 삼킨다. 명자 사무실이든 다른 어디든 상관은 없다. 다만 누워있는 남편을 두고 정규직으로 출퇴근해야 한다면 그건 아무래도 쉽지 않을 것이다. 지금처럼 간병인을 하나가 아니라 둘을 고용한다면 가능할지 몰라도 그건 또 아니라는 생각이 든다.

— 오늘 새벽에 말이야. 우리 아파트 옥상에서 노인 하나가 뛰어내렸대. 그 일이 자꾸 머릿속에서 떠나지 않는데, 어쩌면 좋니? 넌 잘 지내니? 괜찮은 거니?

명자가 내 눈을 찬찬히 들여다본다. 왜 그런 말들이 앞뒤 두서도 없이 불쑥불쑥 튀어나오는지 모르겠다. 이러다가 명자에게 약하고 허튼 속내를 드러내고 말 것만 같다. 우리 고향 읍내뿐 아니라 서울 시내 곳곳에 소문이 다 퍼질 정도로…. 이참에 또 집을 옮겨야 하는 걸까? 파주 정도가 아닌 훨씬 더 외곽으로?

— 괜찮아, 연서야. 난 잘 지내고 있어. 늬가 어떻게 받아들일지 몰라도 솔직히 얘기할게. 난 남편을 잃은 대가로 자유를 얻었어. 거창하지만 나는 그걸 자유라고 꼭 강조하고 싶어. 살아보니까 남자는 별 쓸모가 없더라 얘. 난 그걸 깨달았어.

— 그래서, 도통한 거니?

— 응! 진짜로 도통한 사람들에게는 미안한 말이지만 나도 그 방면에서는 도통했다고 자부해. 그럴싸한 증거를 대볼까?

나는 하릴없이 고개만 끄덕인다. 그러면서도 명자가 짠, 하고 명자나무 꽃으로 변신하거나 아니면 올라타고 하늘을 날 수 있는 구름을 불러오기를 내심 기대한다.

— 너희 아파트 그 할아버지에게는 아마 아내가 있을 거야. 가능하다면 한번 확인해 봐. 아내 없이 여태껏 혼자 살던 할아버지라면 그러지는 않았을 테지. 그리고 또 있어. 아마 영감님은 어떤 식으로든 자기 아내로부터 모욕과 멸시를 받았을 거야. 어제 혹은 간밤이 그 처음은 분명 아니었을 테고.

— 넌 왜 그렇게 자신만만하니?

나는 명자의 자신감과 똑떨어지는 태도에 조금은 기가 죽는다. 캐릭터가 분명한 계집애다. 나도 남들에게는, 나 자신과 내 몸짓에 부합하는 개성 분명한 어떤 캐릭터 하나로 자리를 잡고 있을까? 무엇으로? 하지만 내 머릿속에서는 또 다른 내가 도리질을 한다.

나는 끝없이 흔들리는 사람이다. 흔들리지 않고 어떤 하나의 모습으로 붙박인 사람은 보잘 게 없다. 그뿐 아니라 나는 어떤 색깔이든지 하나만의 단색으로 낙인찍히는 걸 거부하고 또 싫어하는 여자다. 나는 내 삶에서 결코 단순명료해질 수는 없다. 그런 변명의 도리질을….

— 할 일을 다 마친 수컷들은 빠르게 도태될 수밖에 없어. 이혼율 증가를 가리키는 화살표가 비행기 이륙하듯 상승하는 시대야. 늙은 부부들은 말할 것도 없고, 남자가 정년퇴직하는 순간부터 아내는 자기 남편이 끝났다고 인식한다는 설문 조사 결과가 있더라. 요즘은 또 달라. 남자를 멀리하고 밀

어내기 시작하는 연령대가 점점 낮아지고 있거든. 말하자면, 우리 여자들에게 남자는 필요한 게 아니라 그저 브로치나 머리핀 같은 존재로 전락한 거야. 남자들이 그걸 알아채고 따로 살길을 도모해야 할 텐데, 늬가 알다시피 눈치코치도 없는 남자들은 분위기도 파악하지 못한 채 마냥 시시덕거리고 있을 뿐이야. 그러다가 철이 들고 깨친 다음에야 비로소 목을 매거나 뛰어내리는 거지. 어때, 내 말이 틀렸니?

　―넌 지금….

　이놈 기집애가 나더러 일찌감치 남편을 버리는 게 현명한 처사라는 거야? 이제 그만 포기하라는 거야? 그게 현대 여성의 자질이라는 거야, 뭐야? 넌 구구단 말고는 배울 게 없는 년이야. 돈 좀 자랑하려고 온 줄 알았더니 찢어진 입이라고 아무 데서나 짝짝 벌려대기는…. 여차하면 나는 그 애가 입을 크게 벌린 틈을 타서 양 손가락을 찔러넣을 생각을 한다.

　― 들어봐. 원시시대 남자들은 수렵에 모든 걸 걸어야 했을 거야. 부상은 예삿일이고 때로는 목숨을 잃어야 하는 경우도 부지기수였겠지. 아마도 그래서 놓친 사냥감에 언제나 연연하고, 놓친 대상 역시 아주 컸다고 후회할 수밖에 없었을 거야. 남자들이 오늘날에 와서 여자와 헤어진 뒤 오래 우는 이유를 짐작하겠니? 애써 사냥해서 우리에 가두는 데까지 성공했는데 잠깐 방심한 사이 탈출했다고 받아들이는 것

이거든. 아내에게 무시 받는 순간에도 느낌은 다르지 않을 거라고 난 믿어. 혹시 남자들한테 낚시 얘기 들어본 적 있니? 겨우 손바닥 반절도 못 되는 붕어 한 마리 놓치고는 빨랫방망이만큼 큰 놈을 놓쳤다고 뻥 치는 거야. 그게 남자들 유전자지. 진화를 그렇게 해온 거라고. 어때, 재미있지 않니? 더 얘기할까?

  — 이미 터진 말문을 내가 무슨 수로 막니? 너 하고 싶은 대로 해. 그러다가 지쳤다 싶으면 돌아가고…. 난 이미 수신 료受信料를 다 챙겼으니까.

  — 기집애도 참, 말에 가시가 있다?

  — 오랜만에 만난 사이라 이만큼이라도 듣고 있는 거야. 난 지금 남 얘기를 인내하면서 들어줄 만한 처지가 아니거든.

  — 알았어. 그냥 갔다가는 삐쳐서 가는 셈이니까 늬가 듣든 말든 하던 얘기나 끝내고 가야겠다. 대신 이번에는 우리 여자들 얘길 들려줄게. 넌 서로 연애하다 남자와 헤어진 뒤에 정말 서러워서 우는 여자를 본 적 있니? 펑펑 울고 있을 망정 여자는 헤어져서 서러운 게 아니야. 자기가 버림받았을 수도 있다는 자각 때문에 우는 거야. 물론 잠깐은 이별 자체가 서러울 수도 있겠지. 하지만 그건 구리반지 하나를 잃어 버렸을 때도 마찬가지 아닌가? 우리 여자들의 이런 속성은 DNA 속에 간직돼 있다고 보면 돼. 그렇게 진화해 왔거든. 원

시시대 우리 여자들을 봐. 그때 여자들은 남자들 사냥감 가운데 하나에 불과했어. 그래서 부족 간 전쟁에서 지면 남자들은 어떤 식으로든 죽음을 면치 못하는데, 여자들은 다르지. 보따리 하나씩 머리에 이고 이긴 부족 남자들을 졸졸 따라가면 끝나는 거야. 어때, 아니야? 이만 끝!

전 남편에게 물려받은 무슨 회사 납품업체 사장이라는 소문이 맞긴 맞는 모양이다. 누가 듣거나 말거나 자기 얘기를 끝까지 늘어놓는 배짱이 그걸 증명한다. 그나저나 우리 사장님 오늘 말씀 주제는 무엇이었지? 나는 그게 궁금하지만 물어보지는 않는다. 내가 청한 얘기도 아니다.

명자는 이혼하고 나서 한때는 사람들 앞에 나서지 못했던 걸까? 그러다가 이윽고 자기 자신을 합리화할 수 있는 명분을 찾아내고 시골 친정에도 다녀오지 않았을까? 아마 그랬을 것 같다.

남자와 여자들 심리에 대한 자기 나름의 맹신도 그런 어두운 날들 속에서 싹이 텄을 것이다. 어쨌거나 스스로 자유라고 선언하고, 도나캐나 당당해진 그 애가 부러운 것도 사실이다. 명자는 그걸, 내가 먼저 귀띔하긴 했지만 도통이라고 표현했다.

세상에는 가야 할 길도, 구해야 하는 도道도 참 많다.

How many roads must a woman walk down….

얼마나 수많은 길을 걸어야 여자들을 비로소 여성이라고 부를 수 있을까?

# 19

점이는 잘 자라고 있다. 본격적인 여름이 오기도 전인데 벌써 한 뼘 길이를 넘는다. 이스트를 잔뜩 푼 밀가루 반죽처럼 하루가 다르게 자꾸만 부풀어 오르는 것 같다. 그나마 아직 어릴 때 남편 병실에 데리고 갈 수 있으면 좋을 텐데, 그래야 남편과도 이내 친해질 수 있을 텐데…. 하지만 점이를 병실로 데려갈 수는 없다.

남편이 나중에 집으로 돌아오면 점이가 반겨주겠지? 본래 까칠한 동물이긴 해도 녀석들 역시 인정을 이해하고 사랑을 할 줄 안다. 알기 때문에 키우는 재미를 느낄 수 있다.

나는 점이가 남편 옆에서 재롱을 부리고, 남편의 깊은 잠을 깨워줄 수 있기를 고대한다. 지금도 아침이면 내 침대로 올라와 온몸을 비벼대며 어서 일어나라고 갖은 아양을 다 부리는 것처럼. 그게 고양이의 일차적인 의무라고 해야겠다. 그러면서 차츰 능력을 키워 우리 부부 앞날을 보여줄 수 있기를 바란다.

냄새와 더불어 여름이 오고 있다. 봄이 색깔을 앞세워 눈에 보이는 형상으로 다가온다면 여름은 좀 다른 방식으로 찾아온다. 눈에 보이지 않는 냄새로 슬금슬금 다가와서는 제 존재를 알린다. 그래서 봄은 눈으로 확인하는 데 비해 여름은 코로 맡게 된다. 이건 순 내 생각이다. 하여튼 나는 여름을 싫어한다. 여름이 들으면 무슨 해코지를 할진 몰라도.

그럼, 그렇지! 헤어숍 문을 밀고 들어서는 순간 헛구역질이 나온다. 파마약 냄새가 아주 역겹게 느껴진다. 입덧이 시작됐음을 나는 직감한다.

— 채 인턴, 몸이 안 좋아?

주인 여자가 재빠르게 호기심을 보인다. 이제 이 미용실을 그만둘 때가 된 듯하다. 그녀가 의심하고 또 오해하기 시작하면 벗어날 길이 없을 것이다.

— 어젯밤에 라면에 만두를 넣어 먹었는데, 그게 체했나 봐요.

— 에구, 저런!

주인 여자는 여전히 의심의 눈초리를 풀지 않는다. 그녀 입에서 엉뚱한 말이 나오기 전에 나는 입을 싸쥐고 화장실로 달려간다. 파마약 냄새에 한번 역겨움을 느끼고 구역질이 시작되면 매번 그럴 게 틀림없다. 그녀 역시 그걸 놓칠 리 없다.

다행히 화장실로 들어서자 욕지기가 멈춘다. 나는 변기에 앉아 가만히 숨을 고른다. 아마 처음에는 우리 몸이 아이를 이물질로 받아들이는 것이리라. 입덧은 그렇게 시작된다는 생각이 든다. 아이 역시 우리 몸에 안착하기 위해 나름대로 자기가 원하는 이런저런 일들을 요구할 것이다. 집 안 냄새가 빠지도록 환기하고, 도배를 새로 해주셔야겠어요. 조명기구도 좀 바꿔야 하고…. 내가 월세로 아파트를 얻을 때도 그랬던 것처럼. 물론 입덧은 그보다 훨씬 더 당당하게 요구하고 들어주지 않으면 고통을 안기기도 하는 사글세 방식이라고 할 수 있다.

— 괜찮아, 연서 씨?

미용실을 그만두겠다는 얘기를 아직 꺼내지도 않았는데 주인 여자는 벌써 인턴이라는 직위를 박탈하고 이름을 부른다. 그녀 나름대로 짐작하는 게 있는 모양이다. 어차피 올 게 제때 찾아왔다는 느낌이 든다.

— 괜찮아요. 고마워요. 근데 사장님, 저 오늘로 그만둬야 할 것 같아요.

— 아, 어디, 자리가 났어?

─아뇨. 아직 그런 건 아니지만….

─알았어. 그런데 연서 씨 설마 임신한 건 아니지?

나는 그저 웃고 만다. 대단한 여자가 아닐 수 없다. 명자 년도 그렇지만 어디서 그런 배짱과 우격다짐이 우러나오는지 모를 일이다. 나는 아직도 나 자신의 처지조차 미처 다 헤아리지 못하고 사는데.

─오늘까지 일한 수당은 계산해서 통장으로 넣어줄게. 혹시, 초봄에 찾아왔었던 그 남자야?

그 마지막 한마디를 기어코 물어보기 위해서 주인 여자는 먼저 수당 얘기를 미끼로 던졌을 것이다. 남은 수당을 지급하겠다는 달콤한 말로 나를 무장해제 시킨 후에 마지막 호기심을 충족하려는 계산이다.

─원하는 만큼 상상하세요. 안녕히 계시구요.

더 무슨 억측이 나오기 전에 나는 밖으로 나선다. 두갑 씨는 그날 이후로 연락을 한 적이 한 차례 있었지만 나는 전화를 받지 않았다. 만나야 할 이유도 없지 않은가? 모르겠다. 나중에 아이를 낳은 사실이 알려지면 그가 쓸데없이 걱정할 수도 있으니까 한번은 해명해야 하는 일이 생길 수도 있다. 하지만 아마 그럴 필요도 없으리라. 내 남편의 아이라고 나는 내 주변 모든 이들에게 애써 주장할 테니까. 믿든 말든.

목덜미를 타고 땀이 흘러내린다. 그러자 벌써 내 몸에서

땀 냄새가 나는 듯하다. 길거리 대기에도 여름 냄새가 섞여 있다. 거리를 오가는 사람들 모두 조금씩 냄새를 뿜어내고, 가로수들도 서로 경쟁하듯 냄새를 발산한다. 눈에 보이지는 않아도 어쩌면 땅밑에 터를 잡고 살아가는 곤충 역시 냄새를 풍기며 부지런히 교감하고 있을 것이다. 발밑 하수구에서도 악취가 올라오는 듯해서 나는 가늘고 얕게 호흡하며 걷는다. 여름이 마치 시위라도 하는 느낌이다.

더는 냄새 생각을 하지 말자! 이러다가는 길거리에서 헛구역질을 계속할지도 모른다. 하지만 한번 마음속에 깃든 생각을 몰아내기란 여간 어려운 게 아니다. 생각을 끊는 일만큼 어려운 일이 또 있을까?

첫아이를 임신했을 때가 떠오른다. 그때는 지금보다 입덧을 더 심하게 했다. 첫 구역질의 고통지수만 비교하자면 그렇다는 말이다. 그때는 겨울이었다.

입덧할 때면 당기는 음식이 있기 마련이다. 태아가 원하기 때문이라고 했다. 그리고 어른들 애기에 의하면 당기는 음식이 무엇인가에 따라 태아 성별을 가늠할 수 있다고도 했다. 입덧이 심하면 딸이라는 말도 나돌았다. 여자아이 변덕이 사내아이들보다는 심한 탓이라는 것이다. 미신에 지나지 않지만 그래도 태아 성별이 최대 관심사였던 시절에는 무엇에든 믿고 따르고 싶었으리라.

생애 첫 입덧과 함께 내 구미를 당긴 첫 음식은 냉면이었다. 왜 하필 한겨울 냉면이었는지는 나도 모른다. 만약 어른들이 들었다면 면발 생김새로 미루어 아들이 틀림없다고 좋아하셨을 것 같다. 면발은 고추보다 훨씬 딱딱하고 길쭉하니까.

남편은 내 얘기를 듣고 냉면을 구하러 나갔다. 나한테는 집에서 푹 쉬면서 기다리고 있으라는 말과 함께. 나는 곧 먹게 될 냉면 생각으로 행복한 기분에 잠겨 있었다. 지금껏 세상에서 먹어본 음식 중에 하나만 꼽으라고 한다면 단연 최고인 것만 같았다. 그런데 남편이 사 들고 온 건 냉면이 아니었다. 한 바구니도 넘는 열대 과일들이었다.

근처 냉면집을 다 들렀는데, 다들 계절 음식이라는 거야.

뭐라구요?

나는 적잖이 실망해서 되물었다. 겨울에도 쉽게 구할 수 있던 음식이 아닌 시절이기는 했다. 거기다가 당시만 해도 우리가 살던 곳은 번화한 도시가 아니었다. 그래도 그렇지 정반대 음식을 내민 셈이지 않은가? 나는 열대 과일에서 풍기는 여름의 냄새, 그 단내를 맡는 순간 구토를 하기 시작했다.

미안해. 내가 다시 나가서 찾아볼게.

남편이 내 등을 쓸어내리며 안절부절못했다. 하지만 나는 이미 모든 입맛이 다 사라진 뒤였다.

별것 아닌 그 일은 이상스럽게도 내겐 상처로 남았다. 아무것도 아닌 일이라고, 아무것도 아닌 일이 아니냐고, 아무리 나 자신을 설득하고 다독여봐도 남편에 대한 실망감은 좀체 사라지지 않았다. 내가 정말이지 이상한 여자였는지도 모르겠다. 냉면을 진짜 먹고 싶었는지도 의문이고, 용케 구해서 들고 왔더라도 정작 한 입이나 떠먹었을까 싶기는 했다. 그러면서도 남편이 용서되지 않았다.

냉면 한 그릇 사주지 못하면서 아이는 어떻게 키울 건데?

겉으로 발설하지는 않았어도 나는 남편을 향해 계속해서 억지를 부렸다. 내 심중에 우뚝 서있던 남편의 든든한 표상이 허물어져 내릴 만큼 밉고 야속했다. 모르겠다. 냉면이 아니라 입덧 탓이었는지도…. 아니다. 입덧이 아니라 나를 임신시킨 게 남편이라는 사실 때문에 그런 반발심이 일었는지도.

우리 여자들은 모두, 들어봐요…. 나무꾼과 선녀에 등장하는 그 선녀들이에요. 그냥 끌고 들어와서 무턱대고 아이 낳으라고 강요할 수 없는 존재들이란 말이에요.

부당하고도 일방적인 내 감정이 저절로 스르륵 가라앉는 때가 되면, 나는 한껏 미안해져서 남편에게 변명했다. 하지만 마음뿐이었다. 실제로 변명하거나 이해를 구하지는 못했다. 심지어는 아이를 지우겠다는 최후의 순간, 그 결정의 저울추를 미세하게 움직인 건 바로 그 냉면이었다. 두고두고 부끄러운 결정이 되고 말았지만.

이제 이 아이는 나에게 무슨 음식을 요구할까? 장차 시인으로 자랄 아이라면 입맛도 까다롭지는 않을까? 나는 그렇게 아득해지는 심사를 안고 남편 병실로 향한다. 이제 누가 입덧에 당기는 음식을 사줄까?

당신, 알아요? 그건 내 응석 같은 것이었어요. 그래서 지금도 당신에게 속죄하는 마음으로 당신을 찾아가는 거라고요.

전에 명자나무를 샀던 꽃집 건너편에 있는 미용실이 눈에 들어온다. 나는 일부러 그 앞으로 다가간다. 그런데 이상하다. 코를 벌름거려 봐도 욕지기가 치밀지는 않는다. 배 속 태아가 이미 파마약에는 적응을 끝낸 모양이다. 내친김에 문을 밀고 아예 들어가기로 작정한다.

— 어서 오세요.

— 머리를 커트하고 싶어요.

— 네, 손님. 이리 앉으시죠.

어제까지만 해도 내가 했던 말들을 어떤 젊은 남자 인턴이 대신한다. 인턴으로 불리는지 어떤지는 물론 내가 아직은 알 수 없다. 나는 어디 가서 카페미용실을 구한담? 배운 게 도둑질 뿐이라지만 다른 할 일이 정말 없는 걸까? 눈 딱 감고 명자 년을 한번 찾아가 볼까?

나는 머리를 맡긴 채 눈을 질끈 감는다. 연서야, 넌 어쩌다가 이런 신세가 됐니? 난데없는 목소리 하나가 내 귓전에 대고 묻는다. 나는 대답할 생각이 없다. 내가 누군가에게 늘 하던 서비스를 오늘은 내가 받고 있다는, 그런 사소하고도 일시적인 행복감으로 버틸 뿐이다.

병원 현관문을 밀치고 들어서다가 나는 두 번째로 토악질을 한다. 간밤에는 라면을 먹지도 않았고, 더구나 만두는 구경도 하지 못했다. 아마 병원을 가득 떠도는 클로로포름 냄새 때문이었으리라. 거기다가 머리를 커트하고 난 뒤 미용실에서 뿌려준 향수도 한몫했을 것이다. 할 수 없이 입을 감싸쥐고 정원의 나무 밑으로 달려간다. 이번에는 쓴 위액이 목을 넘어온다.

큰일이다. 입덧이 시작되고 나서야 나는 비로소 이게 큰일이라는 걸 깨닫는다.

아이가 적응하지 않으면, 허락하지 않으면 나는 이제 당신 병실을 찾을 수 없을지도 모른다. 당신 혹시, 나 몰래 우리 아이에게 뭐라고 해코지한 건 아니겠죠?

# 20

첫 입덧을 하고 사흘째 되던 날 밤 내가 꾸었던 꿈은 태몽이 틀림없으리라. 너무도 생생했기 때문이다.

내가 스스로 지웠던 첫아이 때의 태몽은 호박과 관련이 있었다. 우리가 키우던 하품이놈이 뜰 안 남새밭 애호박을 마구 먹어치워서 엄마가 부지깽이를 들고 쫓아내는 꿈이었다. 태몽은 호박이고, 입덧 음식은 냉면인 데다가 남동생과 연관된 꿈이었으니 사내아이가 분명했던 셈이다. 그런데 글쎄, 하품이는 호박과 호박 넝쿨이 더 억세게 자라기 전에 자기가 나서서 뿌리까지 다 뽑아내려고 했던 것일까? 비록 내 꿈속에서나마?

사고로 잃은 두 번째 아이에 대한 태몽은 이상스럽게도 기억에 없다. 아니, 태몽이라고 부를 만한 요소가 조금이나마 기억되는 꿈 자체가 없었다고 해야겠다. 우리 부부가 둘 다 간절히 원했던 만큼 태몽으로나마 자기 존재를 알려주기를 바랐지만 기다려도 꿈은 오지 않았다. 물론 초음파 검사를 통해 태아가 딸이라는 사실은 우리가 알고 있었다. 그 애를 낳는데 성공했다면 나를 닮은 아이로 자라났을까? 낳을 수 없었던 아이라서 태몽조차 아예 깃들지 않았을까?

간밤 꿈에 나는 어느 시골 들판을 걷고 있었다. 고향 쪽도 아닌 전혀 생소한 장소였다. 사방에 펼쳐진 논에서는 누렇게 익은 벼가 황금빛으로 일렁거렸다. 그런데 이상했다. 한곳에 이르자 그 논은 한참 뒤늦게 볍씨를 뿌리려는 모습이 눈에 띄었다. 이게 너희 논이야…. 누군가가 그곳이 바로 우리 논이라고 알려주었다. 나는 다소 아득한 심정으로 우리 논을 둘러보았다.

자, 이제 일을 시작하자! 친정아버지 목소리가 들렸다. 볍씨를 뿌리기 위해 고르게 다져놓은 논바닥은 투명한 유리면처럼 희고 매끄럽게 빛이 났다. 그때였다. 아주 까만 자라 한 마리가 나타나 논바닥을 어슬렁거리며 지나갔다. 마치 볍씨를 뿌려야 할 곳마다 미리 점을 찍어주는 듯했다. 자라가 기어간 자리가 어지러웠다. 무슨 알 수 없는 상형문자 같기도 했다. 간지러울 만큼 남편이 내 귀에 바짝 입을 대고 속삭였다. 아주 명필이네, 명필!

아니라네. 저건 시조야. 내가 읽어볼까? 엄마가 논바닥에 시선을 고정한 채 더듬더듬 읽어주기 시작했다. 창 내고자 창을 내고자 이내 가슴에 창 내고자….

이번 태몽에 대해서는 나 혼자서도 꿈 풀이가 가능할 것 같다. 자라가 등장했으니까 사내아이를 암시하는 게 분명하다. 고등학교 때던가, 교과서에서 배운 구지가龜旨歌도 그랬다. 거북아 거북아 머리를 내놓아라. 그러지 않으면 구워 먹으리…. 그게 바로 사내아이를 점지하라는 주술 주문의 의미였다. 거북이나 자라처럼 목이 긴 데다가 움츠러들었다 늘어났다 하는 동물 태몽은 보나 마나 사내아이다. 물론 이미 병원에서 사내아이라고 확인을 해주기도 했다.

내 꿈속에서 글씨를 주목했던 남편 관심은 엄마에 의해 수정되었다. 글씨가 아니라 글을, 시를 봐야만 한다고…. 시에 대해서는 더 말해서 무엇하랴. 처음 참개구리 형태로부터 오늘 아침까지 내 안에 자리를 잡고 있었으니 꿈에도 나타나는 게 하등 이상할 게 없다.

남들은 추수를 앞두고 있는데 우리 논에서는 이제야 모내기를 준비하는 건 또 어떤가. 그건 어쩌면 때늦은 내 후회를 반영하는 게 틀림없다. 그러니 이 태몽은 비록 태몽이 분명할망정 별게 아니라는 생각이 든다. 내 의식이 불완전하게 꾸민 나 자신의 초상에 지나지 않는 것이다. 에구!

이해되지 않는 부분이 있기는 하다. 남편이 주목한 사실은 왜 관점에서 빗나가 있는 걸까? 왜 정당한 발언이 되지 못하고 실없는 얘기가 되고 말았을까? 그리고 왜 엄마에 의해 수정되는 굴욕을 당했어야 할까? 내 남편이 당신 처가에서 받았던 처우를 고려해 보면, 물론 개꿈에 지나지 않을지라도, 이건 천부당만부당한 일이다. 특히 우리 엄마는 자기 사위가 까딱하면 깨질지도 모르는 골동품 유리 장식이라도 되는 듯 늘 감싸고 보호하셨다. 오히려 내가 질투할 정도로…. 당신, 그렇지 않아요?

이제는 출근할 곳도 없어져서, 남편 병실을 찾아갔다가는 또 고약한 오조惡阻를 겪을까 봐서, 나는 게으름을 한껏 피우며 내 꿈에 매달려 있다. 이걸 제대로 풀어내지 못하면 무슨 큰일이라도 날 것처럼.

우리 친정에서 이제 외동딸 사위는, 내 남편은 있으나 마나 별게 아닌 존재가 됐다는 뜻일까? 친정까지 들먹일 필요도 없다. 내 의식 문제일 뿐이다. 그렇다면 꽁꽁 싸매고 숨겼던 내 의식의 실체가 드러나기 시작한 증거라고 봐야 한다. 낳으나 마나 당신 아이라고 내가 낙서한 적은 있다. 하지만 죽었다가 다시 깨어나도 아닌 건 분명 아니다. 그렇지 않은가? 아, 맞다! 나는 내 남편을 퇴원시키겠다고 이미 작정하고 있었다. 남편이 내 꿈속에서나마 무시당한 건 그 때문이리라.

미오!

무슨 낌새라도 눈치챘는지 점이가 날카롭게 운다. 아니면 나를 재촉하는 신호일 수도 있다. 그 무엇이 됐든, 아직도 나는 점이 얘기를 제대로 듣고 새길 수 있는 건 아니다. 내 꿈을 분석하는 일은 제법 그럴싸할망정.

— 그래, 점이야. 이리 오렴!

점이가 내 품에 안긴다. 여름이 되면서 점이 털이 더 부드러워졌다. 같이 욕탕에 들어가 목욕이라도 시킬까 하다가 그냥 포기한다. 직장이라고 할 만한 곳도 아닌데 막상 물러 나오니 게으름이 먼저 찾아온 느낌이 든다. 아니다. 게으름이라고만 할 수는 없다. 무엇인가 더 중요한 일이 내 앞에 놓여 있다.

— 점이야, 어떡하면 좋겠니? 오늘 결정해야 할까? 너도 아직 모르겠니?

미오!

나는 결국 핸드폰을 끌어당긴다. 그러고는 남편 간병인에게 전화를 건다. 송신음이 오래 이어진다. 마음을 바꾸려면 지금 당장 전화를 끊어야 한다. 끊으라는 명령과 좀 더 기다리라는 명령이 동시에 내 귀에 들리는 듯하다. 내가 그렇게 망설이는 사이 간병인이 드디어 전화를 받는다.

— 선생님, 저 채연서예요. 별일 없나요?

— 아, 무슨 별일이 있겠어요?

— 제 남편은요?

— 괜찮아요. 여전히 여전하죠 뭐.

나는 해야 할 말을 쉬이 꺼내지 못하고 계속 딴청을 부린다. 병원에 직접 신청하는 대신 간병인에게 전화로 부탁하는 처지인데도 여전히 망설이고 있다. 그러다가 겨우 용기를 낸다. 나쁜 년이 되기로 작정한다.

— 그이, 퇴원 신청을 해주실 수 있겠어요?

— 예? 그건 직접 하셔야 되잖아요.

— 제가, 지금은 몸이 불편하니까요. 나중에 병원에 가겠지만 우선 담당 간호사에게 얘기만 좀 해두세요. 부탁합니다.

— 아, 그렇다면 뭐, 그렇게 할게요.

간병인이 먼저 전화를 끊어버린다. 나처럼 일자리가 하루아침에 사라질까 봐 걱정하는 걸까? 병원 소속이니까 아마 그럴 일은 없을 것이다. 그렇다면 간병인은 한순간에 내가 나쁜 아내라는 걸 간파했다고밖에 생각할 수 없다. 그래, 나는 이미 나쁜 년이 되고 말았다. 물론 간병인을 통한 퇴원 신청이란 있을 수 없는 일이다. 병원 사무처까지는 아무런 통보도 가지 않을 것이다. 내가 그걸 모르지는 않는다. 다만 내 결심을 어떤 식으로든 널리 공포하고 싶을 뿐이다. 우선은 간병인이 알고, 소문을 퍼뜨려주기를 원하는 것이다.

나는 내친김에 더는 망설이지 않기로 한다. 평소 알고 지내던 병원 사무처 직원에게 전화를 건다. 그가 전화를 받자 나는 내 속에 얹힌 응어리를 한꺼번에 풀어내듯, 남편 퇴원 절차를 좀 밟아달라고 부탁한다. 그가 짐짓 놀란 목소리로 목청을 높여 내 뜻을 거듭 확인하더니 전화를 끊는다. 됐다. 이제 첫걸음을 떼어 놓았다.

— 점이야, 집 좀 지키고 있어. 난 나갔다 올게.

나는 미뤄두었던 두 번째 일을 실행에 옮기기로 한다. 파주에 다녀오는 일이다. 거기 시장 입구, 점이를 샀던 곳, 더 정확하게는 그 안쪽 지물포다.

남편이 집으로 온다면 집 안 분위기를 조금은 밝게 바꿔야 할 것 같다. 벽지와 장판을 새로 하는 대신 전 세입자가 쓰던 상태로 입주하는 조건을 내세워 월세금을 좀 할인받았었다. 아무리 없는 살림이라고 해도 덕지덕지 기운 벽지 그대로 남편을 맞을 수는 없지 않은가.

지물포 앞에서 개와 고양이를 팔던 노인은 보이지 않는다. 여름은 그 애들이 새끼를 덜 낳는 계절인 모양이다. 물론 내가 정확하게 아는 사실은 아니다.

지물포 안에는 희고 노랗고 검고 붉은 색색의 종이들이 잔

뜩 쌓여있다. 친정아버지가 돌아가셨을 때 꽃상여 생각이 난
다. 엄마는 우리 집에서 무덤까지 가는 노정에는 일부러 삯
꾼을 사서 상여를 메도록 했다. 그리고 그 상여를 온통 꽃으
로 장식할 계획을 미리 세워두셨던 것 같다. 그것이 당신을
위해 꽃을 가꾸던 남편을 보내는 최고 예우라고 믿으셨을 것
이다. 엄마 바람대로 아버지 상여에는 층층이 종이꽃들이 꽂
혔다.

벽지 용지로 나는 이미 한지를 점찍어두었다. 그걸 결정장
애라고 했던가? 나에게 그런 게 있는 걸 잘 알고 있어서 무
엇을 하든 미리 결정을 굳혀두곤 한다. 결정장애가 아니면
결정충동, 그런 심리 용어가 있는지는 모르겠지만, 어쨌거나
나는 늘 그 둘 중에 하나다.

막상 한지 코너를 살펴보면서 나는 또 결정장애에 빠진다.
한지도 그 종류가 수십은 넘기 때문이다. 그래서 나는 그냥
충동 쪽에 의지하기로 한다. 주황색 꽃잎들이 드문드문 피어
난 꽃잎 한지다. 보기 흉한 벽면을 일렬로 한 장씩만 붙이면
인테리어 효과도 있을 듯하다. 물론 전통 한지라서 종이 중
에서는 가장 질길 테고….

친정집이 한옥이라서 한지는 나에게도 정든 종이였다. 방
문과 퇴창, 그리고 벽지가 모두 한지였기 때문이다. 친정아
버지는 한지의 성능에 대해서는 믿는 게 많으셨다. 거실에

놓인 앉은뱅이 원목 탁자 밑면이 쩍쩍 벌어져서 거의 못 쓸 정도로 뒤틀리자 엄마가 말했다. 저것 좀 내다 버리시우. 삐까번쩍 빛나는 놈으로 새로 들여놓을 수 있게…. 그러자 아버지가 씩 웃으셨다. 버리긴 뭘 버리오? 잠시 기다려보시오. 그러고는 풀을 쑨 뒤 그 무거운 앉은뱅이 탁자를 뒤집어놓고는 그 위에 한지를 몇 겹 바르셨다. 몇 년 세월이 흐른 뒤 탁자는 기운 흔적도 없이 원래 모습으로 되돌아왔다.

학교에서 도무지라는 말에 대해서 배웠지? 어느 날인가, 원목 탁자를 보면서 마냥 신기해하는 나에게 아버지가 물었다. 내가 의아한 표정을 지으며 고개를 흔들었다. 나도 들었다만, 원래는 도모지塗貌紙라는 말에서 비롯됐다더구나. 천주교 박해 때 물 바른 한지를 얼굴에 겹겹이 붙여서 숨을 쉬지 못하도록 고문하면서 죽였다더라. 어때, 무섭지?

아, 도무지 알 수 없다.

내가 어쩌다가 그런 끔찍한 생각을 떠올리고 말았는지….

# 21


　남편 담당 의사와 면담 일정이 잡혔으니 병원으로 나와달라는 연락이 왔다. 전화를 받고 나는 크게 한숨을 내쉰다. 저절로 나온 한숨이다. 이제 일은 일사천리로 진행될 것이다. 천 리까지 갈 필요도 없다. 눈 딱 감고 잠시만 앉아있으면 남편과 나를 실은 배는 포구에, 우리 집에 도착한다.

　병원 사무처 전화를 끊자마자 또 벨 소리가 울린다. 이번에는 한동안 소식이 뜸했던 한유지 전화다. 나는 반가움이 앞선다. 내 배 속 아이와 더불어 왠지 그녀에게도 가족 같은 유대감이 점점 커지는 느낌 또한 없지 않다. 그래서 그녀에게도 남편이 곧 퇴원할 것이라는 소식을 전하려던 참이었다.

　— 방송사 기자가 곧 찾아갈 거에요.

핸드폰을 거쳐 들려온 한유지 목소리는 메마르고 인정머리 없이 들린다. 내 귀에 와닿는 동안 바람에 딱딱하게 굳어버린 말투다. 거기다가 평소 쓰던 다정한 반말도 아니다.

— 언니, 목소리가 왜 그래?

— 나하고 있었던 일을 무엇이든 솔직하게 다 털어놓으세요. 필요하면 나를 팔아도, 나한테 책임을 전가해도 괜찮아요.

— 아니, 도대체 무슨 일인데 그래?

— 준비하시라고, 미리 말씀드린 겁니다. 그럼, 이만!

사기그릇을 떨어뜨릴 때처럼 크고 둔탁한 소리를 내면서 전화가 끊어진다. 나는 놀라서 그녀에게 거듭 전화했지만 한유지 목소리를, 단조롭고도 딱딱한 어투의 목소리나마 더는 들을 수 없었다.

방송 기자라고?

비 퍼붓는 태풍 가운데 흔들리면서, 혹은 겨울 폭설 속에서 눈사람처럼 서서 리포트를 하던 방송 기자들 모습이 머리를 스친다. 아니, 그들이 왜 나한테? 그건 내가 상상도 하지 못했던 아주 비현실적인 일이지 않은가? 내게 도대체 뭘 물어보려고 인터뷰를 한다는 거지? 나는 머릿속이 하얗게 눈 쌓인 벌판이 된 느낌이다.

자기하고 있었던 일이라고? 그럼 다행스럽게도 남편 퇴원 사안과는 아무런 상관도 없다는 뜻이다. 하긴, 내가 내 남편을 퇴원시키겠다는데 방송사에서 뭐 먹을 게 있다고 찾아올 일도 아니긴 하다. 그렇다면 혹시?

가장 먼저, 몸을 숨겨야 한다고 나는 생각한다. 그렇다고 마땅히 갈 만한 장소가 떠오르는 건 아니다. 친정이 우선 짚이긴 해도 거긴 찾아갈 곳이 못 된다. 엄마까지 이 소용돌이에 끌어들일 수는 없지 않은가. 게다가 나까지 친정집으로 가서 눌러앉으면 늙으신 할머니와 엄마, 그리고 나까지 여자만 셋이 된다. 꼴이 아주 볼썽사나울 게 뻔하다. 집을 아예 옮겨버리는 방법도 떠올린다. 하지만 그건 하루아침에 될 일이 아니다. 나는 하릴없이 소파에 털썩 주저앉는다.

뭐 어때? 내가 죄지은 게 뭔데?

진정되지 않는 마음을 우선 좀 가라앉혀야겠다. 그래서 나는 크게 호흡을 몇 번 해본다. 내가 스스로 발설하고 싶지 않다고 여겨지면 방송이든 신문이든 인터뷰를 거절하면 된다. 티브이에서 여러 번 시청했던 장면처럼 아파트 현관문을 걸어 잠그고 아예 열어주지 않으면 된다.

생각이 거기까지 미치자 나는 다소 편안해진다. 설사 그들과 맞닥뜨린다고 하더라도 모른다고, 나와는 상관없는 일이라고 발뺌하면 곧 끝나고 만다. 안 그래, 연서야? 그들이 아무리 진드기처럼 악착스럽게 달려든다고 해도 모른다는데 어쩔 것인가? 다만 외출할 때는 벙거지를 깊숙이 눌러쓰고 마스크까지 착용하면 된다. 영화판에 몸담고 있을 때 내가 배우들에게 곧잘 시키기도 했던 일이다. 방송사 카메라만 피하면 된다. 여태 잠잠하게 살던 내 안부를 이런 별난 일을 통해 세상에 전할 수는 없다.

그나저나 의사 면담 시간이 다가온다. 다짜고짜 녹음기부터 들이밀 사람들이 닥치기 전에 길을 나서야 한다. 그다음 물줄기는 그다음에 오는 물레방아 디딤판이 알아서 돌릴 것이다. 나는 마스크와 벙거지를 챙긴다.

— 점이야, 이다음엔 무슨 일이 생길지 늬가 미리 알려줘. 알았지?

낮잠에 취한 건지 점이는 몸을 말고 엎드려서 들은 체도 하지 않는다. 녀석이 먹을 사료와 물을 충분히 채우고 난 뒤 나는 거울을 들여다본다. 임신한 이후로 제대로 챙겨 먹지 못한 탓인지 얼굴이 부석부석하다. 하지만 내 걱정은 들지 않는다. 그렇다고 특별히 태아를 염려할 때도 아니다. 제 영양 상태가 불만스럽다면 내 배를 걷어차거나 입덧을 통해 시위하겠지, 뭐.

여름이 이미 점령한 거리는 한산하다. 플라타너스가 불온한 눈길로 큰 입을 벌린 채 학학대고 있다. 땅에서 솟아오르는 열기는 대기까지 익혀놓았다. 길을 오가는 행인들도 데친 쪽파처럼 흔들흔들 맥을 못 추고 있다. 그들 그림자가 지표

면에 질질 끌려가면서 미세하게 떨듯 일렁거린다. 내 그림자
도 예외는 아닐 것이다.

― 퇴원을 결정하신 이유가 뭐죠?

담당의가 캐묻듯 다소 사나운 말투로 묻는다. 나는 선뜻
대답하지 못한다. 방송사 기자들도 어쩌면 그런 말투로 나를
추궁할 것이다. 돈 때문이었나요? 그게 불법이란 사실은 알
고 계셨나요? 한 말씀만 해주세요. 돈은 얼마나 받았죠? 처
음 그 일을 제안한 게 누구였나요? 등등….

― 아, 물론 나름대로 사정이 있겠죠. 경제적인 이유라든
가, 하여튼 좋습니다.

의사는 자기가 묻고 자기가 대답한다. 입덧 때문이라는 핑
계를 대면 혹시라도 믿을까? 나로서는 이런저런 변명을 거추
장스레 하지 않아도 돼서 다행이다. 세상이 다 그랬으면 좋겠
다. 세상은 자신에게 별 관련도 없는 일들에 기를 쓰고 덤벼
든다. 그러고는 조금이라도 호기심을 채웠다 싶으면 뒤도 돌
아보지 않고 냉정하게 돌아서곤 한다. 딱 돌아서는 그 순간의
짧은 평가가 소문으로 굳어지는 법이기도 하고. 그래서 누구
든 가십거리에 일단 오르게 되면 정상으로 되돌리기가 어려
워지고 만다.

― 환자 음식이라든가 관리 요령, 건강 체크 등에 대해서
는 여기 매뉴얼 대로만 하면 됩니다. 다만 한 가지, 어떤 경

우에도 인공호흡기를 제거하시면 안 됩니다. 그건 살인 행위니까요. 아시겠죠? 여기 서명하세요.

의사 면담은 의외로 쉽게 끝난다. 뭔가 의심한다거나 미심쩍어하는 기색도 없다. 그들이 내 결정을 막을 권리는 없기 때문인지도 모른다. 하긴 시아버님도 그러셨다. 작전권은 너에게 있다고. 내가 얘기하지 않았느냐고…. 어쨌거나 일이 술술 풀리는 듯해서 다행이다. 불행 중에도 아직은 다행 쪽에 몸을 숨기고 있는 느낌이다.

— 이제 우리 집으로 돌아가요. 죽을 끓이든 밥을 하든, 우리끼리 다시 살림을 시작해야겠어요. 당신을 집으로 데려가기로 했거든요.

내가 남편 귀에 대고 속삭인다. 그러고는 남편이 혹시라도 어떻게 반응하는지 살펴본다. 하지만 그는 여전히 기척도 내비치지 않는다. 나는 또 그의 대답을 강요하듯 끈질기게 눈을 맞추며 인내한다. 그러자 남편 눈에 물기 같은 게 설핏 비친다. 내가 혹시 잘못 본 것일까? 모르겠다. 남편 병실 밖 건너편 어느 병실에서 누군가가 문을 여닫으면서 반사된 햇빛 한 오라기가 남편 눈에 닿았다가 이내 사라진 것인지도. 하지만 나는 분명 본 것만 같다. 옆으로 누운 아래 오른쪽 눈가가 반짝 물빛을 띠면서 빛나던 순간을.

— 당신, 내 말을 이해한 거예요? 아니면, 여길 떠나기 싫

어서 그런 거예요?

남편은 다시 묵묵부답이다. 여름날의 뜨거운 햇빛만 실내에 가득할 뿐이다. 당신, 나 냉면 한 그릇 먹고 싶어요. 지금은 여름이잖아요. 사줄 수 있어요? 전처럼 태아 평계를 당당하게 댈 수는 없는 노릇이어서 나는 남에게 들리도록 크게 말하지는 않는다. 그저 나 혼자 중얼거릴 뿐이다.

냉면집은 몹시 북적거렸다. 나는 후루룩 소리가 날 만큼 면발을 삼키는 젊은 여자 둘 옆에 합석했다. 그들 냉면 그릇에서 마치 푹 삶아진 감자 냄새 같은 메밀 향이 희미하게 풍긴다. 그리고 그게 어쩐 일인지 느닷없이, 너무 커서 내가 감당할 수 없을 만큼 거대한 해일처럼 온통 슬픔으로 다가온다. 코를 막아보지만 이미 때는 늦었다. 이유를 짐작하기 힘든 눈물과 함께 제어할 수 없는 강력한 욕지기가 한꺼번에 몰아친다. 태풍과 폭우처럼.

냉면에 열중해 있던 여자들이 놀라 일어서더니 나를 화장실까지 부축해 준다. 역시 가재는 게 편이다. 임신과 출산의 고통을 아는 부족들이라면 민물에 살든 바닷물에 살든, 만나면 언제나 그럴 수밖에 없다. 나는 그들에게 감사 인사를 건네고 돌아선다. 국물은커녕 냄새 한번 맡아 보는 것만으로 식사가 끝난 셈이다. 우리 첫아이를 갖고, 내가 냉면으로 시위하던 때도 어쩌면 그랬을 것이다. 남편이 냉면을 구해 오는데 성공했더라도 냄새나 제대로 맡을 수 있었을지 모른다. 그래서 내 심술이 잘못이었음을 뒤늦게야 다시 깨닫는다.

그들은 저녁 무렵 들이닥쳤다. 아주 신이 난 아이들이 같이 놀자고 제 동무네 현관문을 두드리듯 했다.

— 채연서 씨 댁 맞죠? 알고 찾아왔습니다. 문 좀 열어주세요!

가스 점검을 하러 왔다거나 하다못해 무슨 택배라고 외쳤다면 내가 속았을지도 모른다. 하지만 티브이에서 늘 보는 것처럼 그들의 성급함이 일을 망친다. 이른바 특종을 얻기 위한 조급함일 것이리라. 그런 때 누가 문을 열어주겠는가.

벽지를 도배하다가 살금살금 현관문으로 가서 방범 렌즈를 통해 살펴보니 모두 세 사람이다. 한 사람은 카메라를 들고 현관문을 연신 찍어대고 있다. 나는 숨소리도 죽인 채 한마디도 대꾸하지 않는다. 미오, 미오⋯. 점이가 소리 높여 운다.

이제 나는 어찌 될까?

점이는 열심히 뭔가 참언을 하고 있는데 나는 여전히 듣지 못한다는 절망감이 다시 고개를 든다. 나는 이제 어쩌면 좋니, 점이야? 좀 알아듣게 얘기해 줄 수는 없니? 물에 빠져 허우적대는 사람들처럼 나는 결코 붙잡을 수 없는, 이를테면 하천의 무심한 물살이라도 어떻게든 움켜쥐려고 애를 쓴다.

그게 전혀 가망 없는 헛손질인 줄 번연히 알면서도.

한참 후에 그들은 돌아갔다. 나만큼이나 그들도 가망 없음을 눈치챘는지 모른다. 나는 그들이 돌아간 뒤에도 벽지와 풀ㆍ빗자루, 수건 등이 어지럽게 널린 거실에 죽은 듯 잠자코 앉아있었다. 그러다가 얼핏 스치는 생각이 있어서 티브이를 튼다.

— 그들이라면 누구를 말씀하시죠? 정체를 파악하고 계십니까?

— 아뇨. 저도 자세히는 몰라요. 피라미드 조직처럼 다단계로 일하니까요.

놀랍게도 카메라 앞에 선 여자는 한유지다. 그녀가 여태 자기 스스로 해왔던 일을 까발리는 중이다. 처음 만났을 때부터 입이 크다고 느꼈던 여자, 과연 그녀답다는 생각이 머리를 스친다. 하지만 그게 중요한 건 아니다. 그렇다면, 나도, 끝이다! 불길한 예감 하나가 내 머리를 부서져라, 하고 때린다. 내가 한유지처럼 카메라 앞에 서고 말고의 문제가 아니다. 내가 받아야 할 나머지 돈도 문제는 아니다. 내 안에서 이미 태동을 시작한 아이, 이 아이는 어찌 될 것인가, 그것 하나뿐이다.

나는 망연자실해져서 더는 티브이의 한유지가 눈에 들어오지 않는다. 귀에 들리는 소리도 없다. 그러다가 갑자기 눈앞이 뿌옇게 흐려지더니 무엇인가가 다가와 조금씩 형상을 갖추는 게 보인다.

가만 보아하니 블랙스완이다. 까만색이면서 흰 새라고 부
득부득 우기는…. 기어코 나에게까지 찾아와 도사리고 앉은
한 마리 검은 백조!

# 22

하루에도 두세 차례 누군가가 문을 두드리다 간다. 옆집 주민들도 현관문 앞에 모여 서서 볼멘소리를 늘어놓곤 한다. 무슨 범죄자로 낙인을 찍고 있는 듯하다. 그래, 범죄자가 맞는지도 모른다.

이사 가자! 이 기회에 서울을 떠나자!

기회는 무슨, 이런 걸 두고 기회라고 할 수 있을지는 몰라도 나는 그렇게 결정했다. 한번 그렇게 마음을 먹은 뒤로는 일이 비교적 수월하게 풀리기 시작했다. 경기도 파주, 아무런 연고가 없는 지역이지만 공인중개사를 통해 집은 쉽게 구할 수 있을 듯했다. 아, 연고가 전혀 없는 건 아니다. 파주는 점이 고향이다.

이삿짐까지 단출하다. 전에 이사 오면서 아예 풀어놓지 않은 짐도 많다. 내 집이 아니라고 여겨지자 손을 대기 싫었기 때문이다. 무엇보다 남편 짐을 풀어놓기가 싫었다. 올 수 없는 남편을 두고 짐을 정리하는 일은 영 내키지 않았다. 하지만 새로 이사할 집에서는 다를 것이다. 달라야 한다.

서방님 헌 옷 벗어 천금지금 덮어주고, 나를 묻어주되 전라도 땅은 나는 싫소.
경그 땅 올라가서 서방님 선산 아래 깊이 파고 묻어주오.

춘향이가 말한 서방님 선산이 혹시 내가 이사 갈 경기도 파주 땅 어디였을까? 문득 전라도 친정아버지가 즐겨 들으시던 판소리 한 대목이 떠오른다. 아버지는 임방울의 판소리 대목들을 좋아하셨고, 더러 읍내 주장 막걸리라도 마시는 날은 흥얼흥얼 따라 부르기도 하셨다. 쑥대머리나 춘향 유언 대목, 추억 같은 곡이었다. 그러다가 일찍 돌아가신 아버지였는데….

장차 내 서방님은, 그리고 나는 파주 땅에 묻히게 될까? 이사를 작정하고 보니 별별 생각이 다 든다. 죽은 뒤에 어디 묻힌들, 무엇으로 남은들 상관하지는 않는다. 다만 세상이 하도 뒤숭숭해서 나도 모르는 순간에 이쪽 세상은 말고 저쪽 세상일을 잠시 떠올렸을 것이다.

한유지가 처음 터뜨린 화약은 말 그대로 거창한 연쇄 폭발 반응을 일으켰다. 그게 만약 실제 화약이라면 전문가 수준 솜씨라고 할 만했다. 무료하고 나른하던 참에 뭐 하나 오독오독 씹을 게 없을까 하고 두리번거리던 대중에게 건네진 가십gossip이라는 이름의 화약…. 흔한 말처럼 벌집을 쑤셔놓은 듯했다. 그 벌집이 바로 언론이었다.

— 히틀러 시대를 연상케 하는군요. 그는 수감 시절에 독서를 많이 했다고 하는데 그중에는 우생학優生學 관련 서적도 많았다고 하죠. 아리안족 우월론 뿌리가 그것이라고 말씀드릴 수 있습니다. 금발에 파란 눈, 큰 키, 창백한 얼굴 등 인종적으로 우수하다고 여길 만한 여성들을 시설로 데려가서 독일 장교 씨를 받아 아이를 낳도록 했죠. 이른바 레벤스보른Lebensborn이 그것입니다. 우리 말로는 '생명의 샘' 정도 되는 말인데요. 나치 친위대장 하인리히 히믈러가 직접 주도하고 운영한 프로젝트였습니다. 자, 21세기 대명천지에 히믈러가 되겠다고 자청하고 나선 인물은 도대체 누굴까요? 내가 한국의 히믈러라고 왜 당당하게 나서지 못하는 걸까요?

역사학자라는 나이 지긋한 사람은 티브이에 나와서 그렇게 얘기했다. 그는 사회에서 출세한, 그리고 젊고 건강한 남자들만의 정자를 제공했다는 사실에 초점을 맞춘 듯했다. 눈에는 조롱기가 가득해 보였다. 실제로 그의 얼굴에 나타난 웃음기는 조소나 다름없었다. 채널을 돌리면 거기서도 한유지 얼굴이 보이거나 전문가라는 사람들이 모여 토론을 했다.

— 자, 봅시다. 당사자 남편의 아내 대신 임신하는 대리모, 그건 우리나라뿐 아니라 전 세계 어느 국가에서나 불법 아닙니까?

— 아니죠. 이건 다릅니다. 아내가 아닌 다른 여자가 아이를 낳는다는 겉모습만으로는 실태에 바로 접근할 수 없습니다. 아이를 낳을 수 없는 유럽인들이 과거 동남아 여성들을 상대로 임신하게 만든 일, 그게 대리모였죠. 그러고 나서 아이를 낳으면 보상으로 겨우 몇 푼 던져주고 아이를 데려갔죠. 아까 말씀하셨던 조선 시대 씨받이 풍속도 마찬가집니다. 그런 형태라면 불법이 맞겠죠. 하지만 이건 씨받이와는 경우가 다르지 않습니까?

우리 처지에서 들어보면 그나마 반길 만한 주장을 펼치는 학자도 없지는 않았다. 한유지 말고 나나 내 처지 여자들 말이다. 처음에는 그녀가 펼친 논리도 그랬다. 그러고도 스스로 화약을 짊어진 자살폭탄 테러범이 되고 말았다. 물론 그 논리는 그녀를 설득하고 회유한 윗선 누군가가 심어준 것이겠지만.

새삼스럽게 한국의 출산율에 대한 문제도 언론에서는 연

일 빠짐없이 거론했다. 망국적인 현상이라고 아주 노골적으로 목소리를 높이는 사람도 있었다. 남편이 농담했듯 서울 시내에 물방앗간 하나 지어준 적이 없는 사람들까지.

한 가지 특기할 일이 있긴 하다. 언론이 하이에나 떼처럼 집요하게 물고 늘어져서 한유지가 폭로에 이르게 된 배경을 밝힌 일이다. 자살폭탄을 짊어진 이유 말이다. 그녀가 갑자기 사냥감으로 전락한 셈인데, 그녀로서는 뼈까지 으스러지는 수모였을 게 틀림없다.

동기는 그녀가 낳은 쌍둥이였다. 쌍둥이였던 만큼 한유지는 장려금의 두 배를 요구했으나 받아들여지지 않은 모양이었다. 그 불만이, 결국은 돈이 모든 소동을 일으킨 주범으로 밝혀진 것이다. 참 싱겁고도 허탈한 결말이었다. 물론 나 역시 돈 문제에서만큼은 자유로울 수 없는 처지지만 그 거창했던 무슨 애국 운동이 송두리째 아주 우스운 꼴이 되고 말았다.

— 여성들 책임이라고 말하는 이들은 지구상 그 어디에도 발붙일 자격이 없는 사람들입니다. 여성들은 피해자라는 인식이 중요합니다. 아직 출산은 하지 않았어도 임신한 상태의 여성들이 적지 않을 텐데요. 그들을 찾아 안전하게 출산할 수 있도록 보호해야 합니다. 지금이라도 조사를 철저히 해서 그들 실태를 밝히고….

누군가는 그렇게 말했다. 말은 그럴싸해도 나와 같은 처지의 여성들이 스스로 언론 앞에 나서 달라는 유혹처럼 들렸다. 나라 전체가 말과 말, 추측과 편견의 흙탕물에 빠진 듯했다. 나는 그 숱한 말들을 다 옮길 수도 없을뿐더러 그럴 마음도 전혀 들지 않는다. 다만 흙탕물과 소동이 저절로 가라앉기를, 몸을 움츠린 채 지켜볼 수밖에는 달리 방법이 없었다.

하여튼 한유지의 폭로 배경이 드러난 이후 일반 여론은 이곱하기 이, 모두 네 개 진영으로 나뉘었다. 불법이냐 아니냐로 일단 갈라선 뒤, 각각 동조냐 반대냐로 다시 분열한 것이다. 말하자면 동서남북 사색당파였다. 만약 불법이라면 법을 고쳐서라도 장려해야 한다, 설사 그게 합법이라고 해도 나는 반대한다, 그런 식이었다. 나라가 남북으로 갈라지고 남쪽이 다시 정치적으로는 동서로 나뉜 양상과 비슷했다. 이 나라에서는 어느 문제 하나 그렇지 않은 경우가 없듯.

— 참, 잘도 찧고 까불고 볶는구나!

나는 창문을 열고 소리친 다음 얼른 창문을 닫는다. 아무리 작은 참새라도 죽기 직전에는 짹, 하고 짧게나마 운다더니 내가 영락없이 그 꼴이었다. 하지만 아마 누군가에게 들리지도 않았을 것이다. 사방 어디를 둘러봐도 내가 이마를 대고 울 곳은 그만큼 없었다.

아주 잠깐 블랙스완이 모습을 보였다가 사라진다. 검고 음울한 그림자만 다 지워지지 않고 남았다. 이러면 안 되는데, 정말 안 되는데 싶으면서도 나는 술병을 꺼낸다. 그게 아니라면 나도 죽고 아이도 죽을 것만 같다. 아, 내가 살아야 아이도 살겠지! 얘야, 우리 딱 한잔만 마시자. 너 어차피 시인이 되면 술깨나 마시지 않겠니? 그러니 엄마한테 미리 술 배우는 셈 치면 되지 않겠니?

점이가 그때 낮고 길게 우는 소리가 들린다. 싱크대 찬장을 열자 자기에게 사료를 주는 줄로 착각한 모양이다. 아, 맞다. 둘이 아니라 우리 셋이 마시자. 옛사람들도 그랬다더라. 하늘에서 빼꼼하게 내려다보는 초승달을 부르고 어둠 속에 우두커니 서서 눈치를 보는 나무 그림자까지 불러서 같이 마셨다더라.

내가 점이 사료에 술을 붓는다. 녀석이 혹시 처음 맛보는 술이 입에 쓰다고 할까 봐서 좋아하는 통조림도 조금 덜어 넣어준다. 그리고 비로소 나와 아이를 위한 잔에 술을 따른다. 점이가 코를 벌름거리더니 이내 사료통에 머리를 박는다.

술 한 모금이 식도를 타고 내려가는 동시에 아이가 발로 내 배를 찬다. 술기운을 빌려 두 발을 구르며 춤을 추는 것인지 아니면 거칠게 반항하는 것인지 나로서는 알 길이 없다. 하지만 나는 애써 춤을 추는 것이라고 믿는다. 아이는 아직 나와는 한 몸이다. 그러니 벌써 나를 떠나서 따로 놀 리는 없다. 누가 뭐라고 말하든 그렇게 믿고 싶다. 그냥 믿고 싶을 뿐이다.

— 얘야, 그렇지?

다른 때와는 다르게 한 모금만으로 취기가 오른다. 그래서 혼잣말을 지껄인다. 잔뜩 술에 취한 사람들처럼.

— 널 위해서 내가 어디로 이사 가려고 하는 줄 아니? 파주 출판도시 인근이야, 이 녀석아. 알아? 맹자네 엄마 맹모孟母라고 알지? 명자 말고 맹자! 그 엄마가 맹자를 위해서 서당 옆으로 이사 갔다는 거 아니니. 알아?

급기야 나는 거짓말까지 늘어놓는다. 술을 마시면 혀가 제일 먼저 취해서 거짓말도 미끈하게 잘 나오는 모양이다. 아이를 위해 집을 고른 건 아니다. 아무리 월세라고는 해도 이사해야 하는 사람의 조건이 우선 맞아야 한다. 물론 남편과 아이를 위해 최소한 방 세 개를 갖춘 집이어야 한다는 점은 충분히 고려했다. 모르는 사람들은 방 두 칸이면 충분할 것이라고 말하지만 그건 옛날 사람들 얘기지 않은가.

그런데 점이가 이상하다. 제대로 일어서지를 못하고 비틀거리다가 네 발을 쳐들고 드러눕기도 한다. 취한 게 분명하다. 심지어 녀석은 벽에 몸을 부딪치기도 하고 고래고래 소리치듯 으르렁거린다. 취한 사람들과 하나도 다를 게 없다.

— 너 혹시, 신 내리는 거 아니니? 그분이 오신 거야?

나 역시 취했다. 취해서 점이 행동을 주시하고 있다. 그 애가 곧 무슨 말인가를 들려줄 것만 같다. 어쩌면 아이로 빙의할지도 모르겠다. 아줌마, 내 말 들어봐요. 파주로 가면 그땐 내 눈에 뭔가 보일 거예요. 조금만 기다려봐요, 응?

한 잔으로 취할 수 있다는 게 희한하다. 하지만 돌이켜보면 나는 이미 술을 입에 대기도 전부터 취해있었을 것이다. 왠지 모르게 그런 생각이 든다.

많이 마시면 필경 취하듯, 많이 듣고 많이 보고 수많은 손가락질을 당할 때도 몸은 어지러워지는 법이다. 나는 술을 마시기도 전 그 가짜 취기가 진짜 술을 불렀을 것이라고 애써 믿기로 한다. 그래야 조금이나마 마음이 편해질 듯하기 때문이다. 거친 물살이 일으키는 소용돌이 한복판에서 그나마 두려움을 잠재울 수 있기 때문이고 한순간이나마 블랙스완이 모습을 보이지 않을 것이라고 믿기 때문이다.

점이는 분명 내가 원하는 신탁을 들려줄 거야. 나는 그렇게 믿는다. 술에 취하면 신심이 아마 더 깊어지는지도 모른다.

# 23

샌드스케이프가 깨졌다.

기름때가 쩔고 엉겨서 제 기능을 하지 못하고 있던 차에 오히려 잘됐다 싶다. 오랜 날들을 나와 함께하던 물건이기는 했다. 병실에서든 집 안에서든, 좀처럼 흘러가지 않는 시간 동안에 이 장난감이 나를 무료함에서 구해주었다. 시간이 흘러가지 않을 때면 샌드스케이프가 시간의 어깨를 툭툭 치며 어서 가자고 다독인 적도 많았던 것 같다. 그런 사실은 시간이 한참 흐른 뒤에야 깨닫곤 했다.

샌드스케이프에 기름때가 끼자 모래와 기름방울이 대치하고 있던 전선은 그대로 고착되고 말았다. 우리나라 삼팔선처럼…

모래가 기름 사이를 뚫고 후방으로 내려와 산하를 재건해야 하는데 기름때에 막혀 옴짝달싹하지 못했다. 잡고 흔들거나 손으로 세게 쳐도 거의 움직임이 없었다. 눈에 보이지 않던 화가의 손길은 멈추고 말았다. 그 화가는 단순히 조는 게 아니라 어쩌면 죽거나 사라졌는지도 모른다. 하여튼 고장이 난 것이다.

쓸모없게 변한 샌드스케이프를 바라보면서 나는 시댁 아버님 말씀을 떠올리곤 했다. 전선에서 후퇴하는 일도 아직 그럴 여력이 남아있을 때 해야 하는 법이라던…. 그렇다면 지금이 바로 후퇴해야 할 때인가? 아버님이 언급하신 후퇴는 정확하게 무슨 의미였을까?

고장 난 샌드스케이프 숨을 아예 끊어버린 건 점이 녀석이었다. 녀석이 한달음에 식탁으로 뛰어오르다가 그 위에 있던 수저통과 샌드스케이프를 거실 바닥으로 떨어뜨렸다. 그 순간 유리 장난감이 박살 나버렸다.

깨진 유리 조각과 엎질러진 물감을 치울 생각도 하지 않은 채, 나는 물끄러미 바닥을 응시했다. 점이가 벌인 일이 뭘 상징할까, 녀석은 뭘 말하고 싶었을까, 그걸 캐보려고 했다. 하지만 어느 것 하나 속 시원하게 와닿는 게 없었다. 그런데 물감이 엎질러지면서 만든 마지막 얼룩이 좀 특이하게 보였다.

— 점이야, 이것이었니?

내가 점이에게 묻는다. 하지만 녀석은 사고를 치고 나서 걱정스러웠는지 명자나무 화분 뒤에 숨어서 고개조차 내밀지 않는다. 남편 병실에 두었던 화분을 나는 미리 집으로 옮겨왔었다. 흑광이라고 부른다던 검붉던 꽃들은 이미 지고 없는 화분이었다. 돌이켜보니 그 검붉은 꽃 색깔도 병실에서는 영 아니었다.

깨진 샌드스케이프가 보여준 마지막 얼룩 혹은 그림, 나는 그게 점이 작품이라고 믿기로 한다. 둥글게 쌓아 올린 무덤의 봉분…. 얼룩은 그런 형상이다. 기름막이 둥글게 진을 치면서 물감이 어지럽게 흩뿌려지는 걸 막았던 것 같은데 그게 영락없이 무덤처럼 그려진 것이다. 막아선 기름방울 사이로 물감이 조금씩 새어든 모습은 심지어 무덤 위에 자라난 풀처럼 보일 지경이다.

— 이리 와, 점이야. 괜찮아.

나는 점이를 끌어안는다. 그러고는 점이와 더불어 오래, 녀석이 그림으로 보여준 점괘를 풀기 위해 애를 써본다. 해독이 쉽지 않을 것 같긴 하지만.

— 우리 한국에서 지금 아이를 낳겠다는 사람들은 아이큐가 두 자릿수인 바보뿐입니다. 저출산과 노령화는 지극히 당연한 진화 현상인데 말입니다.

티브이는 여전히 시끄럽다. 이번에는 진화 생물학자라는

사람 주장이 티브이에 소개되고 있다. 저렇게 말할 수 있다는 용기만으로도 그는 아이큐 세 자릿수가 틀림없을 것 같다. 하지만 그도 바보가 분명하다.

나와 같은 처지의 여자들을 전혀 고려하지 않은 채 전부 뭉뚱그려 단정하는 건 논리에 어긋난다. 내가 바로 아이를 낳겠다는 두 자릿수 아이큐에 해당할 테지만 그건 아니라는 것쯤은 안다. 그리고 모르면 몰라도 자기 종족을 확산시키려는 본능은 인류 역사가 시작된 이래 수천만 년을 지나오는 동안 더욱 공고해진 게 사실이다. 그게 너무 강해져서 사회는 오히려 법과 제도를 만들어 인간 욕망을 잠재우려는 쪽으로 발전해 왔다. 법으로 일부일처를 못 박아놓은 제도가 그렇지 않은가? 바람피우는 이들을 붙잡아 벌을 주는 게 그것이지 않은가? 열 번 찍어서 넘어가지 않는 나무가 없다고 믿는 이들을 감옥에 가두는 건 어떻고…. 그런데 이제 인류가 자기 종족 축소의 방향으로 진화하고 있다고?

나 역시 억하심정이 되어 지금은 말이 되든 말든 아무 생각이나 하고 있다. 어쩌면 저 학자 얘기는 역설일지도 모르겠다. 아이를 낳을 수 없는 절망적인 상황에서도 아이를 낳으려는 무모한 시도를 가엾게 여기는, 그래서 아이를 낳을 만한 환경이 우선돼야 한다는…. 그렇다고 아이큐 두 자릿수 운운하는 건 도대체 뭐람!

순간, 화면이 바뀐다. 기자 회견 현장이라고 한다.

카메라는 정장을 한 초로의 신사 하나가 여러 개 마이크 앞에 서있는 모습을 비춘다. 그가 허리를 깊이 숙여 인사하더니 잠시 머뭇거린다. 숨을 고르는 것이리라. 이윽고 그가 입을 연다.

— 어떤 분께서 한국의 히믈러라고 지칭하시던 말씀을 들었는데, 불초 소생이 바로 히믈러로 지목된 당사자입니다.

기자 회견장이 크게 술렁거린다. 나도 티브이 앞으로 바짝 다가앉는다. 그가 다시 고개를 숙인다. 카메라 셔터 터지는 소리가 요란하게 들리고 여기저기서 번쩍번쩍 섬광이 터진다.

— 이번 사태를 일으킨 장본인으로서 국민 여러분께 우선 사과드립니다. 송구합니다. 제가 감히 국가와 국민의 인륜지대사에 주제넘게도 참견하고 말았습니다. 만약 법을 위반했다면 관계기관에 나가 성실하게 조사에 임할 각오이며, 또한 벌을 받아야 한다면 그 역시 얼마든지 감수할까 합니다.

나는 그의 얼굴을 뚫어질 만큼 응시한다. 그런데 왠지 얼굴이 친정아버지를 닮은 것처럼 느껴진다. 백발이 아닌 잿빛으로 물든 머리칼 때문인지도 모르겠다. 하여튼 나는 그 때문인지 노인에게 호감이 간다. 아마도 돌아가신 아버지가 그립고, 또 의지하고 싶은 마음이 클지도 모르겠다.

─ 불초는 성실하게 일하고 우직하게 노력해서 돈을 좀 모았습니다. 하지만 아무리 돈을 쌓아두어도 쓸 데가 없어 적막할 지경이었습니다. 소인에게는 불행하게도 자녀가 없었기 때문입니다. 혈혈단신으로 태어났기 때문에 형제자매조차 하나 없습니다. 그러다가 우연히 정자은행精子銀行 존재를 알게 됐고, 우여곡절 끝에 대리모 한 분도 구해서 아이를 갖는데 성공했습니다. 소인은 그 일을 하늘이 제게 안겨준 크나큰 선물로 여깁니다. 원하신다면, 그리고 그분이 허락하신다면 그분도 공개할 수 있습니다. 또 지금이라도 그분께서 저를 고발하신다면 그 역시 한치 망설임도 없이 감수하도록 하겠습니다.

어쨌거나 소생은 제가 느낀 기쁨을 다른 이들과 나누고 싶었습니다. 제 아이가 제 기쁨이기는 해도 아이에게 재산을 물려주는 대신 전 재산을 다 털어서 여기저기 아이 울음소리가 들리도록 일조한다면 여한이 없겠다는 생각을 했습니다. 다만 소인 경우처럼 무작위로 선택하는 아이가 아니라 확률상으로나마 좀 더 건강하고 우수한 형질을 지닌 아이로 한정해야 하지 않을까 하고 여겼을 뿐, 우리 한국의 히믈러가 되겠다는 주장과는 거리가 멀어도 한참 멉니다. 누군지도 모르는 남자의 정자를 제공할 수는 없겠다는 단순한 발상일 뿐, 다른 의도는 없습니다.

굳이 부언해서 말씀드리자면, 선발 기준이 하나 있는데, 소인처럼 성공한 사람들이 아니라 진취적인 사고방식의 젊은이들로 한정했다는 사실 정도입니다. 고루하지 않은, 진취적인 마인드야말로 우리의 시대정신[Zeit Geist]이 돼야 한다는 게 제 오랜 신념이었습니다. 그들 직업군은 1차로 무명 스포츠맨과 가난한 시인 두 부류로 정했습니다. 건강한 신체와 건전한 정신, 그게 누구에게나 필요한 덕목이라고 여긴 때문이며 개인적으로는 일찍 작고하신 제 부모님 두 분에 대한 사무치는 그리움도 영향을 끼쳤다고 해야겠습니다. 제 부친은 맨발 육상 선수이셨고, 모친은 누가 알아주지 않았어도 밤새 호롱불을 밝혀 시를 쓰던 가난한 시인이셨습니다. 그런 사소한 발상이 작금의 사태에 이르렀으며, 그게 오늘 나라 전체를 혼란에 빠뜨리는 결과를 낳고 말았습니다. 제가 뭐라도 되는 양, 참으로 부끄럽기 그지없습니다.

끝으로 한두 마디만 덧붙이려고 합니다. 저희에게 소중한 선물을 제공해 주셨던 스포츠맨과 시인들에 대한 인적 사항은 제가 무덤까지 안고 갈 것입니다. 그분들께도 심려를 끼쳐드렸습니다만 걱정하시지 않아도 된다는 말씀을 올립니다. 그리고 처음 문제를 제기하셨던 한유지 님께는 저희가 실수를 범했습니다. 일을 도와주는 실무진에서 아마 착각을 한 모양입니다. 실무진에게 책임을 전가하려는 게 아닙니다.

오로지 처음부터 쌍둥이나 세쌍둥이, 네쌍둥이를 예상치 못했던 제 짧은 식견이 문제를 빚었습니다. 그래서 이미 추가로 장려금을 지급해 드렸고, 사과도 했습니다. 숫자가 많을수록 당연히 더 축하해 드렸어야 하는데 다시 한번 사과드립니다.

노인이 또 허리를 숙여 절을 한다. 자리에 앉아있던 기자들이 벌떼처럼 일어나 질문을 퍼붓기 시작한다.

나는 노인의 처지를 잠시 헤아려본다. 굳이 그의 입장에서 보는 것이다. 노인과 나에게 공통점이 있다면 아이를 갖기 위한 의지와 열망 정도가 같을 수 있었겠다는 생각이 든다. 나머지는 다 다를 것 같다. 그는 노인이고 나는 젊다는 점만 비교하자는 게 아니다. 그는 착한 심성의 소유자가 분명하리라. 하지만 나는 아니다. 남편을 퇴원시키겠다고 결정한 사실만 봐도 알 수 있다.

이삿짐 트럭이 도착했다. 이제 서울을 떠난다. 그새 늘어난 짐이라고는 화분 하나와 시집 열서너 권, 그리고 점이뿐이다. 벽지로 다 사용하지 못한 한지도 있다. 그건 챙기려고 한다. 언젠가 비틀리고 튼 목가구가 생기면 한지를 발라 바로잡을 생각이다. 내 생활도, 그리고 인생도 한지 몇 장으로 바로잡히기를 기대하면서.

이삿짐을 나르는 인부들 사이에서 나는 점이를 안고 회한에 잠긴다. 이웃집 아녀자들이 드러내놓고 손가락질을 하는 듯하다. 물론 그들이 아는 건 아무것도 없다. 저들이 내 임신에 대해서 바로 알면 어떤 반응을 보일지 궁금해진다. 내가 받았다는 돈을 부러워할까? 아니면 내가 혹시 세쌍둥이라도 덜컥 낳을까 봐 시샘할까? 물론 노인이 감옥에 갇히든 말든 계속해서 장려금을 지급하겠다고 할 때 얘기다. 그건 혹시 이미 물 건너간 걸까?

할 수만 있다면 나도 쌍둥이를, 가능하면 세쌍둥이까지 낳고 싶어진다. 장려금을 그만큼 다 받을 수 있으면 좋겠지만 받지 못해도 상관은 없다. 그들 연구소가 주지 않는다고 하더라도 내가 이사 갈 경기도가 따로 장려금을 지급한다는 소식은 이미 알고 있다. 소문에 듣기로는 출산 장려금치고는 전국 지자체 중에서 가장 많은 액수라고 했다. 쌍둥이의 경우에는 어떻게 하는지 확인하지 못했지만.

새로 이사 가는 파주 집은 비록 낡긴 했어도, 야트막한 언덕배기에 누운 연립주택이다. 아파트 숲 사이로 멀리 한강이 흘러가는 모습까지도 수면 위로 뛰어오르는 잉어 등허리만큼은 살짝 보인다. 그래서 처음 가보고는 근처에 하천이 흐르던 내 고향 집에 돌아가는 느낌도 들었다. 마치 떠돌이 집시 여인들처럼 여태껏 집을 떠나 방랑 생활이라도 해왔던 것처럼…. 나 자신을 떠돌이라고 스스로 비하하려는 건 아니다. 단순하게 집을 염두에 두면 그렇다는 말이다. 파주로 집을 옮기는 내 기분이 그렇다는 뜻이다. 남편이 없는 지금 집에서는 모든 게 엉망이었다. 그 때문이 아니면 따로 무엇이 더 있겠는가.

새로운 집에 대한 기대도 없지는 않다. 집만 새로운 게 아니라 모든 게 바뀔 것이라는 기대감 때문이다. 마음만 먹으면 얼마든지 새롭게 시작할 수도 있다. 내 고향 마을 어귀에서 남편을 처음 만나 지금 내 인생이 정해졌던 것처럼.

자신이 희다고 여기는 검은 새는 혹시 거기까지는 날아오지 못하는 건 아닐까? 비록 날아들더라도 양지바른 언덕배기라서 그 음습한 새들의 날개는 햇빛에 금방 부스러지지는 않을까? 물론 그런 일은 기대하기 어려울지도 모르겠다. 그렇다면 파주의 새 연립주택은 어떤 알 수 없는 수수께끼를 예비해 두고 나를 기다리고 있을까?

# 24

　남편이 퇴원하는 날인데 아침부터 비가 내린다. 가을을 재촉하는 비라고 한다. 가을을 재촉하든 겨울을 재촉하든 비는 언제나 좋다. 내가 좋아한다. 남편을 처음 만나던 날에도 비가 내렸다.

　창가에 붙어 서서 비가 내리는 집 앞 풍경을 구경하고 있다. 이사한 집에서 비를 맞이하기는 처음이다. 바람이 불지 않아서 빗방울은 모두 수직으로 떨어진다. 집 앞에 서있는 전봇대와 빗줄기가 서로 평행을 이루고 있다. 그 둘 사이가 왠지 좋아 보인다. 삐뚤어지지 말고 수직으로 내리라고, 전봇대가 기준이 되는 직선으로 꼿꼿하게 서서 버텨주는 것 같다.

친정아버지가 돌아가시던 날에도 비가 내렸다. 췌장암에서 비롯된 암세포가 온몸에 번져 이미 손을 쓸 수 없게 된 사실을 알고 아버지는 한사코 병원에서 퇴원하시겠다고 고집을 부리셨다. 그러고는 당신 최후를 집에서 맞이하셨다.

상여가 나가는 날에도 비가 내리면 어떻게 해야 하느냐고, 종이꽃이 다 젖지 않겠느냐고 엄마가 울부짖던 일이 떠오른다. 나는 처마 끝에서 떨어지는 낙숫물 숫자를 세면서 엄마 바람이 이뤄지기를 빌고 또 빌었다. 비가 그쳐주기를 바란 건 그때가 처음이었다. 비는 이틀 동안 내리다가 상여가 나가던 날에는 뚝 그쳤다. 그래서 상여를 장식한 종이꽃들은 햇살 아래에서 마치 살아있는 꽃들처럼 너풀너풀 춤을 출 수 있었다. 그 모습을 보면서 뒤따르던 엄마가 상두꾼에게 부탁했다. 갓난아이를 어르듯 상여를 좀 추스르고 어르면서 가 달라고.

낙숫물 떨어지는 소리를 좋아한다는 내 얘기를 들은 뒤, 남편이 해준 약속 하나가 있었다. 아버님이 어머님을 위해 늘 꽃을 가꾸셨던 것처럼, 나도 당신을 사랑한다는 말을 대변할 수 있는 일이 떠올랐어. 낙숫물 소리가 집 안에서 들릴 때마다 내가 당신을 사랑한다는 말로 새겨들었으면 좋겠네. 어떻게요? 글쎄, 기다려봐. 사랑한다는 말은 아예 안 하려고 작정했어요? 아니야, 그건 일종의 보너스지. 립서비스는 언제나 공짜지 뭐.

남편은 그 즉시 창틀 바깥 아래쪽에 빗물받이 함석판을 붙였다. 위쪽으로 설치해야 빗물받이와 더불어 차양막 구실도 할 수 있었을 텐데, 어쨌거나 남편의 계산 착오는 썩 괜찮은 결과를 불러왔다. 빗방울은 거기 떨어지면서 아주 요란한 소리를 냈고, 떨어지는 순간 유리구슬이 깨지듯 박살이 나서 마치 불꽃처럼 작은 구슬들로 알알이 나뉘어 착착 흩어지는 모습을 연출하곤 했다.

지금은 빗물받이를 만들어줄 남편이 내 곁에 없다. 그러니어서 남편을 퇴원시켜야겠다. 이사를 다닐 때마다 남편이 그걸 만드는 모습을 수없이 봐왔던 터라 나도 어찌어찌하다 보면 흉내는 낼 수 있을 것이다. 하지만 그건 싫다. 내가 남편을 대신해서, 나를 사랑한다는 말을 할 수는 없지 않은가.

당신, 보너스가 아까운 거예요? 공짜라면서 막상 내주려니까 싫어졌어요?

나는 곧 얼굴을 마주하게 될 남편에게 미리 투정한다. 매일 집에서 함께 지내려면 투정 부릴 일도 더 많아질 텐데…. 그런데 가만 생각해 보니 남편 역시 낙숫물 떨어지는 소리를 듣기 좋아했던 것 같다. 친정아버지가 취미로 꽃을 가꾸면서 동시에 엄마를 사랑하셨던 것처럼.

빗줄기가 점차 가늘어진다. 쓸쓸하기 이를 데 없는 내 회상도 시들해지고 만다. 돌아가신 아버지는 돌아가신 아버지고, 누워있는 남편은 누워있는 남편이고, 쓸쓸한 나는 쓸쓸한 나다. 조금씩 단풍이 드는 단지 안 철쭉 이파리들 역시 비를 맞고도 생기를 띄지 못한다. 어쩌면 철쭉이 나를 닮기로 작정한 모양이다.

병원 풍경은 조금도 변하지 않는다. 응급실 입구에서는 변함없이 구급차가 환자를 실어오는 모습이 보인다. 누군가를 싣고 떠나가기도 한다. 떠나가는 이들은 다들 어디로 갈까? 내 남편은 이제 집으로 간다. 그가 새로운 집에 도착하자마자 빗물받이 함석을 설치해 줬으면 좋겠다. 그게 아니라면 멀리 흐르는 한강이 얼마나 보이는지 까치발로 일어섰으면 한다.

— 남편분의 쾌유를 빌어 드릴게요. 하루빨리 일어서시라고요.

남편을 싣고 갈 구급차 앞까지 나와 서있던 간호사와 간병인도 입을 모은다. 그동안 정이 들었던 사람들이라 그런지 눈물이 날 지경이다. 그냥 인사치레로 건네는 말이 아니라 간절한 마음이 묻어난다.

두 사람이 차례로 내 손을 잡아 어루만진다. 내 손은 차다. 찬 손으로 남편을 일으켜 세울 수 있을지 걱정이다. 차라리 얼음장처럼 아주 차갑게 만들어 남편이 깜짝 놀라 벌떡 일어서게 만들 수도 있을까? 하지만 이제 더는 그런 기적을 믿지는 않는다. 한때는 내가 할 수 있는 모든 시도를 다 했었다. 세게, 누군가에게 화풀이하듯 거칠게 내려친 건 아니지만 남편 등짝을 때려본 적도 있다. 그 후 남은 건 부질없다는 생각뿐이다. 그러고도 돌아서면 또 은근히 기적을 바라곤 한다. 부질없고 부질없다던, 친정아버지 말씀은 백번 옳다.

— 정오 뉴스 전해드립니다.

구급차 라디오에서 뉴스가 흘러나온다. 벌써 정오인가 싶다. 하지만 정오보다는 뉴스라는 말에 귀가 화들짝 놀라서 저절로 열린다. 요새 들어서는 늘 그랬다. 내가 무슨 방송사 모니터 요원이라도 된 것처럼.

아닌 게 아니라 오래 기다릴 필요도 없이 라디오는 잡다한 소식을 먼저 전한 뒤 이윽고 내 뉴스가 흘러나온다. 나는 그게 내 뉴스라고 믿고 있다.

첫 번째 꼭지는 히믈러 노인의 수혜 대상자 여성이 전국적으로 2044명이라는 소식이었다. 그중에서 이미 출산을 마친 이들이 648명으로 전체 출생아 수는 649명이며 나머지 여성은 현재 임신 상태인 것으로 집계됐다고 보도했다.

두 번째로는 히믈러 노인의 얘기를 전했다. 그는 자신이 어떤 어려운 상황에 놓이더라도 장려금을 차질없이 지급하기 위해 법원에 소용 금액 전부를 이미 공탁했다는 사실을 밝혔다고 한다. 아울러 세상 어디에서도 볼 수 없었던 최고 시설의 탁아소 증설 사업을 계속하고 있다는 소식도 보도했다.

세 번째 꼭지는 좀 황당한 내용이었다. 일부 언론들이 히틀러 노인 발언을 문제 삼고 나섰다는 뉴스였다. 노인이 기자 회견에서 언급한 남성 선발 기준이 타깃이 된 모양이었다. 그가 말한 진취적인 성향 남자라는 표현을 두고 온 나라를 좌파 일색으로 만들려는 음모로 규정하면서 비난하고 있다고 한다. 그러면서 노인이 부정한 방법으로 축재하지는 않았는지 즉각적이고도 철저한 세무조사를 해야 하며 아울러 부정한 돈이 부정한 곳으로 흘러가는 걸 막아야 한다고 세무 당국에 강력하게 요구하고 있다고 전했다.

— 세상이 어떻게 되려고 이러는 걸까?

— 누이 좋고 매부 좋고, 애 못 낳은 여자들 돈 벌어서 좋고, 그런 거 아니야?

— 사람 씨앗을 오이씨 고르듯 어떤 특별한 종자만 골라서 뿌렸다는 게 문제지.

— 아니, 그럼 희망자를 선착순으로 모집했어야 한다는 얘기야? 그렇게 했더라면 아마 세상 온갖 개차반, 양아치들이 시시덕거리면서 맨 먼저 달려들었을 텐데?

구급차 앞 좌석에 앉은 대원들이 소리를 낮춰 대화하는데 내 귀에도 고스란히 와닿는다. 나는 애써 들은 체도 하지 않는다. 혹시라도 자기 주관이 뚜렷하던 남편이 저들 대화에 끼어들어 가르마를 타줄 셈으로 우선 헛기침부터 하지는 않을까 하고 바라보고 있을 뿐이다.

그래, 노인은 분명 진취적이라는 표현을 썼다. 고루하지 않아야 한다는 말도 덧붙였다. 하지만 그게 도대체 무슨 문제가 있다는 걸까? 좀 잠잠해지는가 보다 하고 있었는데 언론이 새로운 불씨를 찾아 불을 지피고 있지 않은가, 일부러 여론 분열을 조장하고 있지 않은가, 하는 생각이 든다. 네 가지 색깔의 당파를 두 가지로 재편해서 갈등을 잠재우는 척하면서 실은 더욱 격렬하게 일대일로 싸우도록 전장으로 유도하는 짓거리, 양쪽 진영을 부추겨 서로 대립하도록 쏘삭거리는 수작 말이다.

그게 내 뉴스이다 보니까 곰곰 생각할수록 화가 치민다. 아직은 아니라고 해도 불똥은 언젠가 직격탄으로 나에게 날아올지도 모른다. 어떤 농부 하나가 입맛을 더욱 돋게 할 명분으로 수박 속살처럼 빨간색 바나나를 생산해 냈다고 치자. 빨간 바나나까지 빨갱이인가? 그게 도대체 국민을 양 갈래로 찢어서 싸우도록 부추길 일인가?

나도 배울 만큼 배웠고 알만큼은 아는 나이가 됐다. 우리 또래 남자들의 시쳇말을 빌리자면, 꺾어진 70을 넘겼다. 그러니 세상사에 대해서도 알만큼은 안다는 얘기다. 싸움이 왜 벌어지는지, 어떻게 진행되는지, 멈출 듯하던 양상이 어쩌다 다시 확 불타오르는지를 나름대로 이해하곤 한다. 모든 싸움의 원인은 당사자들이 아닌 제삼자에게서 찾아야 한다는 사실까지도.

호떡집에 불이 난다는 속담이 있지만, 호떡을 사려고 장사진을 이룬다는 그런 비유 말고, 실제로 호떡집에 불이 날 경우를 노리는 사람들도 있을 수는 있다. 어부지리를 노리는 사람도 아예 없지는 않을 테니까. 하지만 요즘 세상에 호떡집에 불이 나기를 기대하는 사람이 있을까? 하등동물, 쥐나 참새, 비둘기를 제외하면 말이다. 만약 요즘 세상에 사람으로서 그걸 바란다면 하등동물 취급을 받고도 남아야 한다.

하여튼 내 뾰로통한 심사를 싣고 구급차는 우리 집 앞에 도착한다. 우리 부부가 파주에서 새 삶을 시작해야 하는…. 그런데 오전에 그쳤던 비가 다시 후드득 떨어지기 시작한다. 나는 그게 누군가가 보내주는 축하 선물이라고 여기고 싶다. 우리 둘은 다투지 않았으면 좋겠다. 남과 북처럼, 혹은 동서 남북처럼 으르렁대는 건 없었으면 한다. 새로운 보금자리니까, 처음 만나던 날처럼 이제 사랑을 다시 시작해야 하니까. 하지만 우리 부부끼리는 다툴 일이라도 좀 생겼으면 더욱 좋겠다.

다행스럽게도, 그게 다행인지는 모르겠지만 히믈러 노인

이 난도질을 당하든 말든 감옥에 갇히든 말든, 장려금 지원은 계속된다고 한다. 노인이 만약 징역형을 받아서 수감자 신세가 된다면 그를 만나기가 한결 수월해질 것이다. 나는 아이를 앞세우고 제일 먼저 면회를 가야겠다고 다짐해 본다. 다른 사람들 생각은 어떤지 몰라도 나는 그가 한 푼 보상도 바라지 않고 오로지 자신을 희생하는 선행을 베풀었다고 믿는다. 그러니 스스로 부끄러워하지 않았으면 한다.

양지쪽 안방 침대를 차지하고 남편이 눕는다. 구급대원들은 작은 부분까지 세심하게 신경을 써가며 끝까지 친절하게 봉사한다. 라이너 마리아 릴케의 시구처럼, 마지막 남국의 햇빛을 더 받을 수 있도록, 나는 남편 침대를 창가 쪽으로 조금 더 붙여달라고 부탁한다.

할 일을 마친 구급대원들이 돌아가자 빗줄기가 다시 그친다. 비는 내리다가도 그치고, 그쳤다가도 다시 내리기를 계속할 게 틀림없다. 멀리 아파트 단지가 온통 안개에 휩싸여 있는 게 건너다 보인다.

나는 창가에 바짝 붙어 서서 그들, 아파트에 거주하고 있을 타인들의 삶을 그려본다. 누군가는 웃고, 누군가는 슬퍼하고, 누군가는 울고 있다. 누군가는 누워있고 누군가는 나처럼 창가에 서서 밖을 구경하고 있다. 누군가는 이런 흐리고 젖은 날씨에도 종이꽃을 접고 또 누군가는 안개를 활용해서 임신을 시도하고 있다. 그들 사이에서도 비는 또 내렸다가 그치기를 반복할 것이다.

아 참, 이번에는 빗물받이 판을 내가 직접 만들어야겠다. 가능하면 크고 넓게 만들 참이다. 할 수만 있다면 우리 주택단지에 내리는 비만큼은 모두 우리 집 창가를 거쳐 곳곳에 뿌려지기를 바라기 때문이다. 내 욕심이 너무 이기적인 걸까?

― 하느님, 절 용서해 주세요.

난데없는 말이 불쑥 튀어나오고, 나는 서둘러 내 입을 가린다. 다행스럽게도 안개가 우리 주택단지까지 몰려오고 있다. 다행히도 그 안개가 내 말을 삼킨 듯하다. 어쩌면 이 안개는 블랙스완이 뿜어내는 입김인지도 모른다. 나는 으스스 몸을 떤다.

남편이 길게 누워있는 안방이 다시 정적에 잠긴다.

# 25

—너 혹시 시골 내려오는 건 아니지? 내려올 거 없다. 간밤 꿈이 숭악하더라.

친정아버지 제삿날이면 어김없이 걸려오는 엄마 전화다. 내려오지 마라, 내려올 거 없다. 간밤 꿈자리가 뒤숭숭해서 아직도 머릿속이 어지럽다. 엄마 전화는 늘 그랬다. 가족들이 횡액을 당한 뒤로 생긴 버릇이다. 엄마 전화는 녹음해 놓은 걸 반복 재생하고 있는지도 모르겠다.

—엄마 몸은 괜찮고? 할머니는?

나는 나대로 똑같은 말을 되풀이한다. 녹음 기능을 사용하지 않는데도 통화할 때마다 변함없는 대꾸가 신기할 지경이다.

— 네 할머니는 오늘 새벽에 옆집과 또 다투셨단다.

— 엄마가 고생이네.

— 고생은 무슨, 조용하면 근심이 오히려 배가 될 뿐이지.

엄마 말투에서 지혜와 체념이 동시에 묻어난다. 노년의 쓸쓸함까지…. 그렇게 늙어가는 엄마가 치매에 걸린 구십 노인을 모시고 산다.

할머니는 당신 아들 제삿날인데도 불구하고 옆집에 가서 아들을 내놓으라고 한바탕 소란을 피우셨을 것이다. 친정아버지가 그 집에서 머슴을 살고 있다고 믿고 계신다. 〈이 강산 낙화유수〉라는 옛노래를 3절까지 온전하게 부르시는 분이 왜 그러시는 건지 정말 알다가도 모르겠다. 이 강산 낙화유수 흐르는 봄에 새파란 젊은 꿈을 엮은 맹세야. 세월은 흘러가고 청춘도 가고….

할머니를 떠올릴 때마다 나는 노인을 위한 나라는 없을지 몰라도 노인뿐인 나라는 있다고 주장하고 싶어진다. 그리고 세상 모든 식품과 영양 관련 학자들, 그리고 의사와 과학자들을 향해 따져 묻고 싶어진다. 노인들 수명만 무턱대고 늘려놓고 그들 정신은 날이 갈수록 심연 속으로 잠기고 있는데도 그냥 나 몰라라 하는 이유가 도대체 무엇이냐고 말이다. 늘어나는 수명만큼 정신도 날로 고양돼야 하는 게 아니냐고 항의하고 싶은 것이다.

출산율 저하를 두고 망했다고 말한 사람은 어쩌면 아이들은 태어나지 않고 노인들만 늘어나는 현실을 더 걱정했는지도 모른다. 그렇게 얘기했어야 진짜 망해간다는 사실이 더욱 실감 날 듯하다. 엄마가 옛적에 무슨 일인가를 두고 했던 비유를 그대로 옮기자면, 장 담글 메주콩은 서 홉뿐인데 서 말짜리 장독이 입을 벌리고 앉아 있는 꼴이다. 하지만 우리 한국에서는 누구라도 그런 식으로 얘기할 수는 없다. 아비도 없는 후레자식이라고, 당장 엄청난 비난을 받을 게 뻔하다. 노인들에게 빨리빨리 돌아가시라고 재촉하는 거나 다름없기 때문이다.

내 생각은 이렇다. 나도 생각을 좀 해야겠다. 예를 하나 들어보자. 여기 보기 좋은, 뜨거운 감자 하나가 있다고 치자. 노인과 젊은이들 사이에 놓인 국민연금, 그게 뜨거운 감자다. 국민연금은 어느 모르는 젊은이가 어느 모르는 노인을 부양하는 제도라고 해도 괜찮을 것 같다. 그걸 뜨거운 감자라고 얘기하는 건 배가 고파서 당장 먹긴 먹어야 하는데, 어떻게든 손을 써야 하는데, 막상 누구라도 나서서 쉽게 칼질을 할 수 없다는 딜레마 때문이다.

국민연금이라는 단어 속에는 조삼모사 교훈도 숨어있는 것 같다. 적게 내고 많이 받도록 개선하겠다는 말은 애초부터 실현 불가능한 얘기다. 많이 내고 적게 받도록 개악하겠다는 말만큼이나 이해하기 어렵고 허황하다. 젊은이에게는 핸디캡까지 하나 더 있다. 노인에게 먼저 양보해야 한다는, 참 갸륵하고도 아름다운 전통 말이다. 노인을 공경해야 한다는 유교의 가르침은 그 태동의 중심지인 중국보다는 변방인 한국에서 더 철저하게 따라야 하는 덕목이 됐다. 그래서 젊은이들은 말없이 지켜보고만 있다. 부지런히 연금을 부어 넣고 있을 뿐이다. 아이를 어서 낳아야지 하는 생각조차 해볼 겨를도 없이…. 다른 뜻이 아니다. 미래가 온통 캄캄한 암흑 천지일 뿐이니 당연히 아이 낳을 엄두를 내지 못하지 않겠느냐고 얘기하는 것이다.

엄마는 엄마 자신의 삶을 살고 있다고 말할 수 있을까? 거기, 내 친정은 우리 엄마에게 그야말로 지옥일 거란 생각이 든다. 엄마는 혹시 할머니의 입과 코를 푹신한 베개로 눌러 더 편하게 잠드시도록 압박을 좀 하면 어떨까 하는 생각 같은 건 해보지 않았을까? 엄마는, 삶은 호박처럼 주름진 할머니 얼굴을 이참에 아주 성능 좋은 한지를 몇 겹 발라서 깔끔하게 도배해 드려야겠다는 생각은 그동안 한 번도 하지 않으셨을까? 인근 도시가 한지 주산지고, 그게 아니더라도 친정에 한지는 많이 남았을 텐데. 엄마도 한지 쓰임새에 대해서는 잘 알고 있을 텐데.

에구, 내 정신 좀 봐…. 미쳤다, 미쳤어!

─ 동사무소에 좀 다녀올 테니까 당신, 잠시 기다리고 있어요. 점이랑은 바짝 더 친해지고….

망측하고도 허튼 생각을 잘라내려고 나는 서둘러 집을 나선다. 그대로 집 안에 머물러있다가는 나도 모르게 무슨 일을 기어코 저지를 것만 같다. 내 생각이 무섭고, 나 자신이 스스로 무서워진다. 내가 아니더라도 요즘은 블랙스완이 아예 내 주변을 떠나지 않고 맴돌면서 단번에 나를 낚아채고 쥐어뜯을 기회만을 노리고 있다는 걸 안다. 그렇게 해서 끝내 일이 벌어진다면 그건 내 책임이 아니다. 남편이 지금 이렇게 된 걸 두고 남편 책임이라고 우길 수 없듯.

바깥은 가을이다. 익어가는 게 들판의 벼와 과일뿐만은 아니다. 보이는 풍경들이 모두 익어가고 있다는 걸 느낄 수·있다. 심지어는 불어오는 바람도 익어있고 대기를 떠도는 기운도 익어간다. 우리 친정엄마처럼…. 내 배 속 아이도 무르익는다.

─ 어머, 어서 오세요. 무엇을 도와드릴까요?

동사무소 여직원 하나가 깜짝 놀란 모습으로 벌떡 일어나 맞이한다. 그러고는 나를 부축해서 소파까지 안내한다. 무슨 신기한 천연기념물이라도 대하듯 다른 여직원 둘도 내게 다가온다. 이제 나는 과장된 몸짓으로 임신한 척하지 않아도 된다. 잔뜩 부풀어 오른 배가 모든 걸 말해줄 것이다. 어쩌면 진짜 천연기념물이 돼가고 있는지도 모른다. 배가 불룩해진 여성들이라면.

— 주소지 이전 신청을 하러 왔어요.

— 아, 알았어요. 여기 가만히 앉아 계세요. 저희가 다 해드릴게요.

그새 다른 여직원이 따뜻한 생강차 한 잔을 타오더니 내 손에 건네준다. 그들 배려가 김이 몽글몽글 피어나는 차보다 더 따뜻하게 느껴진다. 다른 차가 아닌, 생강차라는 사실만으로도 나는 가슴이 부푼다. 내 고향 쪽은 상추와 생강 주산지다. 지금 이 차의 생강도 아마 고향에서 왔을 것이다.

나는 어쩔 수 없이 떠오른 친정을 생각하고, 다시 엄마를 떠올린다. 엄마도 어쩌면 한 번쯤은 집 어딘가 보관돼 있을 한지를…. 어쩌다가 귓전으로 파고 들어와 계속해서 맴맴 맴 도는 노랫가락처럼, 고장 난 녹음기처럼, 아까 집에서 들던 생각이 또 내 머릿속을 지배하기 시작한다.

혹시 내 생각의 앞과 뒤가 바뀐 건 아닐까? 무엇인가가 녹음 기능을 부착한 것처럼 자꾸 반복되는 게 아니라, 사실은 내가 무슨 일인가로 녹음기를 먼저 떠올린 뒤부터 자꾸 말과 생각이 반복되는 건 아닌가 하는. 그럼, 그렇지! 나는 그제야 내 핸드폰에 저장돼 있을 어떤 녹음 내용 하나를 기억해 낸다.

— 곧 아이를 낳으시겠네요. 예정일이 언제죠?

— 12월 30일이요.

— 아, 12월 마지막 날!

— 얘, 그건 31일이지.

— 그럼, 마지막 날 이브!

내 곁을 떠나지 않은 여직원 둘이 깔깔 웃는다. 보나 마나 내 기분을 북돋우려는 것임을 안다. 임신은 공무원들도 웃게 만든다. 하긴 예전에도 그랬을 것이다.

— 출산하시면 저한테 전화해 주세요. 제가 담당이거든요. 우리 도에서 시행하는 모든 지원을 다 받으시도록 제가 알아서 도와드릴게요.

— 아, 네. 고마워요.

그녀가 명함을 내밀고 나는 고개를 숙여 인사한다. 할 일이 없을 때면 동사무소에 나와 시간을 보내는 일도 괜찮을 듯싶다. 어차피 샌드스케이프도 깨져버렸으니까. 아, 그걸 하나 새로 사면 어떨까 하는 생각도 든다.

주소 이전 절차가 끝나고, 나는 여직원들 배웅을 받으며 물러 나온다. 그러고는 신호등 앞에 서서 핸드폰을 꺼낸다. 하지만 거기 녹음돼 있는 남편 육성까지 굳이 확인할 마음은 없다. 그건 내가 다 기억하는 말이다. 목소리를 크게 높여서 마치 외치듯 했던 말이었으니까…. 나는, 채연서 남편으로서 나는, 이 자리에서 맹세하고 약속한다. 잘 들어라. 나는 그 언제가 됐든, 인공호흡기에 의존해서 생명을 인위적으로 연명하지 않겠다!

재수 없는 소리 하지 말라고, 나는 남편을 정말이지 거칠게 말렸다. 말이 씨가 되는 법이라고, 그건 어느 시대 어느 문명권에서도 통하던 법칙이라고 대들었다. 하지만 남편은 말을 듣지 않았다. 나도 그 녹음을 지우지 않았다.

내 말을 듣지 않은 남편에게 뭐랄까, 누구 말이 맞는지 어디 한번 지켜보자 하는 심보가 없지 않았다. 뒤늦게나마 시를 좀 읽다가 배운 단어가 있다. 그걸 시참詩讖이라고 부른다고 했다. 우연히 지은 시가 자신의 운명과 들어맞는 경우가 시참이다.

영화계에도 이 시참에 비유되는 일화가 많다. 〈패왕별희〉에서 우미인虞美人 역할을 했던 배우 장국영의 경우도 그중 하나다. 영화에는 항우의 검을 뽑아 우희가 자결하는 장면이 나오는데, 나중에 이 배우는 호텔 24층에서 몸을 던져 스스로 목숨을 끊었다.

핸드폰 녹음 내용을 병원 의사에게 들려준다면? 아니, 경찰서를 찾아가서 들려줘야 할까? 나는 또 쓸데없는 생각을 한다. 쓸데없을 뿐만 아니라 무서운 생각이다. 왜 이런 고약하고도 무시무시한 생각들이 머릿속을 점령하려고 하는지 알다가도 모를 일이다. 이게 혹시, 정말이지 블랙스완 짓일까?

— 점이야, 넌 새 사냥은 하지 못하니? 잔뜩 웅크리고 있다가 어느 순간 휙 하고 도약해서 까치를 잡아채는, 그런 재주가 넌 없니?

그저 마음속 생각에 그치고 말면 아무 소용도 없을 듯해서 나는 소리 내어 혼잣말을 내뱉는다. 길을 건너는 행인들이 임신한 내 배를 대견하게 쳐다볼망정 내 혼잣말에는 아무도 신경 쓰지 않는 눈치다. 이어폰을 꽂고 통화하는 것이라고  지레짐작하는 모양이다.

— 점이야, 네가 검은 백조 이놈을 잡아서 단숨에 목을 비틀어다오. 응?

내 바람과 소망에 오류가 있다는 점을 내가 모르지는 않는다. 블랙스완이라는 이름의 새는 이미 일어나 버린 사건 현장에만 나타나는 조류다. 다른 동물이 사냥을 끝낸 뒤에야 모습을 드러내는 하이에나처럼…. 그렇다면 점이가 그 새를 낚아채는 일에 비록 성공한다고 해도 이미 때는 늦어있을 것이다. 그러니 부질없다. 나는 또 부질없는 생각에 잠시나마 매달렸던 셈이다.

엄마, 엄마는 엄마 마음을 어떻게 이겨내요?

집 앞에 이르러서 나는 또 엄마 생각을 한다. 아침에 통화하면서 미처 묻지 못했던 질문이기도 하다. 내 안의 녹음기가 통화 우선권을 독점하고 있었기 때문이다. 하지만 내가 만약 엄마에게 자문을 받았다면, 우리 엄마는 내 물음에 솔직하게 대답해 주셨을까?

모르겠다. 안다고 하더라도 물론 내가 할 일은 없다. 그래도 알고 싶어진다. 곱고 질긴 한지를 꺼냈다가 다시 둘둘 말아놓기를 반복하고 있다고, 내 딸아 너도 그렇게 하려무나, 하고 얘기해 주셨을까? 아니면 썩을 년, 망할 년이라고 고래고래 소리치며 욕하셨을까?

현관문을 열기 직전에 뒤돌아보니, 어떤 예감처럼, 가을이 우리 주택단지 뜰 앞에서 깊어지는 게 보인다. 가을은 늘 그런다. 더 깊어지기 위해서 가을은 존재하는 듯하다. 다른 일거리는 하나도 없이 오직 다음에 올 계절인 겨울만을 위해서, 그 하나 목적만을 위해서 생겨난 계절인 듯 보인다. 그날 이후 내게 찾아온 가을날은 모두….

# 26

따라서 언론은 불법을 연상케 하는 대리모라는 호칭을 이 시간 이후 사용하지 말아야 하며, 정부는 정부대로 지금이라도 일부 언론이 우리 대한민국을 망국의 구렁텅이로 몰아넣으려는 시도를 단호히 배척해야 한다. 누구 도움을 받든, 우리 여성들이 음지에서 임신하고 또 출산하지 않도록 배려하고 보호할 수 있는 대비책을 강구하라. 나아가 한 개인의 순수한 의지로 비롯된 산아 늘리기 방편을 오히려 적극 수용해서 출산율 제고를 위한 새로운 모델로 채택해야 한다.

이에 우리는 다음과 같이 결의한다.

하나, 장려금 수혜자 2044인 여성과 이미 출산한 649인의 새 생명, 그리고 앞으로 출생할 아이들에게 어떤 형태로든 비난의 화살을 날리는 행위를 우리는 단호하게 매국으로 규정할 것이다.

하나, 만약 우리 요구가 관철되지 않으면 우리는 이 시간 이후로 임신 출산의 모든 권리를 포기하고 신생아 울음소리가 이 땅에서 더는 들려오지 않도록 아이 낳기를 온몸으로 거부할 것이다.

무심코 티브이를 켰는데 들려오는 말들이 나를 놀라게 만든다. 자막을 보니 범여성단체연합 기자 회견이라고 한다. 놀랄 일은 또 있다. 회견장 중앙에는 한유지가 서있고, 그녀 오른쪽 옆으로 두 사람을 사이에 두고 놀랍게도 내 친구 명자 역시 한자리를 차지하고 있다.

명자, 너 진짜 출세했다! 여성단체연합이라고 하니까 이른바 운동권에서 활동하는 단체만 참석하지는 않았을 것이다. 하여튼 티브이에 잠시 얼굴을 비쳤다는 사실만으로도 충분히 찬사를 받을 만하다. 그런 생각이 든 것도 잠시, 나는 그 애가 내 비밀을 이미 알고 있을지도 모른다는 느낌에 흠칫 몸을 떤다. 명자가 어떤 단체에서 뭘 하고 있는지는 몰라도 한유지를 그 자리에 불러낼 수 있었다면 그녀로부터 내 얘기를 들었을 가능성이 높다고 봐야 한다. 한유지가 접촉해서 설득하고, 또 임신까지 하게 된 여자들이 수없이 많은 정도는 아닐 테니까.

그렇다면 혹시, 명자 그 애가 미용실로 나를 찾아왔을 때부터 내 비밀을 알고 있었을까? 그래서 여자들이 본래 어떻고, 세상 남자들은 어떻게 진화해 왔다는 둥 그런 뚱딴지같은 말만 잔뜩 늘어놓았던 걸까? 아니, 그럴 리는 없다. 그때는 한유지가 아직 자살폭탄을 터뜨리기도 전이었다. 이제 그걸 두고 자살폭탄이라기보다는 다른 무엇, 이를테면 양심선언쯤으로 받아들여지는 분위기지만.

나는 티브이 조정기를 꾹 눌러 끈다. 그러고는 점이를 끌어안은 채 명자라는 인물을 떠올려본다. 라도라솔 시절부터 좀 엉뚱하기는 했다. 덕분에 나 역시 일찌감치 구구단을 쉽게 외운 적도 있다. 그런데 이 나이까지, 나도 모르는 가운데 그 계집애가 내 삶 속으로 깊숙이 들어와 있다. 세상은 참 알다가도 모를 일이다.

미오!

점이가 밥 달라고 조르는 소리가 뒤늦게 내 귀에 들린다. 점이는 이제 남편 머리맡을 곧잘 찾는다. 누운 남편 목 언저리에서 몸을 동그랗게 말고 잠을 잘 때도 많다. 점이도 남편이 자신을 해코지하지 않는다는 사실을 알고, 남편은 남편대로 점이를 받아들인 모양이다. 내가 점이 간식거리를 그곳에만 놓아두면서부터 둘 사이가 가까워졌다.

명자가 알든 모르든 상관은 없다. 알고 있을 뿐 아니라 설사 동네방네 소문을 내고 다닌다고 하더라도 신경 쓰지 말아야겠다. 하긴 뭐, 여성단체 기자 회견 상석에 앉을 정도라면 입을 함부로 놀리지는 않을 것 같다. 아무리 말이 많은 애라고는 해도.

이제 또 산책할 시간이 됐다. 물론 시간을 정해놓고 나가는 건 아니다. 다만 하루에 삼십 분 정도 천천히 걷는다. 목적지만큼은 언제나 일정하다. 출판단지 쪽으로 한정해서 걷기 때문이다. 그 거리에서는 시의 향기, 시향이 느껴진다. 시향이라는 단어는 세상에 없다고 해도 상관없다. 아이는 내 말을 알아들을 것이다. 나는 이 거리를 산책하는 일을 두고 스스로 태교라고 믿고 있다. 아이가 태교를 잘 받아들였으면 좋겠다.

행인들도 이 거리에서는 뭔가 다르게 보인다. 서울 쪽 사람들은 원래 자기가 가진 다리 길이보다도 긴 보폭으로 빠르게 걷는 자세에 익숙한데 이쪽 사람들은 반대처럼 보인다. 원래 보폭보다 더 좁혀서 걷고 더 느리게 걷는 것 같다. 지금 당장 해야 할 일보다 눈에 들어오는 주변 사물이나 인간들에게 더 관심이 많은 것처럼…. 나도 물론 그렇게 걷는다. 아이 때문이기도 하지만.

내가 가는 길 앞쪽에 쪼그려 앉아있는 남자가 보인다. 그는 길가에 엉거주춤 앉은 채 뭔가 열심히 들여다보고 있다.

그런데 멀리서 봤을 때부터 왠지 낯이 익었다.

배가 불러서 걸음이 느려지면 무엇이든 눈길이 그만큼 더 오래 갈 수밖에 없다. 관찰할 시간이 늘어난다는 얘기다. 그렇게 태교가 꼭 필요한 시기에 걸음이 느려지고 사방을 두루 살펴야 하는 일들이 자연히 많아진다면 태아에게는 아무래도 축복이라고 해야겠다. 나 역시 배가 불러오면서 서울에서의 생활과 파주의 삶이 그렇게 바뀌었다. 그러니 만약 서울에서라면 나는 남자 모습을 놓쳤을 게 틀림없다.

탁란 시인? 그랬다. 그가 분명하다.

—선생님, 안녕하세요? 전에 선생님 강의를 들었어요.

—아, 예.

그가 천천히 일어서면서 허리를 굽힌다. 나를 어디서 만났는지 기억하지는 못할 터다. 그러면서도 혹시라도 알아볼 수 있는 얼굴일까 하고 눈을 치뜬다.

—여기 쪼그리고 앉아서 뭐 하세요?

—곧 시집이 한 권 나올 텐데, 출판사를 나오다가 책 앞에 넣을 '시인의 말' 한 구절이 막 떠올라서요. 그걸 핸드폰에 저장하고 있었습니다.

—다 끝나셨어요? 그럼 저랑 커피 한잔 마셔요. 저기 맛있는 카페가 있거든요.

—아, 괜찮으시겠습니까?

— 그럼요.

그가 내 부른 배를 의식하고 묻는 게 분명하다. 나는 나대
로 배가 부르면서부터 조금은 더 대담해진 것도 같다. 그건
아마 사실일지도 모른다. 이를테면 대담이란 말은 간덩이와
쓸개가 좀 커지거나 부었다는 뜻일 텐데, 아이 하나가 몸 안
에 들어차 있으니 어찌 간담이 커졌다고 말하지 못할 것인가.

— 시집 제목은 뭐라고 정하셨어요?

카페를 향해 가면서 내가 묻는다. 그가 내 걸음에 보폭을
맞춰 걷는다. 그러면서 내가 혹시라도 넘어지지는 않을까 노
심초사하는 게 느껴진다.

— 시인의 수명은 길지 않죠. 그렇게 정했습니다. 생각해
보니 그동안 제 강의를 들었던 분들이 이천 명은 넘더군요.
그분들이 한 권씩만 사줘도 초판본은 이내 소화할 것 같아서
요. 하하하, 속이 좀 보이는 짓 같죠?

— 아니에요. 선생님 시 세계를 미리 엿볼 수 있는 좋은 제
목 같은데요 뭐. 저도 꼭 사서 읽어볼게요.

— 에고, 고맙습니다. 커피는 제가 사죠.

나는 그냥 웃음으로 눙친다. 커피 제안을 내가 했으면서도
얻어 마시게 됐다. 하긴 임신해서 배가 부른 처지에 커피값
을 서로 내겠다고 실랑이를 벌인다면 꼴사나울 것 같다. 이
런 때는 잠자코 얻어 마시는 게 낫겠다는 생각이 든다. 그렇

지 않았다가는 남자가 주변 사람들로부터 욕을 들을지도 모른다.

— 선생님, 오늘 여성단체 기자 회견 보셨어요?

커피가 나오기를 기다리는 동안, 내가 넌지시 운을 뗀다. 옛 시인들도 그랬다는 글을 읽은 적이 있다. 누군가가 운자韻字라는 걸 제시한다. 그걸 운향韻響이라고 한다는 글도 읽었다. 내가 시인에게 운자를 던진 셈이다.

— 아, 출판사에서 봤습니다. 우리나라 큰일 났던데요? 만약 요구 사항을 들어주지 않는다면 우리 여성들 모두 아이 낳기를 거부하겠다! 세상에 이만큼 강력한 요구가 어디 있습니까? 동시에 아주 여성스러운, 뭐랄까 굉장히 귀엽고 애교 넘치는 선언이었어요. 그 말에 출판사 직원들 모두 빵 터졌죠. 아이를 낳고 안 낳고를 여성들이 모두 일치단결해서 똑같이 추진할 수는 없을지 몰라도 언론이 아마 이 이상 물고 늘어지지는 못하겠던데요?

역시 시인이다. 그런 생각이 든다. 내가 던진 운에 멋지게 화답한다. 시를 겨루는 백일장이라면 내가 진 셈이다. 하지만 이상스럽게도 오히려 용기가 생긴다.

— 전에도 사실은 제가 비슷한 질문을 한 적이 있긴 해요. 선생님께서는 어린 시절에 탁란이라는 시를 지었다고 하셨잖아요? 자기 알을 남 둥지에 심는 뻐꾸기…. 그게 혹시 선생

님에게는 시인의 시참 같은 건 아니었나요?

시인은 대답하지 않는다. 그게 무슨 뜻인가를 잠시 헤아리는 듯하다. 물론 내가 두 번째로 던진 운에 대해서 그가 이해하지 못하는 건 아니리라. 그의 귓불이 조금은 붉게 물든다.

— 선생님 답을 듣기 전에 제가 먼저 실토할게요. 그래야만 할 것 같네요.

없던 용기가 이미 샘솟던 참이라서 나는 묻지도 않은 말을 꺼내려고 잠시 침을 삼킨다. 이 사람에게는 왠지 비밀을 누설해도 괜찮을 듯싶다. 뭐라고 달리 이름을 붙이든, 나라를 온통 떠들썩하게 만들었던 사태에 대해서 그는 어떻게 생각하는지 알고 싶어진다. 나 아닌 다른 사람들, 특히 건전한 정신을 지닌 진취적인 시인들은 도대체 무슨 생각으로 정자를 제공했는지도.

— 지금 제 배 속 태아가 바로 그런 아이랍니다. 히틀러 노인 장려금으로 생겨난…. 하지만 이 아이는 제 남편 아이가 될 거예요. 이 사실은 어떤 경우에도 흔들리지 않을 테구요.

내 말이 끝났음에도 불구하고 시인은 대답이 없다. 그 사이 카페 여직원이 특별히 커피를 들고 와서 우리 자리에 놓고 간다. 하지만 그나 나나 커피를 마시지는 않는다. 언제나 인정하듯 향이 좋은 커피인 것만은 분명하다.

과장인지는 몰라도 나라 안에 시인이 삼천 명이 넘는다는 통계를 본 적이 있다. 이건 우리가 누릴 수 있는 복록 가운데 하나라고 할 수 있다. 물론 우리나라에서는 일일이 숫자를 세기 어려울 만큼 많은 숫자를 대략 삼천이라고 얘기하는 경향도 없진 않다. 삼천 궁녀처럼, 무궁화 삼천리 화려강산처럼…. 사실이 그렇다고 치고, 시인 삼천 중에 여류를 제외한 남류男流는 천오백 명쯤이 된다. 여류가 압도적으로 많긴 하지만 말이다. 거기서 다시 진취적이면서도 가난한 시인만을 따로 추린다면 겨우 오백이나 될까?

— 이런! 미처 예상치 못했던 일이라서 뭐라고 말씀드릴 수가 없군요. 남편분 아이, 나아가 두 분 아이가 되는 건 지극히 당연하리라는 생각뿐입니다.

— 선생님은 히믈러 노인께서 지칭하신 진취적인 시인에 누구보다 부합되는 분으로 제 맘속에 자리하고 계세요. 그래서 그냥….

너무 밀어붙일 수는 없다 싶어서 나는 말끝을 얼버무린다. 그가 손에 쥐고 있던 핸드폰을 만지작거린다. 액정에 얼룩이라도 묻었는지 검지를 내밀어 문지르기도 한다. 그러더니 천천히 일어선다.

— 세상에는 그냥이란 게 없습니다. 실례인지 알지만, 먼저 일어서야겠군요.

시인이 깊이 고개를 숙여 인사하더니 그대로 뒤돌아나간

다. 이번에는 내가 적잖이 당황하고 만다. 그 순간 태아가 내 배를 심하게 걷어찬다. 자기가 생각해도 내가 너무 무례하다고 여긴 걸까?

내 말은 다른 게 아니다. 그 오백 시인이 모두 남의 논에 물을 대준 선량한 농부, 아니 뱁새 둥지에 알을 심어놓은 뻐꾸기는 아닐 것이다. 내가 그들을 탓할 생각도 없다. 탓은커녕 나로서는 고맙게 여기고 있으니까. 어쨌거나 이 시인이 그 뻐꾸기일 확률은 로또 날벼락을 맞는 일만큼이나 희박하다. 내가 그걸 모르고 한 얘기는 아니다. 굳이 추궁하려는 짓궂은 심보도 없었다.

식어버린 카푸치노를 조금 입에 대본다. 아직은 마실 만하다. 내가 카푸치노를 마시겠다고 말하는 순간에 시인은 이미 내가 무엇인가를 덮으려 한다고, 감추고 속이려 한다고 여겼던 걸까? 그렇다면 그는 내 말에 아주 불쾌했을 수 있다.

대답이 없는 경우는 둘 중에 하나다. 강한 불쾌감 표출이거나 모두가 잘 알고 있듯, 시인한다는 뜻이 그것이다. 그런데 그 시인과 이 시인이 묘하게도 일치하고 말았다. 나는 그가 시인했다고 가정하고 생각을 정리해 본다. 그래도 무엇 하나 달라지지는 않는다.

그나저나 세상에는 그냥이라는 게 없다고? 그런데 왜 그냥이라는 단어는 세상 사람들 입속에 물고기처럼 팔팔하게 살아있지?

그는 어쩌면 내가 단순히 그냥 한 말은 아닐 거라고 여겼는지도 모르겠다. 물론 그냥 한 말은 아니었다. 그건 사실이다. 생각해 보면 우리가 그냥 하는 일, 그냥 해보는 일은 없다. 나도 이 모든 일을 그냥 저지르지는 않았다. 그리고 어쩌면 시인 역시, 만약 내 추측이 맞는다면, 그냥 한 일은 아닐 것이다.

시인이 떠나간 창 쪽을 향해 문득 눈을 돌려보니 때마침 은행나무 이파리들이 우수수 떨어진다. 이른바 조락의 계절이니, 그는 오늘 밤에 시를 한 편 또 지어낼 수 있을까?

그를 만날 일은 다시는 없을 것이다. 그래도 나는 시인의 마음이 평안하기를, 오늘 밤 탄생할 그의 시가 건강하고 진취적이기를 빈다. 빌고 있다.

## 27

점이가 내 커피잔을 깨뜨렸다. 지난번 샌드스케이프를 박살 낸 이후 저지른 두 번째 사고였다. 녀석도 어지간히 덤벙대는 성격이 분명하다. 나도 그렇지만.

점이는 이상스럽게도 식탁 위에 올라가서 낮잠을 자는 버릇이 있다. 남편 목덜미 아래와 식탁 위, 그 두 장소가 녀석의 지정석이었다. 햇볕이 따뜻하게 드는 곳이라 맘에 드는 모양이었다. 아마도 잠을 다 자고 나서 한껏 기지개를 켜다가 내가 미처 씻어놓지 않았던 커피잔을 발로 찼을 것이다.

커피잔은 내가 퍽 아끼던 물건이었다. 남편과 함께 일본 여행을 갔을 때 기념품점에서 우리 부부용으로 한 쌍을 구매했었다. 잔 바깥으로 잉어 두 마리가 희미하게 그려져 있는

데 뜨거운 커피가 담기면 신기하게도 잉어 모습이 빨갛게 드러난다. 여름에 냉커피를 마실 때는 그 반대로 파란색 잉어로 변신해서 나뿐만 아니라 남편도 무척이나 아꼈다. 그 잔이 아니면 커피를 마시지 않을 정도로.

아직도 커피잔이 하나 남기는 했지만 이제 우리 부부 둘 중 하나는 다른 잔에 커피를 마셔야 한다. 아니다. 남편은 이제 커피 같은 건 마시지 않으니까 남편 커피잔이 사라진 셈이다. 점이가 예견한다는 게 겨우 이런 것들뿐인가 싶다. 이미 일어난 일만 족집게처럼 맞춘다는 선무당들처럼.

깨진 커피잔 조각을 치우다 보니 여행 당시 만났던 가이드 말이 떠오른다. 수더분한 인상의 젊은 여자였다. 일본 문화사를 전공한다고 했는데 틈틈이 가이드 알바를 한다고 했다. 무슨 얘기 끝이던가, 가이드는 고려장高麗葬에 대해 언급했다.

고려장은 고려가 아니라 고구려 백제 신라 삼국시대부터 있었던 일이라는 점은 알고 계시죠? 배고픈 시절, 노인이 늙거나 병이 들면 산속에 버리는 기로 풍습 말이에요. 그만큼 오랜 역사를 지녔다고 볼 수 있겠죠. 그런데 우리나라에서는 고려장에 대해서 다들 쉬쉬하던 판에 일본 학자가 공개적으로 드러내고 말았죠. 그 바람에 한때 학계에서는 기다 아니다로 설왕설래했고, 지금도 정설은 없는 편입니다. 한국 학자들은 그게 실체는 없는, 그저 전설이나 설화에 지나지 않는 허구라고 주장했구요. 하지만 저는 생각을 좀 달리하고 있어요. 누구나 인정하기 싫을 뿐, 충분히, 그럴 법했으리라고 보는 거죠. 중국이야 머, 새삼 거론할 얘깃거리도 아닐 테고 일본에서는 이미 일반화된 측면이 있었어요. 혹시 여러분 중에 〈나라야마 부시코〉라는 영화 본 분 계세요? 칸 영화제 황금종려상을 수상한 작품이었어요. 후카자와 시치로 소설이 원작인데 그게 바로 고려장 풍속을 소재로 한 거였죠. 부모가 70세가 되면 아들이 부모를 나라야마 산까지 업고 가서 버리고 온다는….

기억이란 선과 악 중 악의 편에 더 너그럽다. 그런 생각이 든다. 내가 가이드 얘기를 믿는 건 아니다. 모르면 몰라도 영화에 대해서는 가이드보다 내가 알고 있는 게 더 많기도 할 것이다. 하지만 기억은 밝고 유쾌한 면보다 어둡고 불쾌한 쪽에 더 선명하고 넓은 공간을 내준다는 생각이 든다. 그래, 하여튼 이제 노인을 봉양하는 건 고사하고 노인을 내다 버릴 아들조차 드물다고 해야 할 판이다.

다행스럽게도 불쾌한 기억 되돌리기를 그만 멈추라는 신호로 핸드폰 벨 소리가 요란하게 울린다. 받아보니 뜻밖에도 한유지다. 나는 좀 어이가 없어진다. 하긴 처음 나에게 접근할 때부터 뻔뻔한 면이 있긴 했었다.

─안녕? 잘 지냈지?

─웬일이에요?

나는 부러 퉁명한 목소리를 낸다. 깨진 커피잔이 다시 눈에 밟힌다. 남편 잔이 늘 소용없게 됐다고 여기던 터라 차라리 다행이라고 해야 할까?

─그새 이사까지 했던데, 축하해요.

─그건 또 어떻게 알았어요?

─우리가 그걸 모르면 안 되지. 하여튼 궁금한 게 많지 않아요? 우리 만나요. 내가 파주로 갈 테니까.

우리라고? 우리라면 누굴 말하는 건지 그게 먼저 궁금해진다. 그래서 나는 내키지 않는데도 불구하고 내 단골 카페를 일러주고 만다. 그녀와 그녀가 벌인 일을 피해 이사를 왔으면서도. 물론 그게 전부는 아니었지만.

─왜 만나자고 한 거죠? 아니, 그 전에 묻고 싶은 게 있어요. 지난번 기자 회견 보니까 명자가 단상에 같이 서있던데, 그 애는 거기 무슨 일이죠?

카페에 앉자마자 나는 우선 명자에 대해 묻는다. 처음 만났을 때 입었던 겨자색 코트가 한 해가 지나고 나서도 여전히 잘 어울린다. 하지만 그런 건 관심 없다. 그래야 불룩하게 솟은 내 배에도 한유지가 관심을 보일 틈이 없을 것이다.

─명자 씨라고? 아, 연서 씨는 그분을 어떻게 아는데요?

─ 묻는 말에나 어서 대답해 봐요.

─ 우리 회장님과 사업상 가까운 분이라고 해. 그래서 사
외이사 직함으로 우리 연구소 일을 도와주고 계시지. 그런데
대뜸 그 애라고 하는 걸 보니 잘 아는 사이 같은데, 혹시 친
구 사이? 아, 그렇구나! 이제 퍼즐이 맞춰지고 짚이는 것도
있네.

─ 뭔데요?

─ 지난 초여름인가, 그분이 연서 씨를 찾아오지 않았어?

─ 말해봐요.

─ 그래, 그랬구나. 그분이 말씀하시는 걸 들었지. 고향 친
구가 하나 있는데, 교통사고를 당한 뒤 아이가 없다고. 그래
서 우리 연구소 프로젝트를 소개하려고 갔다가 끝내 말문이
떨어지지 않아서 그냥 돌아왔다고…. 그게 연서 씨였구나?

─ 그럼 지금은 나에 대해서 알고 있구요?

─ 아니, 그건 걱정하지 마. 심지어 우리 회장님도 회원들,
그러니까 고객에 대한 인적 사항은 아무것도 모르셔. 알려고
도 하지 않으시고.

한유지 눈길이 내 아랫배 쪽을 향한다. 그 눈길이 달가울
리 없다.

─ 왜 걸핏하면 우리라고 하는 거죠? 그냥 버릇이에요?

한유지가 내 말에 손을 가리고 웃는다. 위선을 감추려는

손짓처럼 보인다. 할 수만 있다면 그 입과 손을 통째로 쥐어 박고 싶을 정도로 밉다.

— 믿기 힘들겠지만, 나 연구소 정직원으로 취직했어. 믿어져?

— 자살폭탄 짊어지고 터뜨릴 때는 언제고?

— 이거 참, 염치없네. 그냥 전화위복이라고 달리 생각해 줬으면 해. 지금은 일이 그렇게 방향을 틀어가고 있으니까. 그래서 우리 회장님께서 마무리도 중요하다며 특별히 배려하셔서 내가 특채될 수 있었던 거고.

나는 할 말을 잃고 만다. 세상에는 마냥 놀랄 일뿐이다. 세상을 살면서 자주, 그것도 매일 놀라지 않는 사람들은 만사에 건성인 사람들일 것 같다. 놀랄 일이 없는 사람들은 이 세상을 다들 어떻게 살고 있을까?

한유지 역시 마구 쏟아놓은 말을 끝으로 침묵하고 있다. 모르면 몰라도 그녀의 삶 또한 온통 놀랄 일 투성이였을 것이다. 조직의 등에 칼을 꽂았는데 오히려 특채되는 반전이 일어났다. 그런데 어떻게 놀라 자빠지지 않을 수 있을까?

그나저나 명자가 연구소 이사라고? 그리고 나를 찾아왔던 이유가 연구소 영업을 하기 위한 목적이었다고? 사람들 눈에는, 한눈에 봐도 내가 임신하기 딱 좋은 여자처럼 보였던 건지 알다가도 모를 일이다. 난 가슴도 작고 엉덩이도 작은 편인데?

나는 슬슬 부아가 치밀고 속이 부글부글 끓기 시작한다. 나 자신도 참 별게 없는 여자였는데 그동안 그런 사실을 나만 모르고 있었다는 자각을 한다. 사람들 모두가, 혹은 온 세상이 나를 속인 게 아닌가 하는 생각도 든다. 그래, 세상이 한통속이 되어 나를 속였다. 그쯤만 해도 괜찮게 살고 있다고, 넌 시방 꽤 잘 버티고 있는 편이라고…. 그 순간 모멸감이 내 머리를 짓눌러댄다.

— 일어날게요.

— 잠깐만!

무거운 몸을 일으키려는데 한유지가 내 팔을 붙든다. 카페 손님들 시선이 나에게 쏠린다. 그래, 임신한 천연기념물이 여기 있으니까 실컷 구경해라. 그렇게 악다구니를 쓰고 싶은 걸 용케 견딘다.

— 연서 씨, 내 얘기도 좀 듣고 가. 잠깐이면 돼, 응?

— 이제 더는 궁금한 게 없어졌어요. 그런 줄만 아세요.

— 이건 궁금하고 말고의 문제가 아니야. 장려금 수혜자들 전체 이름으로 우리 회장님에 대한 탄원서를 준비하고 있어. 물론 가명을 쓰겠지만 사인은 해야 하거든. 그건 좀 해줄 수 있는 일 아니야?

— 결국 회장님 회장님, 우리 회장님 일이었군요. 얻어먹

은 게 있으니까 이제 좀 내놓으라는 건가요? 그래요. 그쯤은 해드려야죠.

그녀가 연판장을 내밀고 손가락으로 중간을 가리킨다. 내가 거기에 아무렇게나 사인을 한다. 마트에서 물건을 사고 난 다음 신용카드 단말기에 아무렇게나 휘갈기듯.

— 고마워. 이게 아마 큰 힘이 될 거야. 연구소 일은 중단되지 않을 거라고 믿어. 그래야 하지 않겠어?

— 모르겠어요. 나는 이제 세상을 믿을 수 없을 것 같아요. 세상은 그저 세상대로 흘러가고, 나 또한 그렇게 휩쓸려 갈 뿐이겠죠.

— 연서 씨, 내 말 들어봐. 세상을 전부 믿을 필요는 없어. 그 전부를 믿기에는 세상이 너무 넓고 크거든. 그러니 세상을 조각조각 쪼개서 믿을 것과 믿지 않을 것을 구분하면 되는 거야. 이를테면, 연서 씨 배 속 태아는 진실이야. 팩트 따위를 뛰어넘는 진짜 진실이지. 그 태아를 믿으면 돼. 알았어?

이번에는 내가 할 말을 잃고 만다. 멍청해진 내 눈길 너머로 한유지가 주섬주섬 연판장을 챙긴다.

— 내가 먼저 일어설게. 돌아다녀야 할 곳이 많거든. 연서 씨는 남아서 천천히 커피 마시고 가. 아이 출산, 미리 축하해. 이건 또 내 진심이야. 나머지 장려금도 그때 입금될 거야. 연서 씨에 대한 일은 철저하게 비밀로 지켜질 테니까 나라에서

주는 혜택도 꼬박꼬박 챙기면 되고.

그녀가 일어선다. 나는 여전히 꼼짝도 하지 않는다. 누군 가는 이혼을 하고 난 다음 연구소 사외이사가 된다. 또 누군 가는 애국지사라도 되듯 연구소에 폭탄을 던진 뒤 연구소 직원으로 발탁된다. 나는 지금 그들을 부러워하고 있는가? 아니다. 나도 얼마든지 할 수 있는데 다만 옴짝달싹 못하도 록 무엇인가에 붙들려 있을 뿐이고, 그런 현실을 되새김하 고 있을 뿐이다. 어쩌면 할머니에게 인질로 붙잡힌 내 친정 엄마처럼.

— 한마디만 더 해주고 갈게.

이미 사라진 줄 알았던 한유지가 내 앞에 선다. 그러고는 목소리를 낮추더니 속삭이듯 입을 연다.

— 다른 여자들은 정말 내가 몰라. 하지만 연서 씨 경우는 어쩌다가 알게 된 사실이 있어. 그걸 말해주려는 거야. 그동 안 내 입이 근질거려서 그야말로 죽을 지경이었거든. 우리는 가난한 시인들을 돕기 위해서 학교나 기업, 심지어 동사무소 등지에 강연을 다니도록 뒤에서 몰래 알선했지. 그리고 그들 시집을 시인 모르게 천 권 정도는 꼭 사들이기도 했고. 연서 씨네 집 앞에 시인학교 팸플릿을 눈에 띄도록 뿌려댄 게 누 구라고 생각해? 알겠어? 시인의 수명은 길지 않거든.

말을 마친 한유지가 총총걸음으로 사라진다. 이제 더는 할

말이 진짜 남지 않았다는 듯이. 나는 참 묘한 일이라는 생각
이 스친다. 똑같은 장소에서 두 사람으로부터 똑같은 애기를
들은 셈이다. 이 여자까지 왜 그런 애기를 하지?

하지만 그 우연이 무엇을 뜻하는지 깨닫는 데는 불과 한
호흡도 지나지 않는다. 나는 벌떡 일어서서 한유지가 사라진
방향을 눈으로 찾다가 다시 털썩 주저앉고 만다. 내 배 속 태
아가, 마치 자신도 이제 그 정도는 다 안다는 듯, 한순간 심
하게 용틀임을 해댔기 때문이다.

# 28

　당신은 한겨울이 닥치기 전에 눈을 감았다. 아니, 언제나처럼 눈을 뜬 채 스스로 세상을 버렸다. 내가 당신 스스로라고 얘기하는 이유를 헤아렸으면 한다. 하여튼 사고를 당한 지 삼 년 삼 개월이 가까워지는 시점이었다.

　당신 최후에 대해서는 할 말이 많아요. 이제 마지막 얘기인데 들어볼래요?

　남편의 죽음에 대해서는 상세하고도 치밀한 기록이 필요할 것 같다. 그게 엉뚱한 오해를 불러일으키지 않는 가장 확실한 지름길이 될 것이다. 말하자면 알리바이 같은…. 물론 그게 아니더라도 나는 여태까지 그래왔던 것처럼 그간 벌어졌던 일들을 무엇 하나 보태거나 숨기지 않고 모두 털어놓으려고 한다.

그 아침부터 정오 사이에 모든 일은 일어났다. 우리는 많은 얘기를 나누기도 했다. 물론 언제나처럼 내가 일방으로 말하고 당신은 묵묵히 들었다. 대화 서두는 아이 이름을 어떻게 지을 것인가 하는 문제였다.

— 성씨야 당연히 당신 성씨를 따라야죠. 이름은 중국 당나라 시인 중에서 하나를 골랐어요. 이하李賀라고 하는데, 시귀신으로 불린 천재였대요. 그래서 아이 이름은 박하가 돼요. 어때요?

나는 그 시인이 스물일곱에 요절했다는 사실은 감추었다. 어머니, 옥황상제가 백옥루를 지어 놓고 저더러 하늘로 올라와서 낙성식 글을 지어달라고 합니다. 시인 이하 유언이 그랬다고 한다. 훗날, 박하는, 나에게 무슨 말을 할까?

항렬은 어떻게 하고? 남편이 그때 물었던 것 같다. 방 안에 남편 말고는 아무도 없는데 어디선가 그런 목소리가 들려왔으니까. 그 순간 내가 다소 짜증을 내며 반발했다. 항렬도 나한테는 사슬이에요. 그깟 항렬이 뭐 대수라고 나를 또 다른 사슬에 묶으려는 거죠? 당신 아버님 한숨을 멈추게 해드리고 또 박씨 가문을 잇는 일을 했잖아요. 그럼 됐지 않나요?

이번에는 남편이 침묵했다. 나는 짜증을 낸 게 염치가 없어져서 조금은 나긋나긋한 목소리로 바꾸었다. 여보, 나도 사실은 힘들어요.

그때 남편의 눈이 빛났다. 언젠가 병실에서처럼. 이슬이나 혹은 이슬보다 작은 안개 알갱이만큼 남편이 눈물을 흘렸을 것이다. 돌이켜보니 그게 첫 징후였다. 남편이 이제 떠날 준비가 됐다는 신호 같은.

내가 친정아버지로부터 배운 사실이 있다. 죽어가는 소나무들은 유난히 많은 솔방울을 매달곤 한다. 꽃들도 마찬가지다. 뿌리가 병들거나 상하게 되면 죽기 직전에 더욱 환한 꽃을 마지막으로 피워낸다. 심지어 하늘의 태양도 그런다는 말을 들었다. 서산에 지기 직전에 밝은 햇살을 한 차례 더 내쏜다는 의미의 회광반조回光返照…. 그게 기어코 살아남겠다는 의지인지 아니면 죽기 직전에 표출하는 마지막 자기과시인지, 나는 그것까지는 알 길이 없다. 다만 지금에야 돌이켜보면 내 남편도 그 둘 중 어느 한 가지 표현을 그야말로 죽을힘을 다해서 해내는 데 성공했다는 추측뿐.

두 번째 징조는 집안일을 도와주는 도우미 아줌마가 오지 않았다는 것이다. 딸아이가 배탈이 나서 병원에 가는 길이라고 했다. 벌어지는 일들은 모두 서로 꼬리를 물고 이어지는 법이다. 끝말 이어가기 게임처럼. 그래서 불편한 몸을 이끌고 내가 직접 그릇을 닦고 청소기를 돌려야만 했다. 좀 놔두면 어때? 아줌마가 오후에라도 오셔서 치울 텐데…. 그때 남편이 그렇게 말했던가? 하지만 나는 조금이라도 몸을 움직이고 싶었다. 그러니 아줌마가 오지 않은 게 중요한 게 아니라 내가 일을 하겠다고 설친 게 두 번째 징조를 낳았는지도 모르겠다.

냉면 얘기도 빼놓을 수 없다. 어쩌다가 한겨울에 또 냉면이 떠올랐는지는 나도 알 길이 없다. 그런데 한번 깃든 생각을 좀처럼 지울 수 없었다. 나는 인스턴트 냉면 봉지를 뜯어놓고 사리를 삶기 위해 물을 끓였다. 그러다가 메밀 특유의 향을 더욱 돋구는 요리법을 기억하고 냉장고에 넣어둔 들기름병을 꺼내 들었다. 직접 농사지어서 짜는 기름이라고, 엄마가 해마다 보내주시는 들기름이었다. 빈 소주병에 담긴…. 그런데 병 바닥에 꽤 많은 침전물이 쌓여있는 게 보였다. 내가 냄새를 맡아보려고 코앞으로 들어 올리는 순간 기름병은 내 손을 빠져나가 버렸다.

뚜껑이 닫힌 병은 내려뜨려도 쉽게 깨지지 않는다. 오랜 살림을 통해 나는 그걸 안다. 하지만 뚜껑이 열려있을 때는 다르다. 특별한 경우가 아니면 거의 예외 없이 깨지고 만다. 기름병도 그랬다.

점이가 들기름 냄새를 맡고 싱크대 아래로 다가왔다. 점이야, 여긴 위험해! 나는 점이를 안은 채 간식을 챙겨 남편 머리맡으로 옮겼다. 얼마 전에는 내가 아끼던 커피잔을 녀석이 깨뜨리더니…. 내가 점이보다 나을 게 없다는 생각이 들었다.

진공청소기를 우선 갖다 놓고, 흘린 들기름을 먼저 닦아내려고 주방 바닥에 앉았다. 향기로운 냄새가 코를 찔렀다. 나중 일이기는 하지만 나는 그 냄새가, 혹시, 저승사자라는 이들이 입고 다니는 검은 두루마기에서 풍겨온 냄새는 아닐까 하고 떠올리곤 했다. 하필 들기름을 닦던 중에 들었던 생각이 괴이했기 때문이었다. 남편이 나에게는 병뚜껑 같다는 생각…. 그 뚜껑이 닫혀있어서 내가 좀체 깨지지 않을 수 있었겠구나 하는 생각이었다.

하지만 난 이제 달라요. 당신이 없다고 하더라도 마구 깨지거나 부서지지는 않을 거예요.

속으로 그렇게 중얼거리면서 일어서던 순간에 나는 무너져 내렸다. 아이가 서두르고 있구나. 무슨 일이지? 무슨 일이고 말고 자시고 할 게 아니었다. 양수가 터진 것이다. 당초 예정일보다 열흘이나 빨랐다.

안간힘을 써서 핸드폰을 찾아내고 나는 미리 저장해 둔 단축번호를 눌렀다. 그러고는 가만히 엎드린 채 아이가, 박하가 조금만 더 인내하기를 부탁했다.

세상 구경을 아무리 빨리하고 싶어도 이건 아니란다. 네가 처음 눈에 담아야 하는 풍경이 깨진 들기름병과 엎어져 뒹구는 진공청소기는 아니다.

잠시 후 구급차가 다가오는 소리가 들려왔다. 그때 점이가 안방에서 뛰쳐나오더니 내 옆을 지나쳐 빠르게 달려가는 모습이 보였다. 녀석은 식탁 위쪽이 아니라 티브이와 벽 사이 좁은 공간으로 파고들었다. 점이야, 왜 숨어? 이리 나와! 녀석은 들은 체도 하지 않고 고개를 파묻고는 꼼짝도 하지 않았다.

내가 점이를 본 건 그게 마지막이었다. 나를 실어나르고, 그리고 뒤늦게야 남편을 병원 응급실로 옮겼던 구급대원들도 집 안에서 고양이를 본 적이 없다고 했다. 녀석은 현관문이 열린 혼란한 틈을 타 어디론가 사라지고 말았을 것이다. 내가 늘 강요하던 참언에 대해 녀석은 부담을 느꼈을까? 아니면 그 애는 자기 깜냥에 내가 듣고자 하던 말을 이미 다 했다고 여긴 걸까?

사라져서 다시는 돌아오지 않는 점이가 지금 중요한 건 아니다. 나는 점이보다 훨씬 더 소중한 아이를 낳았으니까. 의사가 알려준 대로 아들이었다. 만약 아들이 아니고 딸이었다고 하더라도, 나는 박하라는 이름을 포기하지 않았을 것이다. 남편과 내가 합의한 이름이었으니까.

그 모든 일이 동시에 발생한 건 나로서도 결국은 괜찮은 일이 됐다. 무엇보다도 남편이 눈을 감은 현장에서 내가 출산을 하지 않아도 됐다는 사실은 특히 내 처지에서는 그나마 불행 중 다행이라고 해야겠다. 어차피 언젠가는 부딪쳐야 하는 문제긴 하지만 시부모를 비롯한 숱한 이들의 눈길을 어떻게 회피할 수 있었겠는가?

나는 내 남편 역시 최선을 다했다고 믿는다. 그가 절묘하게 시간을 맞춰 저승으로 향하는 마지막 발걸음을 옮김으로써 나를 도왔다고 믿기 때문이다. 한 사람이 가고 대신 또 한 사람이 온다…. 남편이 그런 일을 했다. 그래서 나는 지금도 가고 없는 남편을 향해 고맙다고 말하곤 한다.

고마워요, 당신. 잊지 않고 있어요.

다만 한 가지, 어떤 알 수 없는 영상이 시도 때도 없이 내 머릿속에서 상영된다는 게 겁이 난다. 언젠가 당신 병실에서 내가 꿈꾸었던 터무니없는 그런 영상 말이다.

늙고 지친 사슴이 정글의 어떤 큰 고목에게 다가와 몸을 바꾸자고 애원하는, 내가 〈나무사슴〉이라고 제목을 붙인 허구와 허상 영화처럼….

이 단편영화는 어린 시절 들었던 도둑 잡기 게임을 연상시킨다. 학교에서 누군가가 물건을 잃어버리면 나머지 전체가 솔잎을 물고 눈을 감게 만든다. 그런 뒤에 솔잎이 잘려있거나 크게 악문 흔적이 남으면 그 애가 도둑이라고 의심한다고 했다. 제 발 저린 도둑은 들킬까 봐서 이를 꽉 악무는 법이라고 한다. 나는 지금 너무 세게 솔잎을 물고 있을까?

영화 앞쪽, 그러니까 들기름병을 떨어뜨린 뒤 점이를 안아 남편 머리맡으로 데려가는 부분까지는 내가 여태 말한 내용과 동일하다. 달라지는 건 그다음부터다. 마치 영화 편집에 빈틈은 없는지 꼼꼼하게 모니터하는 감독처럼, 아니다, 영화 첫 시사회에 초청된 평범한 관객처럼, 나는 지금도 내가 감독하고 출연한 영화를 제삼자인 양 객석에 앉아 뚫어지게 응시하는 중이다.

여자 주연 배우는 붙박이장 틈 사이에 쑤셔 넣었던 한지 쪽으로 저절로 눈길이 간다. 서울에서 살 때 파주까지 나가서 사 온 한지다. 하지만 한지를 도모지로 사용하는 건 너무 위험한 일이다. 그래서 주인공은 한지를 써볼 생각을 버린 지 오래다. 고양이는 자기가 좋아하는 육포를 앞에 두고도 들기름의 유혹을 쉽게 떨치지 못하는 것처럼 보인다.

이제 고양이 카드 하나가 마지막으로 남았다. 주인공은 이날을 위해 고양이가 간식을 즐기는 장소로 남자 목덜미 아래를 지정하고 녀석을 그리로 유인하는 데 성공했다. 이제 최후의 결단만 남은 셈이다.

여자 주인공은 느릿느릿 진공청소기를 준비한다. 고양이든 개든, 느닷없는 굉음에 놀라지 않는 동물은 없다. 특히 부주의하고 산만한 성격의 고양이는 가스 밸브를 건드려서 이따금 화제를 일으키기도 한다. 여자는 그런 사실을 잘 알고 있다. 고양이가 간식에 열중한 틈을 타서 갑자기 청소기 전원을 켠다. 오래전부터 쓰던 고물이라서 적막을 찢는 소리가 날카롭고도 신경질적으로 들린다. 깜짝 놀란 고양이가 높이 뛰어오르는 순간, 남자 코에 걸려있던 인공호흡기 호스가 고양이 뒷발에 걸린다. 영화는 그 장면을 슬로모션slowmotion 동작으로 처리하면서 주인공의 과거 어떤 한 기억과 오버랩하는 기법을 사용한다. 어릴 적 남동생 자전거가 호박 넝쿨에 걸려 넘어지는…. 남자 몸이 한동안 심한 경련을 일으키는가 싶더니 이내 잠잠해진다. 여자는 고양이가 벌인 광경을 잠시 지켜보다가 무표정하게 깨진 기름병 쪽으로 향한다.

나머지 영화 줄거리는 내가 이미 스포일러 한 내용과 같다. 내가 구급대에 전화를 걸고, 점이가 내 곁을 지나쳐 티브이 받침대 옆 구석에 숨는다. 그리고 나와는 눈도 마주치려고 하지 않는다.

이제 내가 당신에게 하려던 얘기는 모두 끝났다. 산후조리가 끝나는 대로 경찰이 내 진술을 듣겠다는 연락이 왔다. 나는 어쩌면 몇 박 며칠, 똑같은 얘기를 반복하게 될지도 모르겠다. 물론 당신에게 실토하는 얘기가 따로 있고 경찰에게 진술할 얘기는 그것과 다를 수도 있다. 나는 경찰을 겁내는 건 아니다. 아까 말했듯 내 머릿속에서 자나 깨나 되풀이되는 영상만 아니라면.

당신, 나를 믿죠?

아 참, 두갑 씨가 내게 전화한 적이 있다. 그의 목소리는 꽉 잠겨있었고 전화기 너머로도 떨리는 게 느껴질 정도였다. 저음 영역을 담당하는 첼로 같은 악기를 현이 잔뜩 늘어진 채로 연주하는 듯했다. 나는 그가 무슨 말을 묻고 싶은지 알고도 남았다. 그래서 그가 묻기도 전에 염려하지 말라고, 일어난 일은 아무것도 없다고 얘기하고 전화를 끊었다.

당신이 우리 아이 박하의 얼굴을 볼 수 없는 게 유감이다. 유감이라고밖에 표현할 수 없는 게 유감일 지경이다. 아이는 당신을 닮았다. 나는 하루에도 수천 번, 수만 번 박하의 얼굴을 들여다보며 놀라곤 한다. 닮은 만큼 아이는 당신 생애의 전철을 그대로 밟으면서 커갈 것이다. 왠지 그런 생각이 든다.

한유지는 나에게 얇은 책자 한 권을 부쳐왔다. 열어보지 않아도 무슨 책인지 이미 알고 있어서 나는 봉투를 뜯지도 않았다. 아마도 그 책 안에는 무수한 얘기들이 담겨있을 것이다. 탁란에 대해서나 시인의 수명 얘기뿐 아니라 우리가 해볼 수 있는 온갖 상상 세계가 펼쳐져 있을 듯하다.

여전히 뜯지 않은 책을 앞에 두고, 아직은 가늠이 되지 않는 그 상상계에 더해서 나는 종종 나 자신의 상상을 보태곤 한다. 그건 결코 속되거나 혹은 타인과 관련된 시나리오가 아니다. 오직 내 미래에 대한 것뿐이다. 맹세코 그러하다.

이를테면 이런 영상 필름들이 하루에도 몇 번씩 내 머릿속에서 상영된다. 내가 늙은 고목에게 다가가 제안한다. 한때 사슴이었던 그 고목이다. 나무는 내 제안을 듣고 거칠게 몸을 흔들며 거부한다. 그 바람에 한여름인데도 이파리들이 우수수 떨어진다. 왜 와야 하는지도 모르고 그저 겨울을 깊게 만들기 위해서 우리에게 다가오는, 우리 부부에게 왔던 가을날처럼…. 나는 고목의 처지를 충분히 이해한다. 그래서 사슴을 찾아 나서기로 한다. 하지만 자기 스스로 만족하면서 떠난 사슴의 행방은 알 길이 없다.

할 수 없이 나는 때마침 크고 검은 날개를 저으며 내 머리 위를 급하게 날아가는 어떤 새에게 부탁해 본다. 몹시 음산한 느낌을 안겨주는, 불길하기 짝이 없는 새지만 아무려면 어떨까.

— 새야, 희고도 검은 새야. 무슨 일이 그렇게도 급하니? 넌 이 풍진세상을 살아가는 사람들이 몹시 부러웠겠지? 부러워서 줄곧 해코지했던 거지? 그러니 어떠냐, 이참에 나랑 서로 몸을 바꿔서 살지 않을래?

지금으로부터 6~70년 전 풍경을 떠올린다. 그러니까 내가 태어나 어린 시절을 보낼 무렵만 해도, 우리 문화를 환하게 비추던 선배 작가들은 많아야 기껏 1~2백 권의 책을 세상의 변두리에서 출간하곤 했다. 그러고는 드디어 내 책이 나왔다고, 득의만면해서 동료 문인들을 불러모아 술을 샀다고 한다. 나는 그 따뜻한 술집 풍경을 상상하면서 문학을 배운 세대다.

세월이 꼭 그만큼 흘러, 옛적에 내 태를 묻었다는 고향 마을에 돌아와 가만 보니 인걸도 오간 데 없는데 산천 역시 의구하지 않다. 고속도로가 마을 앞으로 놓이고, 귀농을 택한 이들이 저마다 번듯한 집을 지어 놓아서 옛 풍경을 떠올리기 어렵게 만들었다. 낯익은 고샅길에 나가보면 내 어린 시절을 불러내는 아이들의 왁자한 목소리가 기억 속의 귓전을 때리기는 해도 정작 눈에 띄는 아이들은 찾아볼 수 없다.

때마침 아이를 낳지 않는 시대, 우리 한국은 머지않아 지구상에서 사라질지도 모른다는 불길한 소문만 휑한 바람처럼 내가 사는 마을 안길로 휩쓸려 다닐 뿐이다. 이 소설은 그런 불온한 시골살이에서 창작됐다. 본문에 등장하는 용진龍進이라는 지명은 실제로 내가 거주하고 있는 땅이다.

옛집으로 귀향했으니 이참에 다시 초심으로 돌아가자! 나는 그렇게 나 자신을 다독였다. 이 동네 어느 고샅길에서 그 시절의 나는 커서 어떤 직장인이 되고 싶다는 꿈을 발설한 적이 있었다. 아주 소박한 꿈에 지나지 않았는데 이 소문은 의외로 빠르게 퍼져나갔고, 나처럼 고만고만한 아이들 몇이 나를 몰아붙였다. '늬가 무슨, 뭘로?'

돌이켜보면 내가 그만큼 가진 게 없던 날들이었다. 그때로 돌아가고 싶었다. 그래서 무엇이든 다시 시작하려고 작정했다. 너무 늦어버린 감이 없지 않지만 젊어서 밀쳐두었던 분야의 책들을 다시 꺼내든 이유가 그 때문이다.

뒤 울안 텃밭에 무와 배추를 좀 심었더니 꽃보다 더 어여쁘기 그지없으나 벌레가 들끓어 사람을 여간 불러대는 게 아니다. 서둘러 나가봐야겠다. 땅 기운을 받아 속이 꽉 찬 배추 한 포기라도 얻어먹으려면 어찌할 수 없는 일이다.

하지만 아무리 다급해도 소설가 김양호 선생을 빼놓고 얘기를 마무리할 수는 없을 듯하다. 내가 키우는 무, 배추가 내 소설이라면 진딧물과 배추벌레를 꼼꼼히 잡아주신 농부가 바로 양호 형님이었다. 덕분에 내 텃밭 농사가 알차고 즐거웠다. 수확이 끝나는 대로 무 다발을 찾아들고 찾아뵐 생각이다.

2025년 4월
이병천

# 시인의 수명은 길지 않죠

초판 인쇄 2025년 4월 10일
초판 발행 2025년 4월 17일

지은이 | 이병천
펴낸이 | 권영임
편   집 | 김형주, 윤서주
디자인 | AJ

펴낸곳 | 도서출판 바람꽃
등   록 | 제2023-000004호
주   소 | 서울시 은평구 연서로22길 16-5, 501호(대조동, 명진하이빌)
전   화 | 02-386-6814
팩   스 | 070-7314-6814
이메일 | greendeer@hanmail.net / windflower_books@naver.com
홈페이지 | https://blog.naver.com/windflower_books

ISBN  979-11-90910-21-7 (03810)




값 16,000원